Confissões de uma irmã de
Cinderela

Gregory Maguire

Confissões de uma irmã de
Cinderela

Tradução
Roberto Muggiati

Título do original em inglês
CONFESSIONS OF AN UGLY STEPSISTER

© 1999 by Gregory Maguire
Publicado mediante acordo com Regan Books, um selo da Harper Collins,
Publishers, Inc.

Reservam-se os direitos desta edição à
EDITORA JOSÉ OLYMPIO LTDA.
Rua Argentina, 171 – 1º andar – São Cristóvão
20921-380 – Rio de Janeiro, RJ – República Federativa do Brasil
Tel.: (21) 2585-2060 Fax: (21) 2585-2086
Printed in Brazil / Impresso no Brasil

Atendemos pelo Reembolso Postal

ISBN 85-03-00848-3

Capa: HYBRIS DESIGN / ISABELLA PERROTTA

CIP-Brasil. Catalogação-na-fonte
Sindicato Nacional dos Editores de Livros, RJ.

M18c	Maguire, Gregory, 1954-
	Confissões de uma irmã de Cinderela / Gregory Maguire; tradução Roberto Muggiati. – Rio de Janeiro: José Olympio, 2006.
	Tradução de: Confessions of an ugly stepsister
	ISBN 85-03-00848-3
	1. Conto de fadas – Adaptações. 2. Ficção americana. I. Muggiati, Roberto, 1937- . II. Título.

06-2531   CDD – 813
                             CDU – 821.111(73)-3

Para Andy Newman

Se eu pudesse lhe contar, e fazer que cresse,
Uma menina num chapéu vermelho, uma mulher de azul
Lendo uma carta, uma senhora pesando ouro...
Se eu pudesse lhe contar isso e fazer que visse,
E soubesse, e concordasse que foi assim mesmo
Numa cidade perdida através do mar dos anos,
Acho que seríamos por um momento felizes
Na grande sabedoria daqueles pequenos quartos...

Howard Nemerov, "Vermeer",
de *Trying Conclusions: Old and New Poems*

SUMÁRIO

PRÓLOGO
Histórias pintadas em porcelana 11

1 A FILHA OBSCURA

Praça do mercado 17
Histórias contadas através de janelas 27
Olhando 33
Campina 43
Posando para Schoonmaker 49
Menina com flores silvestres 61
Meia-porta 71
A casa de Van den Meer 81

2 A CASA ASSOLADA POR DIABRETES

O quartinho do lado de fora 95
Pequenos óleos 115
A obra-prima 123
Arruda, salva, tomilho e têmpera 127
Recepção 135
Virginal 141
Ervas 147

3 A MENINA DAS CINZAS

Flores para os mortos 159
Peste e quarentena 171
O moinho de lugar nenhum 179
Convites 191
Uma luz brilhante numa mesa cheia 203
Vento e maré 215
A menina das cinzas 223
Garbo 229
Espinha e cavidade 239
Colapsos 245

4 A GALERIA DOS ERROS DE DEUS

Campanhas 253
A galeria dos erros de Deus 261
Cinderela 273
Van Stolk e Van Antum 277
A noite antes do baile 285
A criança-duende 299
Um pouco de mágica 303
Tulipa e nabos 311

5 O BAILE

O baile dos Medici 323
Clarissa de Aragão 343
Meia-noite 355
Uma noite medonha 367
O segundo sapatinho 373

EPÍLOGO
Histórias escritas em óleos 383

PRÓLOGO

Histórias pintadas em porcelana

Coxeando para casa sob um céu encarneirado, me deparo com um grupo de crianças. Estavam jogando seus brinquedos ao ar, cada uma contando e interpretando uma história. Uma peça sobre uma garota bonita que era desdenhada por suas meias-irmãs. Angustiada, a criança se disfarçou para ir a um baile. Lá, a grande reviravolta: conheceu um príncipe que a adorou e iniciou um romance com ela. Sua felicidade eclipsava a situação difícil de suas meias-irmãs, cuja feiúra era motivo de grande caçoada.

Ouvi sem ser observada, pois os idosos são geralmente invisíveis para os jovens.

Pensei: como tudo isto se parece com alguma história antiga. Terão estas crianças entreouvido seus avós revirando velhos mexericos sobre mim e a minha família, e estão os pequeninos transformando um deles numa história de fadas doméstica? Cheia de toques fantásticos: sapatinhos de cristal, uma fada madrinha? Ou estão as crianças se vestindo segundo um relato mais antigo, ao qual a saga da minha família se assemelha apenas acidentalmente?

Nas vidas das crianças, abóboras podem se transformar em carruagens, camundongos, e ratos em seres humanos. Quando crescemos, aprendemos que é mais comum seres humanos se transformarem em ratos.

Nada na minha infância foi encantador. A sorte que se debruçou sobre nossas vidas foi cortesia do ciúme, da cobiça e do assassinato. E nada na minha infância foi encantado. Ou nada que eu pudesse enxergar na época. Se a magia estava presente, ela se movia debaixo da pele do mundo, debaixo da capacidade dos olhos humanos de a divisarem.

Além do mais, que tipo de magia é essa, se não pode ser vista?

Talvez todas as velhas desdentadas se reconheçam vendo crianças brincarem. Mesmo assim, na nossa época nós, meninas, raramente cabriolávamos nas ruas! Não éramos mocinhas turbulentas, nós não! — éramos mais como sérias noviças numa abadia. Posso invocar uma prova muito apropriada. Posso espiá-la como se fosse uma pintura, através do nebuloso aparato da mente...

...Num quarto, três garotas, irmãs de certo modo, estão debruçadas sobre um engradado. A tampa foi retirada e estamos remexendo no conteúdo. A camada superior são galhos de pinheiro espalhados. Embora tenham viajado uma longa distância, as folhas ainda recendem a um ar da China, origem da carga. Nós sibilamos e recuamos — *arrghh!* Bichos cor de esterco, de algum lugar ao longo da Rota da Seda, se aninharam e se multiplicaram enquanto o navio rolava para o norte através da longa estrada do mar.

Mas os bichos não nos interrompem. Esperamos encontrar bulbos para plantar, pois até mesmo nós, meninas, pegamos a febre. Estamos ansiosas por aqueles corações acebolados que nos prometem as flores das tulipas. Seria esse o engradado errado? Debaixo das folhas de pinheiro, apenas um pilha de pesados pratos de porcelana. Cada um está embrulhado num pano áspero, com mais galhos entremeados. O prato de cima — o primeiro — não sobreviveu intacto à viagem. Quebrou-se em três pedaços.

Cada uma de nós pega um pedaço. Como as crianças adoram coisas quebradas! E um quebra-cabeça é juntar os cacos, especialmente para as jovens, que ainda acreditam ser possível.

Mãos adultas começam a remover o resto do valioso serviço de mesa Ming, como se em nossa impaciência pelos bulbos nós, garotas, tivéssemos quebrado o prato de cima. Caminhamos para um canto, à luz do dia — pintem a luz do dia da infância com uma cor de linho creme —, três garotas à janela. As arestas do disco se atritam como giz quando as juntamos. Achamos que a imagem nesse prato conta uma história, mas suas figuras são obscuras. Aqui a linha azul está borrada, ali é bem definida como o pêlo de um porco. Esta é uma história de duas pessoas, ou três, ou quatro? Estudamos o efeito geral.

Fosse eu um pintor, capaz de preservar um dia da minha vida em tintas a óleo e luz, eis o quadro que pintaria: três meninas pensativas com um prato quebrado. Cada pedaço contando uma parte da história. Na verdade, éramos crianças comuns, não tão calmas quanto a maioria. Um momento depois estávamos provavelmente brigando entre nós, aborrecidas pelos bulbos de tulipa perdidos. Barulhentas como os pequeninos que encontrei hoje. Mas deixem-me lembrar o que escolhi. Coloquem duas das meninas na sombra, a que pertencem, e deixem a luz esparramar-se sobre a terceira. Nossa tulipa, nossa Clara.

Clara era a menina mais bonita, mas sua vida foi a história mais bonita?

Caspar ouve meu recital, mas minha voz trêmula aprendeu a falar bravamente tarde demais para mudar a história. Deixem-no fazer disso o que quiser. Caspar sabe como manusear o alfabeto a partir de uma pena cheia de tinta. Pode confiar minha história ao papel, se quiser. Palavras não têm sido minha força particular. O que vi em toda minha vida a não ser pinturas? E quem já ensinou uma criatura como eu a escrever?

Agora, nesses dias enrugados em que a luz não é tão plena quanto costumava ser, o luxo da porcelana importada há muito se foi. Bebemos de tigelas de barro e quando trincam as jogamos na pilha do fundo do quintal para ser enterradas pelas folhas de carvalho. Todas as coisas verdes ficaram marrons. Ouço a história juvenil da nossa família encenada pelas crianças nas ruas e volto para casa resmungando. Caspar me lembra que Clara, nossa Clara, nossa Cinderela, morreu.

Diz isso suavemente, exigindo que esta cabeça velha se concentre no *agora*. Mas cabeças velhas são mais aptas a lembrar o passado.

Existem uma ou duas janelas abrindo para aqueles dias longínquos. Vocês as viram — as janelas das telas em que os pintores trabalham para que possamos olhar através delas. Embora não possa pintar, posso ver no meu coração: um quadrado de linho que pode lembrar uma tarde de relativa felicidade. Luz cremosa de linho, o azul e o marfim da porcelana. Meninas acreditando na promessas de flores.

Não é muito, mas ainda me faz perder o fôlego. Abençoados os artistas que salvaram essas coisas para nós. Não façam pouco da sua memória ou da escolha do tema. A imortalidade é uma coisa incerta; não pode ser prometida ou conquistada. Talvez não possa ser sequer identificada pelo que é. Supondo que Cinderela voltasse dos mortos, será que reconheceria a si mesma, em qualquer retrato numa parede, numa figura pintada num prato, em qualquer folguedo de criança ou história ao pé da lareira?

1

A FILHA OBSCURA

Praça do mercado

Com o vento feroz e as marés adversas, o navio de Harwich progride lentamente. O madeirame geme, as velas estalam, enquanto a embarcação sobe cambaleante pelo rio marrom e encosta no cais. Chega mais tarde do que o esperado, no final brilhante de uma tarde nublada. Os viajantes descem vacilantes, ansiosos por água para refrescar suas bocas. Entre eles estão uma mulher empertigada e suas duas filhas.

A mulher está de mau humor porque se sente aterrorizada. Sua última moeda foi usada para pagar a passagem. Durante dois dias, só a caridade dos companheiros de viagem impediu que ela e as filhas passassem fome. Se é que se pode chamar de caridade — uma casca dura de pão, uma fatia fina de queijo velho para roer. E depois devolvidas à garganta, graças ao mar ondulante. A mãe tem de desviar o rosto do espetáculo. A vergonha tem um cheiro horrível.

E assim mãe e filhas tropeçam, parando um instante para reencontrar o equilíbrio no cais. O sol rola para oeste, a luz cai transversalmente, os forasteiros pisam em suas próprias sombras. A rua está salpicada de poças de uma tempestade recente.

A menina mais moça conduz a mais velha. São tímidas e ansiosas. Estão pisando num país de contos de fadas, conjetura a primeira.

Esta nova terra é um lugar onde a magia realmente acontece? Não sob a capa da escuridão, como na Inglaterra, mas à luz do dia? Como é este novo mundo entrelaçado?

— Não ande com a cabeça no mundo da lua, Iris. Não se perca em devaneios. E caminhe em frente — diz a mulher. — Não convém chegar à casa do vovô depois de escurecer. Ele poderia trancar a porta contra ladrões e malfeitores, sem ousar abrir as portas e as venezianas até o amanhecer. Ruth, mexa essas pernas preguiçosas uma vez na vida. A casa do vovô fica depois do mercado, pelo menos isso eu lembro que me disseram. Vamos chegar mais perto e perguntar.

— Mamãe, Ruth está cansada — diz a filha mais nova —, ela não comeu muito nem dormiu bem. Estamos caminhando tão rápido quanto podemos.

— Não peça desculpas, é desperdiçar o seu fôlego. Comporte-se e modere a língua — diz a mãe. — Acha que já não tenho preocupação bastante?

— Claro — concorda a filha mais moça, maquinalmente —, é só que Ruth...

— Você não pára de roer o mesmo osso. Deixe Ruth falar por si mesma se ela quiser se queixar.

Mas Ruth não fala por si mesma. Elas continuam subindo a rua, ao longo de uma suave ladeira, entre casas de tijolos com cumeeiras escalonadas. As pequenas vidraças, ainda não fechadas a essa hora, recebem um brilho de fim de tarde. Os degraus foram lavados, as ruas estão limpas de esterco e de folhas e sujeira. Um cheiro de assadura vespertina de pão e de bolo vem das cozinhas ocultas. Desperta tanto fome como esperança.

— As tortas crescem nos telhados desta cidade — diz a mãe. — Isso significa boas-vindas para nós na casa do vovô. Certamente.

Certamente. O mercado fica por aqui?, pois depois dele encontraremos sua casa, ou por ali?

— Oh, o mercado — grasna uma velha senhora, meio escondida na sombra de um vão de porta —, o que se pode comprar ali e o que se pode vender!

A filha mais nova se vira rapidamente: essa é a voz de uma maga, uma velha fada a ajudá-las?

— Indique-me o caminho — diz a mãe, espiando para dentro do vão.

— Encontre você seu próprio caminho — diz a velha, e desaparece. Nada ali além da sombra de sua voz.

— Avarenta de indicações, avarenta de caridade também?

A mãe endireita os ombros.

— Vejo o campanário de uma igreja. O mercado deve ser perto dali. Vamos.

No final de uma viela o mercado se abre para elas. As barracas estão plantadas nas margens de uma ampla praça, uma igreja avolumando-se numa extremidade e um edifício público do lado oposto. Casas de pessoas prósperas encostadas ombro a ombro. Todos os prédios sobem eretos — não como o chalé de madeira encurvado lá na Inglaterra, lá na nossa terra...

O chalé agora abandonado... abandonado numa tempestade de golpes nas venezianas, de gritos: "Uma faca na sua garganta! Vai engolir minha faca afiada. Abra!"... Abandonado, enquanto mãe e filhas se safavam através de uma janela lateral, um porrete estilhaçando a porta.

Scriii — um grito de alarme que vem do ar. Gaivotas formam arabescos perto da frente da igreja, mantidas afastadas das mesas de peixes por um casal de cães zelosos e cansados. O espaço público é frio do vento oceânico, mas está iluminado de rosa e dourado pelo sol que bate nos tijolos e nas pedras. Tudo poderia acontecer aqui, pensa a menina mais moça. Tudo! Até mesmo, talvez, alguma coisa *boa*.

O mercado: perto do fim do seu dia. Cheirando a verduras murchas, peixe forte, brasa ardente, terra nas raízes de nabos e repolhos. O hábito da fome é difícil de dominar. As meninas arquejam. Estão famintas.

Peixes em fileiras cerradas como telhas num telhado, reluzindo em seus próprios óleos. Abóboras e morangas. Maçãs — douradas, vermelhas, verdes. Cachos de uvas, algumas já se transformando em gelatina sob suas cascas rachadas. Queijos cobertos com cera dura como osso ou presos em redes e vertendo gotas brancas — gatos se esparramam debaixo deles como paxás otomanos, de boca aberta.

— Oh — diz a irmã mais jovem quando a mais velha pára e se deslumbra com a abundância. — Mamãe, um pedaço qualquer de algum resto para nós! Tem de haver.

O rosto da mãe fica ainda mais fechado do que de costume.

— Não vou deixar que nos vejam mendigando em nossa primeira tarde aqui — sibila. — Iris, não mostre tanta gula em seus olhos. Sua ganância a trai.

— Não comemos um pastelão de verdade desde a Inglaterra, mamãe! Quando vamos comer de novo? Nunca mais?

— Vimos poucos gestos de caridade para conosco lá e não vou pedir caridade aqui — diz a mãe. — Deixamos a Inglaterra, Iris, escapamos com nossas vidas. Está com fome? Coma o ar, beba a luz. A comida virá depois. Levante bem o queixo e conserve o orgulho.

Mas a fome que Iris sente — uma fome nova para ela — é pela aparência das coisas, tanto quanto pelo seu gosto. Desde a súbita fuga da Inglaterra...

correndo ao longo da trilha sombreada, ofegante com dor no peito, cambaleando para dentro de um barco na escuridão — correndo com medo dos duendes nos seus calcanhares. Diabretes, gnomos, sorrindo como demônios, famintos para abocanhar seus tornozelos e chupar seu sangue...

E se um duende insinuou-se secretamente no navio em Harwich e segue como um cão furtivo, para infernizá-las nessa nova terra, começando tudo de novo?

Para não entrar em pânico, Iris diz a si mesma: *Veja como as coisas são, veja: ali, ali, ali...* Estamos num lugar novo, num outro lugar, mais seguro.

Ruth pára. É mais velha do que Iris, uma coisa sólida, já além do tamanho adulto normal, mas simples. Um pêndulo de cuspe desce e forma uma borla. Iris estende a mão e enxuga a boca de Ruth. Ela tem um par de ombros que cairia bem num boi, mas não possui a paciência bovina. Seus olhos castanhos piscam. Ela investe sobre a barraca mais próxima, uma mesa cheia de pêras novas salpicadas pelo sol.

— Não, Ruth — diz a mãe, puxando-a para trás.

Iris tem uma visão súbita da sua aparência e da de sua família, como inglesas obstinadas: inglesas neste outro mundo europeu, com suas ricas colinas concentradas de arquitetura. A encrespada família Fisher, flanando como idiotas numa peregrinação. A pontiaguda mãe, Margarethe, rebocando sua gigantesca primogênita. Ruth, arquejando os pulmões como um fole, aproximando-se de um gemido de dor. E a própria Iris, emaciada e feia como um eremita, encolhendo-se para dentro de si mesma da melhor maneira que pode.

Os homens do mercado desviam a cabeça para deixar de observar os infortúnios de uma mulher. As mulheres do mercado, porém, olham e não cedem nenhum terreno. Nenhuma delas oferece uma maçã machucada ou uma pêra miúda para acalmar Ruth ou para minorar o apuro de Margarethe. As mulheres do mercado enfiam suas mãos nos bolsos dos aventais para apalpar seus pequenos punhados de moedas. Não há nenhum hábito de caridade aqui, pelo menos não para a estrangeira feia.

A forte Ruth está menos dócil do que de costume. Quase consegue escapar dos braços da mãe. Margarethe, ressentida por ser desafiada, controla-se para manter a voz baixa.

— Ruth! Graças a Deus que estou atrelada a esta besta! Sossegue, menina teimosa, ou vou lhe dar uma surra quando chegarmos à casa do vovô. Num lugar estranho e com ninguém para enxugar suas lágrimas, pois vou impedir Iris de acobertá-la!

Embora lenta, Ruth é uma boa filha. Hoje, porém, a fome a domina. Não consegue se livrar dos braços de Margarethe, mas sai chutando e acerta a quina da frouxa mesa em que as pêras estão empilhadas. A vendedora solta um palavrão e mergulha, tarde demais. As pêras caem e rolam em círculos desordenados. Outras mulheres riem, mas preocupadas, receando que essa garotona desengonçada venha a derrubar suas bancadas.

— Tome cuidado com a sua vaca! — berra a vendedora, escarafunchando sobre suas mãos e seus joelhos.

Margarethe joga uma mão sobre o rosto de Ruth, mas ela está se contorcendo demais. Ela recua, afastando-se da bancada, encostando-se na parede da frente de uma casa. O tapa de Margarethe cai fracamente, mais som do que dor. Ela bate em Ruth de novo, mais forte. O balido de Ruth cresce num grito agudo, sua cabeça batendo nos tijolos da casa.

Uma janela do andar térreo da casa se abre, bem ao lado de Ruth. Uma voz de soprano se faz ouvir lá de dentro. Podia ser de um menino ou de uma menina. É uma palavra de exclamação — a criança teria visto Ruth derrubar as pêras? Cabeças se viram no mercado, enquanto Ruth procura se aproximar da nova voz e Margarethe a agarra com mais força. Iris se vê olhando para a frente, com um olho nas pêras, enquanto todos os olhos estão em outra parte. Mais um momento, e ela também girou a cabeça para olhar.

Ela vê uma menina, talvez de doze anos, talvez um pouco mais? É difícil dizer. A criança está meio oculta por um pano que pende da janela, mas uma réstia de luz a encobre. A luz dourada do fim de tarde. O mercado todo pára ao ver metade do rosto de uma menina no colarinho engomado, uma mancha de compota de fruta sobre a sua face.

A menina tem cabelos finos como o trigo do inverno; banhados pelo sol, quase dói de ver. Embora velha demais para tais bobagens, ela agarra alguma coisa como consolo ou brinquedo. Seus olhos semicerrados, quando espia em torno da borda da cortina, parecem o azul do lápis-lazúli ou a mais acentuada centáurea. Ou, como o antigo esmalte que Iris viu certa vez num ornamento de capela, seu brilho se apagou prematuramente. Mas os olhos da menina são cautelosos, ou talvez sem profundidade, como se tivessem sido arrancados do avesso por minúsculas agulhas e alfinetes.

Uma voz de mulher por trás da criança, vinda do interior profundo da casa. O mercado está em silêncio. Por que os cidadãos se acham tão petrificados?

— Clara? — diz a voz lá dentro.

Margarethe agarra com força os antebraços de Ruth. A menina na janela estica o pescoço, vendo Ruth tremer, decifrando suas sílabas sem sentido. A menina se inclina por sobre o peitoril da janela, um indicador curvado sobre os lábios cheios. Olha para Ruth como um cachorro olharia para uma tartaruga — de perto, sem simpatia.

— Você é uma menina perdida? — pergunta a Ruth, e, então, a Margarethe: — Ela é uma criança trocada ao nascer? Se for, deixe-a ir embora; deixe-a ir e vamos ver o que ela vai fazer! Será que vai voar que nem um corvo?

— Que tipo de cidade é essa em que os jovens falam tais bobagens aos mais velhos? — grita Margarethe em bom holandês, e a garota recua por um momento, sem no entanto abandonar o exame minucioso. A curiosidade é grande demais.

Subitamente Ruth estende a mão através da janela aberta e arrebata o brinquedo da menina — um pequeno moinho de madeira, com braços que giram em torno de um prego. Ruth coloca a base do moinho na boca, por hábito. Suga como um bezerro novo sugaria uma teta. Um riso sujo à socapa agita a multidão. Mas Ruth se acalma com a distração, e Margarethe a agarra pela cintura.

A menina loura não faz objeção. Inclina-se para a frente, examinando o rosto de Ruth quase como se estivesse olhando num espelho.

— Sua coisa — diz a menina —, oh, sua coisa, *vá embora daqui.*

Os espectadores observam cautelosamente. A mãe da menina grita: "Clara!", e há um corre-corre na sala. A menina é puxada para dentro, a janela batida com força, a cortina fechada.

Iris se vira. Se tinham a esperança de entrar anonimamente nesse novo lugar, não podiam ter feito trabalho pior. Todo mundo na praça da cidade está observando.

Margarethe apruma os ombros de novo e, sem dizer nada mais, conduz as filhas para o outro lado da praça do mercado. Quando alcançam as ruas mais adiante, onde as sombras já espessaram o dia num começo de anoitecer, Iris tira dos bolsos as frutas que apanhou no pavimento. As pêras são duras e sem suco. As três viajantes as devoram até as sementes, e comem as sementes também, e jogam fora os talos depois de os sugarem até ficarem secos.

A penumbra cede lugar à escuridão quando encontram a casa do vovô, a sotavento de uma porta da cidade. Lá ficam sabendo que ele morreu alguns anos antes e que aqueles que moram ali não são da família e não têm nenhuma obrigação de acolher as estrangeiras famintas.

Histórias contadas através de janelas

Uma noite que elas passam amontoadas no fedor de mijo de um beco nos fundos de uma cervejaria. Os cães as expulsam ao amanhecer. A mãe e as filhas limpam a lama e a palha de suas únicas saias e caminham até a praça do mercado de novo para candidatar-se a uma posição.

A voz da mãe é calculada: ora metálica, ora devota. O que causar efeito.

— Sou Margarethe, Margarethe da família ten Broek. Meu avô foi Pieter ten Broek, que morou à sombra do Zijlpoort. Uma boa família! Voltei para cá esperando ficar com ela. Mas soube agora que ele e sua mulher morreram, e meus tios também foram levados pela varíola e outros caprichos de Deus. Não conhecem meu rosto, mas conhecem o do meu avô; ele foi importante nesta cidade. Para honrar o seu nome, eu peço que me amparem, porque não tenho mais ninguém a quem recorrer.

Primeiro, Margarethe faz o seu apelo às portas das lojas do mercado. Fará qualquer trabalho de costura em troca de um punhado de cobertores num galpão ou num celeiro. Fará qualquer trabalho de estábulo, basta darem comida para si e suas filhas desajeitadas. Cuidará de crianças malcriadas e doará leite dos seus seios se bebês inapetentes o necessitarem. (Seus seios não parecem aptos à tarefa.)

Os mercadores jogam alfaces murchas sobre ela.

Então Margarethe se volta para as ruas residenciais. Algumas das casas estão mudas, venezianas como tampões de madeira sobre os ouvidos de suas janelas. Margarethe fica à espreita em vielas até que as criadas abram as casas dos seus patrões. Tagarela com brava familiaridade com as garotas que saem à rua para lavar os degraus.

— Oh, não queiram saber as agruras que deixamos para trás, na lama abandonada de uma aldeia do interior da Inglaterra. Fedor de pântano na lembrança, eu lhes conto agora! Mas minhas origens estão aqui, sou uma de vocês; meu pai partiu quando eu ainda era um bebê, para Ely, para March, a fim de ensinar os tolos dos ingleses a drenar suas terras de banhados à maneira aperfeiçoada por nós, holandeses. Ensinou o ofício ao meu marido, Jack Fisher, que o desempenhou suficientemente bem... até as marés altas deste outono. Então as comportas de terra se romperam e os brejos inundaram e as colheitas se arruinaram além de qualquer redenção. E os aldeãos de March e os pantaneiros de pés lerdos e lodosos podiam ver o que ia ser o inverno que se anunciava. Teriam desejado matar um holandês! Mas meu pai tinha morrido de malária e não havia nenhum holandês à mão, então mataram a coisa mais próxima: um dos seus que havia se casado com uma jovem holandesa. Meu próprio marido, Jack.

Uma criada joga um balde de água suja nas pedras do pavimento; Margarethe tem de pular para trás para não levar um banho.

Uma matrona numa janela, examinando uma mancha num colarinho de renda.

Margarethe:

— Encurralaram meu homem, meu lastimado Jack Fisher, num arvoredo mal-assombrado uma noite da semana passada! Golpearam a cabeça do meu Jack com um arpão. Minhas filhas e eu saímos ocultadas pela escuridão na mesma noite, receando por nossas vidas. Os camponeses da Inglaterra são uma raça vingativa e éramos vistas como estrangeiras, embora as meninas tivessem nascido lá.

...os sons na viela, de coragem cheirando a cerveja e raiva cheirando a cerveja, e as meninas bruscamente arrebatadas do seu sono, e os olhos de Margarethe dardejando, duros; e sua voz assustada: "Precisamos sair deste lugar! Vamos lá, filhas retardadas, de pé!, ou este vai ser o seu último sono!"

A matrona desvia os olhos, como se Margarethe não passasse de uma gralha piando sobre o peitoril. A janela se fecha lentamente. Margarethe se desloca para a janela de um vizinho sem perder o ritmo do seu recital.

— Os ingleses têm um medo mórbido dos estrangeiros entre eles! Vocês sabem disso! E embora as meninas tenham um pai inglês, eu as treinei para falar a língua de meu avô, Pieter ten Broek, que prestou bons serviços a esta cidade, assim me disseram. Achei que precisaríamos voltar a nosso solo natal e voltamos. Não somos vadias ou refugiadas. Não somos ciganas sujas. Somos da sua própria gente. Recebam-nos de volta.

Iris vê que a mãe não tem jeito para gerar simpatia. Algo na aresta rija do seu maxilar, nas narinas arfantes.

— Vejam só minhas meninas — diz Margarethe. — Se o estômago delas pode suportar. Já não sofri o bastante? Com uma delas tagarelando e cambaleando como um fazendeiro bêbado em dia de feira — ela encolhe os ombros para Ruth — e a outra — empurra Iris para a frente — chata como uma tábua, uma afronta aos olhos? Por que Deus me negou filhos, que poderiam ser um consolo para uma mãe em desgraça? Se morrermos nas ruas desta cidade, por sua frieza a mão de Deus trará a pestilência sobre vocês! Bom-dia. Cães de uma figa! Iris, cuidado com sua irmã.

Uma mão paralisada empurrou a janela e a fechou sobre Margarethe e suas filhas. Uma prece murmurada contra a praga de Margarethe.

— Deixem-me contar-lhes o que sei sobre fome e peste — diz Margarethe, molestando um aldeão que tenta passar furtivamente por ela sem ser acostado. — Seus concidadãos nos sugerem os asilos de pobres aqui e prometem que os necessitados podem engordar ali com manteiga e bife. Mas eu vi os pobres brigarem por um cão doente, matarem-no e queimar sua carne na fogueira, e vomitar tudo em menos de uma hora. Vi a fome colocar pai contra filho e marido contra mulher!

— Mamãe, as coisas que a senhora diz! — Iris está espantada com o testemunho da mãe.

— Acha que eu invento essas coisas? A fome é uma realidade — diz Margarethe. — Não vi crianças mastigando ratos?

Mas ela suaviza a voz e tenta uma nova abordagem.

— Tenho muitos dons, minha senhora, conheço ervas e tisanas para dor nas juntas. Sei o que colher e como secar, o que jogar fora e o que reservar. Conheço as plantas, as flores, as raízes. Conheço — faz uma pausa, julgando o seu próximo público de uma velha senhora de queixo entrado —, conheço as palavras sagradas a se pronunciar e, quando elas falharem, as palavras profanas. Conheço as magias, conheço os amuletos secretos, conheço as consolações invisíveis...

A velha, assustada, fecha a veneziana com tanta força que quase prende a mão aleijada na altura do punho.

— O que precisamos é uma mesa — diz Iris —, uma mesa que sempre esteja a gemer com o peso da comida que aparece magicamente todo dia...

— A imaginação não vai nos alimentar, Iris — resmunga Margarethe. — Pelo amor de Deus — grita com raiva —, não existe nenhuma misericórdia nesta aldeia úmida? Será que o infortúnio que nos expulsou da Inglaterra vai nos alcançar finalmente, quando não tivermos mais força para continuar fugindo?

Meio-dia. O sol fazendo o seu melhor, arrastando suas saias douradas através de ruas arenosas. Numa viela de fundos, onde os cheiros da cervejaria ficam encurralados entre becos e pequenas oficinas, há uma janela que não se fecha. Margarethe pára, a mão apertando as costelas, arquejando, tentando impedir-se de chorar de raiva. Completamente perdida, está se esforçando por inventar uma nova história. Ruth brinca com o bonito brinquedo que a menina chamada Clara enfiou em suas mãos. Iris olha para a janela.

A sala é alta e arejada, mais estábulo do que salão, um velho depósito de armas, talvez. Iris espia. A sala está desarrumada. Uma mesa abriga panelas, pilões e pedras de amolar. Uma chaleira com azeite de torcer o nariz borbulha suavemente num fogo brando. Pincéis de pintura investem de potes de barro desordenados como samambaias de outono. Contra a parede encostam-se painéis de madeira soltos, como uma série de portas, e um ou dois painéis estão apoiados em cavaletes no centro da sala. Toda superfície é coberta de cor, campos de névoa cortados com pinceladas de um brilho irreverente. Todas as cores que Iris já conheceu, do azul noturno ao limão mais ácido.

Um homem se vira, mal ouvindo as palavras de Margarethe. Parece irritado por gritarem através de sua própria janela, que foi aberta em busca de ar e luz, não para olhos curiosos ou mendigos à solta.

Iris se inclina mais à frente para olhar. A consolação do cinzento, do verde, a surpresa do cor-de-rosa. A redenção do branco das nuvens em quatro novos painéis ainda intocados pela imagem.

— Iris, não seja atrevida com o cavalheiro — murmura Margarethe, preparando a sua mais recente versão de desgraça.

Iris ignora a mãe.

— O que ele está fazendo? — pergunta ela através da janela.

Olhando

O pintor larga sobre a mesa um bastão de giz vermelho e sopra levemente nas pontas dos dedos. As dobras de suas roupas estão cobertas de vermelho como se salpicadas da poeira de tijolos. Ele caminha até a janela e sacode a cabeça.

— Que tipo de assalto é este? — resmunga.

— Nenhum assalto, senhor — grita Margarethe, agora que agarrou um ouvinte, vociferando para dentro da casa —, apenas uma mãe com filhas virgens famintas! De que préstimos o cavalheiro necessita? Pode-se mandar uma mulher fazer qualquer coisa. Posso ajudar a esposa cansada de um homem em todas as tarefas domésticas. Mandem-me varrer e esfregar, que eu faço. Mandem-me levar um colchão para arejar, buscar água do poço. Mandem-me matar uma galinha, que eu a depeno e cozinho, mando suas penas para o saco como enchimento de travesseiros, suas vísceras à frigideira para fazer companhia às cebolas, seus ossos jogados na terra para ler a sorte.

— Não há nenhuma esposa aqui, senão por que estaria eu vivendo nesta sujeira? Mas cale a boca enquanto eu penso a respeito — diz a ela, virando-se para examinar Ruth e Iris.

Ruth esconde os olhos, mas Iris retribui o olhar. Não está em busca do seu pai, não, não; ele morreu há sete dias.

Uma voz do lado de fora enquanto a porta é estilhaçada: "E o marido foi ferido na cabeça, sangrando no seu pântano, e nós vamos pegar sua esposa malvada em seguida, e aquelas meninas!"

Fique no momento presente. Olhe para o momento presente. Ela está olhando para um homem que parece ter aproximadamente a idade do seu pai. É tudo.

É um homem de meia-idade, com uma luz nos olhos de venezianas abertas. Iris não se lembra de ter visto coisa parecida antes. Ele cofia os bigodes amarelo-avermelhados e passa os dedos através de uma barba que precisa de água quente e das atenções de uma navalha. Sua cabeça calva parece esmaltada por ter sido exposta ao sol sem o chapéu preto favorecido pelos burgueses prósperos. Seus dedos estão manchados de vermelho e violeta. Barba Amarela tem compassos, balanças, ferramentas em seus olhos; olha para Iris. É um olhar limpo de emoção humana, pelo menos agora. Olha para ela com alguma espécie de julgamento. Iris baixa os olhos finalmente, vencida por sua atenção.

— Estará em idade de se casar no mês que vem — começa Margarethe. Iris estremece.

— Silêncio — murmura ele, erguendo os dedos para Margarethe. E olha um pouco mais.

— Vamos ver — diz finalmente. — Tem um galpão lá atrás onde vocês podem dormir uma semana ou duas, pelo menos até que meu aprendiz volte de suas viagens a meu mando. Depois, veremos. Tem trabalho a ser feito se puderem morar aqui em silêncio. Você, mãe, vai cuidar das necessidades da casa de um solteiro. Não vou citar ou enumerar as tarefas, mas quero comer, dormir e trabalhar sem parar quando me der vontade. A garota mais velha pode andar sozinha por aí? Existe um prado não longe da ponte, logo depois de Amsterdamse

Poort, onde o novo canal inicia sua jornada até Amsterdã. As flores do final do verão crescem ali em abundância. Ela pode colhê-las diariamente para meu estúdio. As ervas silvestres mais comuns morrem em poucas horas e preciso vê-las regularmente. Ela é capaz de fazer isso? Bom. Talvez você... seu nome em uma palavra e nenhuma narrativa...

— Margarethe — diz ela, e levanta a cabeça. — Margarethe Fisher, da boa família ten Broek, de Haarlem.

— Margarethe, se desejar, talvez eu possa ensiná-la a moer minerais para mim e misturá-los com óleo e pós, para fazer as minhas cores.

— Sou boa em misturar ervas, pimentas e raízes. Minerais e pós não seriam problema para mim.

— Muito bem. E as meninas, como se chamam...?

— Minha filha mais velha, Ruth, e a mais esperta, Iris.

— Não são nomes holandeses costumeiros — diz ele, divertido.

— Nasceram nos brejos de Cambridgeshire. Seu pai inglês não estava inclinado a nomes de santas e mártires — diz Margarethe —, por isso as escolhas eram poucas. Quando vimos como nossa primeira filha era mimada, nós a batizamos de Ruth, que, segundo me dizem, quer dizer arrependimento de nossas próprias falhas. Então escolhemos o nome da filha seguinte como Iris, na esperança de que isso a encorajasse a crescer na beleza como uma flor.

Olha para Iris e seus lábios se contorcem.

— Como pode ver, nossas esperanças foram terrivelmente frustradas.

— Iris é a esperta — diz ele.

— Esperta o suficiente para o que o senhor precisa...

Margarethe está com um olhar de malícia? Certamente, não.

— Para Iris, uma tarefa difícil — diz Barba Amarela. — Gostaria que ela se sentasse numa cadeira na luz do norte durante horas para que possa observá-la. Deve ficar sentada sem se mexer, sem falar. Deve manter a boca fechada. Vou desenhá-la em giz vermelho no pergaminho, e talvez pintá-la, se estiver satisfeito com meus desenhos.

Margarethe não consegue se conter.

— Por que razão imaginável gostaria de pintar uma criatura como ela? — Margarethe coloca a mão no ombro de Iris. O gesto é em parte amoroso, em parte uma negociação. E por que não, Iris admite, quando mal podemos ter uma casca de pão após a outra?

— Minhas razões são pessoais — responde o pintor. — Decida e me responda, pois agora não tenho mais tempo para isso. Diga-me sim ou não.

— Seu nome, antes que entremos por sua porta e aceitemos sua generosa oferta.

Mas ele ri.

— Meu nome não fecha nenhum negócio, meu nome não aumenta o valor das minhas telas. Meu nome não tem lugar num mundo em que Lucas Cranach e Memling e os florentinos exibem suas pinturas! Até mesmo em minha própria época eu sou anônimo, não tanto como o Mestre do Altar de Dordrecht. Aquele esforço é muito admirado, mas não sou lembrado como o seu criador. Simplesmente me chame de Mestre e meu orgulho de galo estará satisfeito. Vão entrar ou não?

As três se atropelam para dentro da casa. Os cheiros no estúdio são levemente ofensivos. Iris sente a pungência da madeira seivosa, recém-cortada, do óleo com aroma de resina, um fedor de ovo do enxofre, o suor masculino.

Ela pára ao ouvir o risinho da mãe e o arrastar preguiçoso da irmã. Iris olha para os trabalhos assim que seus olhos se acostumam com a luz interior.

Os painéis são delineados em vermelho ou preto. Alguns deles são trabalhados com uma tintura oliva ou sépia. Raros foram levados um pouco mais adiante, as formas sólidas de seres humanos começando a emergir da massa sombria das preparações do Mestre. Pedaços de papel, rabiscados com tinta prateada, estão pregados nas bordas dos painéis — esboços, ela pode ver, do que o trabalho acabado poderia conter.

Os esboços são principalmente de pessoas sem roupas. Mulheres e homens igualmente.

Iris agarra a mão da mãe e aponta sem emitir nenhuma palavra. Margarethe ergue o queixo e estuda a situação. Depois de um tempo, ela diz, numa voz pretensamente agradável:

— Mestre, minha filha posaria sem roupas para o senhor?

— Sou um pintor, não um monstro.

Oito ou nove peças em andamento, ou peças começadas e abandonadas; Iris não sabe dizer. Figuras que estão nuas nos esboços aparecem vestidas nas obras acabadas.

Iris olha angustiada para a mãe. Por trás das costas do Mestre, Margarethe faz uma careta para Iris que significa: Primeiro comemos, *depois* nos recusamos. Cautela, filha! Mas Margarethe segue em frente e observa:

— Estamos numa capela romana, cheia de ídolos. Na Inglaterra, poucos sancionariam mais tal blasfêmia. Toda essa beleza pintada serve a algum propósito?

— Quem pode dizer a que propósito serve a beleza? Mas pelo menos os católicos romanos costumavam pagar bem pelo trabalho que inspira suas devoções — diz o Mestre, caçando no meio de uma pilha de pincéis um que sirva para a tarefa à mão. — No tempo em que os católicos romanos eram mais do que meramente tolerados nesta terra.

— Vejo a Virgem em azul e escarlate, vejo o Cristo como um bebê holandês gorducho criado comendo queijo. Vejo anjos por toda parte — diz Margarethe com desinteresse.

— Eu pinto meus demônios, anões e depravados numa sala separada — diz o Mestre, acenando com a mão. — A porta que eu mantenho trancada. Não sou supersticioso, mas não provoco a ira de Deus mais do que preciso.

Iris quer perguntar: o senhor pinta diabretes, aleijões, íncubos? Do tipo que corre com uivos inaudíveis nos calcanhares das multidões, incitando-as ao mal? Mas ela não pode falar sobre isso, sua boca não quer colaborar com a sua mente.

Margarethe começa a arrumar os potes por ordem de tamanho.

— Vá cuidar da casa, não mexa nas minhas coisas — diz o Mestre. — Vamos saindo daqui, já! Seja útil com pastelão, vassoura e água fervente! Vá até o mercado e encontre um peixe saudável para o meu jantar! Saia do meu caminho!

— E vou pagar com o quê, Mestre? — diz Margarethe.

— Meu nome — diz ele.

— O Mestre da Dívida? — diz ela.

— Schoonmaker — respondeu ele —, mas o Mestre bastará. É bom que baste.

Margarethe endireita a espinha.

— Iris, cuide da sua irmã — diz ela. — Você *é* a esperta. Chega de andar no mundo da lua, chega desses suspiros vaporosos! Mantenha Ruth sob o seu punho. Está me ouvindo?

Iris acena com a cabeça.

— Iris, a confiável — diz Margarethe. — Bem, lá vou eu, e esta noite nós vamos comer.

Iris mantém uma mão no ombro de Ruth até que sua mãe sai apressadamente de vista. Então Iris continua a sua inspeção. Como não fala, o Mestre não parece se incomodar com que esteja ali. Ao esfregar uma mancha de verde para aplicar-lhe um brilho amarelo, resmunga para a menina, ou para si mesmo. Ela escuta enquanto pensa e observa.

Ele tem uma voz agradável, sussurrada e rouca.

— Então sua mãe, como o resto do povinho, desaprova a arte sacra! Eu devia fazer minhas malas e me mudar para a Holanda espanhola, onde uma saudável fé católica romana ainda requer um suprimento de imagens religiosas. Mas, não, embora os calvinistas daqui tolerem a presença papista, mesmo fechando os olhos para as capelas secretas, o mercado para a arte sacra desapareceu.

Iris não sabe de nada disso nem se interessa.

— Mas setenta anos atrás? Cem anos? Imaginem isto. Cada doze quilômetros abrigava um agrupamento de casas com sua própria pequena igreja e cada igreja ostentava uma pintura da Sagrada Família. Jesus, Maria e José. Os Evangelhos são povoados subitamente e para sempre pelas imagens que os artistas produzem para vocês. Fizemos nosso trabalho e Deus colheu a recompensa num aumento das preces. A verdadeira conseqüência da beleza, diga isso à sua mãe!, é a devoção.

Iris não tem idéia do que ele quer dizer, mas parece que lhe agrada falar. Ela vê Josés e Marias e vários Jesus de todas as idades e humores. Abandonados repetidas vezes, por serem imperfeitos, por serem indignos?

O Mestre prossegue, pontuando suas pausas com carícias do seu pincel.

— Pintar temas sagrados sempre garantiu uma boa vida para pintores! Embora quais dentre nós não temem ser jogados no inferno ao colocar numa cena sagrada das Escrituras algum bebê que vemos na rua, uma mulher que amamos, um homem a quem admiramos?

O Mestre se torna soturno.

— E, além de pintar os abençoados — isto num tom amargo, censurando —, como pintor eu catalogo a corrupção do mundo! Com uma honestidade espantosa. Os deformados, as aberrações profanas. O Menino-Menina de Roterdã? Eu pintei aquela alma amaldiçoada um ano antes de ser apedrejada até a morte pelos devotos. Pintei as Sete Estações da Peste, incluindo o rosto cinza-esverdeado do cadáver não enterrado. Os corcundas, os crânios rachados, a sra. Handelaers com sua horrível mandíbula de jumento. O outro lado da revelação! Através daquela porta, se você quisesse ver. Vou abri-la para você. Todas as provas da nossa necessidade de Deus. — Ele aponta seu pincel para a porta e ergue as sobrancelhas numa interrogação.

Iris não ousa sequer olhar para a porta, muito menos pedir que seja aberta. Não quer ver. Envolve os braços magros ao redor do peito magro e pergunta a si mesma de novo: onde viemos parar?

O Mestre volta ao seu quadro.

— E ainda vou pintar aquela criança trocada ao nascer — diz ele sombriamente. — A beleza oculta de Haarlem. Mais uma testemunha para a estranheza deste mundo.

Iris se lembra da menina na janela, a menina que deu o brinquedo a Ruth. Ela perguntou se Ruth era uma menina perdida, trocada ao nascer. Seria Haarlem um refúgio para tais duendes bestiais? Iris ouvira que de tempos em tempos um bebê pobre podia ser raptado do seu berço e substituído por uma criatura podre e doente semelhante a ela apenas na aparência. Dizem que uma criança trocada ao nascer é deficiente de alguma coisa essencial, ou a memória, ou o juízo, ou a misericórdia. Iris deseja perguntar ao Mestre sobre a natureza das crianças trocadas ao nascer, e como se identifica uma delas, mas ele interrompe os pensamentos dela com os seus resmungos.

— E mesmo que eu testemunhe a terrível condição humana, e sua salvação pela santidade de Jesus, ao que, ao que, ao que neste *annus dominus* somos nós levados, nós, os trabalhadores, os artesãos, os cozinheiros de ensopado de linhaça?

O Mestre joga o pincel para o outro lado da sala.

— Eles querem *flores*, flores para o comércio, beleza para vender como se valesse apenas por sua beleza! Por que os calvinistas sem sonhos não vão simplesmente a Constantinopla? Por que não se juntam aos maometanos pagãos, que censuram a noção de retratar a divindade em nada mais a não ser azulejos euclidianos em azul e ouro? Ou por que eu não vou simplesmente para a Holanda espanhola e me estabeleço por lá? Onde posso pintar o que quero e manter a mesa cheia de comida também?

— Por que não vai? — pergunta Iris, espicaçada em sua timidez pelo discurso dele.

— Eu adoro meu lar, e este é o meu lar — grita ele. — Você *não* entende isso?

Iris não responde. É difícil lembrar o que seja um lar, usurpado por aquele pesadelo de tochas, acusações, por uma fuga numa chata sobre campos inundados por água do mar, enquanto a lua cheia brilhava sobre elas como os olhos de um juiz vingativo. Sua família deixara o lar tão às pressas — quem realmente sabia sequer se Jack Fisher teve um enterro cristão, ou se ainda estava vagando ao sabor das marés, um cadáver inchado deitando seu sangue nas safras arruinadas?

— O que é, o que é? — diz o Mestre, partindo na direção de Iris, mas ela se assusta e salta para trás.

um demônio menor, farejando o ar da meia-noite, na caça, correndo atrás delas...

— Não — diz ela, deixando tudo fora da lembrança —, não, *não*.

— Então, se não quiser falar, vá para fora, saia para o ar, chega dessa minha conversa fiada. O que lhe importa a loucura de um homem obcecado? Vá buscar flores. Vá com sua irmã enorme buscar flores. Vamos lá, correndo, e tragam uma braçada de belas flores silvestres para mim, para que eu possa desperdiçar o meu tempo e me alimentar.

Ele olha para Iris e então examina os pincéis, abrindo as cerdas de um deles com o polegar esquerdo limpo.

— Tragam-me flores, crianças — diz ele, com mais suavidade. — Saiam para o ar livre. Estão parecendo umas velhas antes do tempo.

Campina

Schoonmaker — o Mestre — dá a Iris uma faca curta. Explica a ela como encontrar a campina. Iris ajuda Ruth a calçar de novo seus tamancos de madeira e enfia os pés no seu próprio par. E então as garotas dão as mãos uma à outra e correm.

Passam pela cervejaria com seus cheiros ricos e ativos, depois por uma viela que leva a uma das portas da cidade. Saindo pela porta, atravessando um canal fétido, subindo um dique, passando por um monte de arbustos, e ali está: a campina. Algumas vacas estão mugindo em companhia. Ruth tem pavor de vacas, por isso Iris corre até elas, gira os braços como as pás de um moinho e as vacas se afastam sem se sentirem ofendidas.

As irmãs estão sozinhas pela primeira vez desde que deixaram seu lar na Inglaterra. Não são meninas holandesas, por melhor que Margarethe tenha ensinado a Iris as palavras essenciais e a gramática. Mas não são mais meninas inglesas também, uma vez que o lar lhes foi arrebatado. Por isso, neste momento, estão meramente sozinhas, mas juntas, tão juntas quanto podem estar.

Antes da morte de Jack Fisher, Iris e Ruth não haviam ido mais longe de March do que à aldeia vizinha, e isso uma única vez, para uma feira. Que desastre. A cerveja rolara com excesso de generosidade e a reticência que se mascara como caridade cristã desaparecera. Os homens tinham deposto suas tigelas de cerveja e escarnecido de Ruth com um cajado, dizendo que tinham fome de toucinho, e quanto custaria a porca? Iris arrancou-lhes o cajado e partiu para cima deles e fez o sangue correr, ainda que com narinas escorrendo sangue e lábios cortados os homens se juntassem contra as duas em folgança. "A porca e a cachorra! A cachorra e a porca!"

As irmãs Fisher nunca mais foram à feira. Nem Iris havia contado exatamente a Margarethe ou a Jack o que aconteceu, pois de que adiantaria? Ruth apenas seria mantida ainda mais trancada em casa. Iris sempre achara que aquilo não era justo. Sem discussão, Ruth é uma idiota, mas não é uma porca.

Mas Iris não pode pensar nessas coisas. Quando as lembranças ameaçam voltar, tem de afastá-las. Deixou essas coisas para trás. Deixou a Inglaterra para trás, e tudo o que ela significa. Todo diabrete amaldiçoado é deixado para trás, certamente, certamente. Mas elas chegaram realmente à Holanda? Ou o barco se perdeu na tempestade? Não teriam chegado em vez disso a um lugar enfeitiçado? Talvez pareça apenas a Holanda e é por isso que o avô que deveria tomar conta delas não está em sua casa.

Não exagere na sua imaginação, diz a voz de Margarethe na cabeça de Iris. Mas Iris não pode se impedir. Os mistérios deste lugar! O que poderia ter sido a Menina-Menino de Roterdã? Ou a Senhora Maxilar de Jumento? E quanto à criança trocada ao nascer? Se isto não é mais a Inglaterra, talvez não seja a Holanda, tampouco. É o local da história, que começa aqui, na campina das flores tardias do verão, vicejando antes que as tempestades do Atlântico as cubram todas de água e de inverno.

Iris faz um sermão para si mesma. Tenha bom senso. Seja boa. Mereça a comida que lhe darão esta noite.

— Tanta variedade — diz ela. — Que tipo de flores você acha que ele quer?

Ruth arranca uma margarida e a levanta.

— Esta é uma, e das boas, sim — diz Iris —, ele quer muitas. Ouça, Ruth, é capaz de usar esta faca sem cortar o polegar? Se as arrancar assim, as folhas vão ficar amassadas. Faça o seu corte aqui embaixo. Dobre os joelhos, assim está melhor. Sim, esta é boa. Não precisa aprovar cada escolha. Todas as flores são boas, Ruth. Sim, esta outra é boa também.

Iris se afasta o mais que pode, certificando-se de que Ruth não fique alarmada. Então se afasta ainda mais. Vê uma macieira abandonada na beira da campina. Embora esteja aleijada pela idade, existem galhos que podem ser usados como uma escada e ela conseguiria pisar da macieira para os ramos da árvore frondosa que cresce ao lado. Iris prende a saia escura nos laços do avental e coloca seus preciosos sapatos num ângulo contra o tronco. Começa a subir.

Ela não pôde ver muito do mundo a bordo do navio que havia partido de Harwich. Devido ao medo, à fome, à náusea, tivera de manter a cabeça no chão de tábuas rangentes. Iris diz para si mesma, eu não podia me postar na proa do navio e traçar nossa jornada até este lugar estranho. Mas aqui, na beira, na margem, uma árvore idosa é um degrau que leva a uma árvore mais alta, e a partir daí...

Olha numa direção, além da fralda de três ou quatro mais campinas está o oceano vasto e cinzento, ondulado com as linhas brancas de água desejando atritar-se ruidosamente contra as dunas. Daqui o mar parece menos monstruoso do que parecera na doca de Harwich. A luz então era muito pouca e as ondas, bem próximo, tinham levantado massas d'água untuosa, pesada, escura. Hoje o céu está coalhado de nuvens variadas como veleiros, com cascos achatados e velames encapelados, e a água parece acetinada, modificada.

Olha na outra direção, e ela pode espiar acima e além da copa folhosa, localizar a foz do Spaarne marrom-azul e acompanhar o rio terra adentro até as muralhas da cidade. Pode divisar os edifícios de Haarlem. Suas elegantes chaminés, suas fachadas altas imitando degraus e escadas. Ali: o prédio que ela já conhece como o Stadhuis, a prefeitura, com a verde montanha do seu telhado. Ali: a Grotekerk — a Catedral de São Bavo —, sua flecha de pedra da cor de pão torrado, um ângulo rosado e sarapintado à luz desta hora. Uma pequena cúpula, aberta aos ventos, está empoleirada no topo como uma cebola suspensa.

Canais circundam a cidade, juntando-se ao Spaarne nos lados norte e sul. Haarlem, ou que mundo isto pudesse ser, é um jardim fechado, de pedra, vidro e telhados vermelhos. Mais além, para o leste, a ocasional *ouderkirk,* conforme o Mestre lhe contou — sugere um grupo de casas de fazenda, uma encruzilhada, uma passagem em vau. Iris olha à procura de algum gigante a distância, algum dragão botando uma ninhada de ovos. Ela vê um rolo de fumaça subindo. Podia ser um dragão. Podia ser qualquer coisa.

— Acho que é um dragão — diz Iris.

Ruth já se esqueceu de sua tarefa e fica sentada mastigando os caules das flores.

Iris não deu muita atenção às flores. Coisas que crescem têm sido a preocupação de sua mãe: as raízes, as ervas por causa de suas folhas e flores, as flores por suas sementes, os inúmeros pequenos fragmentos de salva, aipo e arruda. Iris passou por cima delas. Mas agora ela vê uma variedade de flores silvestres. Não conhece seus nomes, em inglês ou holandês. Depois de poucos momentos no ateliê de um artista, ela é capaz de ver apenas flocos de ouro, hastes de vermelho e marrom, plumas estreladas de azul, pedestais de branco e tudo isso salpicado contra uma brilhante cortina de amarelo e verde.

Iris diz para si mesma: vou trazer Margarethe aqui para os benefícios a serem extraídos de sementes, caules e folhas. Margarethe é uma maga das plantas e é capaz de tratar qualquer mal com uma infusão ou um emplastro.

E lá está Margarethe, vindo já a passos largos do mercado, um grande peixe reluzindo debaixo do braço. Iris acha que sua mãe parece — vista dessa altura — ridícula, suas pernas chutando para os lados e seus ombros encurvados. Ela parece aliviada.

— Eu vejo uma bruxa má e uma vaca que dá leite de puro ouro — grita Iris.

Decide que vai reunir a coragem para olhar as pinturas dos demônios e as figuras sobrenaturais do Mestre. Todos os segredos do mundo são para ser descobertos e registrados!

Um bando de andorinhas a caminho do sul.

— Aquilo é um grupo de fadas, voando de árvore em árvore? — grita ela, para manter Ruth interessada. — Aquela que vejo seria uma criança trocada ao nascer?

Lá embaixo, Ruth sorri e não se dá ao trabalho de ouvir, uma planta simples no meio das plantas.

Posando para Schoonmaker

Elas acabam conhecendo o seu protetor e suas explosões de cólera. Ele acorda como Schoonmaker e se torna, através de mal-humorado esforço, o Mestre. As manhãs são cheias de pragas resmungadas e bênçãos engolidas. Ele se lava com entusiasmo, sem dar atenção ao pudor de donzelas ou viúvas. As Fisher têm de se acocorar na cozinha até que ele chame para levarem embora a água do seu banho. Então, um camisão de cambraia colocado por sobre a cabeça pelo menos, ele ralha com Margarethe por tudo que o desagrade: o mingau ralo, o queijo duro, o pão acinzentado, a miudeza dos arenques.

Ruth brinca com o seu moinho, o pequeno objeto agarrado da mão da bela menina na casa da praça do mercado, até que o Mestre ruge por flores. Não acontece todo dia — nem todas as flores do campo morrem imediatamente, não importa o que ele diga —, mas acontece com muita freqüência.

Depois das primeiras três ou quatro viagens, Iris não precisa escoltar Ruth até a campina, embora, se as vacas a assustarem, Ruth volte para casa de mãos vazias. Iris observa, porém, que o Mestre muitas vezes não olha para as flores que Ruth traz. Ele as enfia num vaso e continua a pintar aquelas que já tem, o tempo todo recitando trechos das Escrituras, como para se punir ao lembrar de que paixão sagrada ele é afastado por causa da bobagem das flores.

Iris mata o tempo no estúdio, tentando reunir a coragem e pedir para ver as pinturas na câmara dos horrores trancada. Está curiosa para ver se ele retrata diabretes e aleijões ali. Aqui o Mestre pinta flores.

— Por que está me aborrecendo? — resmunga ele, sem soar muito aborrecido.

— Já viu um dragão... ou um íncubo?

— O protetor que não paga sua dívida é um íncubo... — Que resposta de meia-idade para alguém que alega admirar suas próprias pinturas de monstros e miseráveis!

Ela vai lhe pedir amanhã a chave do outro quarto. Vai mesmo. Sempre ouviu falar de diabretes e quer ver um — não na vida real (pelo amor de Deus, não), mas numa pintura. Isso seria seguro e até mesmo maravilhoso.

Mas o amanhã chega e assim que ela vai pedir — ela vai, ela vai! — ouve-se uma batida na porta.

— Caspar? — diz o Mestre. — Entre!

Ninguém entra.

— Iris, abra a porta, os braços de Caspar devem estar carregados de presentes para mim — diz o Mestre com entusiasmo.

Timidamente, Iris abre a metade superior da porta secionada ao meio. Não vê nada, mas ouve uma batida na metade inferior.

— Seja generosa. Abra a porta inteira — diz o Mestre.

Ela o faz. Uma besta horrível com uma barba imensa está parada ali, alcançando apenas a altura dos cordões do avental de Iris. É um cão falante ou um filhote de urso? Grunhe para ela:

— Afaste-se, o que é que está olhando, sua coisa feia?

Um anão, um anão de verdade. Iris fica contente que Ruth esteja na campina hoje. Possa ela ficar lá em segurança até que essa criatura se retire!

— Onde está o velho ganso? — rosna a criatura, entrando com ímpeto.

O Mestre não parece impressionado.

— Quem mandou você aqui? — disse.

— Pela metade de um pão, vou tirar meus calções e mostrar como o barbeiro fez cócegas nas minhas pernas gangrenadas com suas facas — diz o anão, que aparentemente é baixo assim porque não tem pernas. Ele avança, usando os braços para se locomover. Então repousa sobre dois pequenos cotocos na base da sua pélvis. Estão forrados por retalhos de couro, presos por correias enlaçadas sobre seus ombros.

— Há uma mulher presente — diz o Mestre —, uma menina.

— Oh, é uma menina? — diz o anão. — Tem um rostinho tão bonito. Achei que fosse um macaco adoentado. Então o senhor é Schoonmaker, não é? Ainda desenha gente como eu?

— Quer que eu lhe pague metade de um pão? — diz o Mestre. — O pão está caro, e já vi gente como você antes.

— Tenho um belo pacote de calombos e nódulos arrastando pelo chão — diz o anão, olhando para o meio das pernas.

— Vá embora — diz o Mestre. — Eu me interesso pelas variedades dos decaídos, por certo, mas neste momento estou ocupado com flores. E não gosto do seu linguajar chulo quando há uma menina presente.

O anão olha para o estudo de flores silvestres do Mestre.

— Deixou de catalogar figuras bizarras para pintar retratos de... comida de vaca? — diz o anão. — Desgraçado, sua reputação vale mais do que isso.

— Margarethe, traga a sua vassoura — diz o Mestre calmamente. — Um fiapo de pêlo falante caiu na entrada da porta. Precisa ser varrido, quer ele saiba ou não.

Iris perde a coragem para inspecionar a galeria das aberrações. Quando Ruth volta, Iris lhe conta do anão enquanto Ruth escolhe as flores por altura e as enfileira no peitoril da janela para que o Mestre as inspecione.

— Maravilhoso — diz ele. — Tão lindamente arranjadas! — E nem chega a tocar nelas. Elas secam e são levadas pelo vento no dia seguinte.

— Pronto para desenhá-la antes que outro peixe maluco venha nadando por aí para me interromper — diz o Mestre finalmente. Iris não está segura de que deseja ser desenhada, mas trato é trato.

Quando o sol se deslocou para o melhor local, o Mestre colocou Iris numa cadeira e ajeitou suas mãos sobre o colo. Tira-lhe a touca da cabeça. Lágrimas afloram a seus olhos. Receia que ele a vá despir inteiramente. Seu pobre corpinho de palito não está à altura da missão.

Ele interpreta erroneamente a preocupação dela.

— A touca: *suja* — diz —, e não estou olhando para você, de qualquer maneira, mas para o formato da sua cabeça.

Leva uma hora fazendo marcas na parede. Ela deve focalizar essas marcas, uma após outra, enquanto ele volta constantemente para o seu bloco de papéis e estuda a disposição dos olhos dela. No momento em que está pronto, a luz já mudou. Ele a amaldiçoa por sua teimosia e joga algumas flores sobre ela, e ela corre para a cozinha, escondendo seus olhos — não é culpa sua!

— Chore um pouco se sentir necessidade. É saudável mijar no fogo. Mas volte logo lá — diz Margarethe, empunhando uma colher como um cassetete.

— Ele quer desenhar uma estátua de mármore, não uma pessoa! — chora Iris.

— Então seja mármore para ele, sua tola — diz Margarethe. — Seja bronze, se ele quiser; seja vidro; seja carvalho. Seja o que ele quiser ou vamos passar fome.

— Ele quer beleza — diz Iris, esfregando o nariz. — Ele tem uma paixão e quer beleza.

A expressão de Margarethe é vazia. Finalmente, ela diz:

— Então, seja bela. Finja.

Iris dá um grito silencioso de exasperação. Tivesse algo para jogar na mãe, jogaria.

— Ele não pediu...? — sussurra Margarethe, desenhando peitos no ar com sua mão esquerda.

Iris sacode a cabeça. Agora, estranhamente, está irritada. Claramente, ela não é *interessante* o suficiente para ser insultada dessa maneira.

— Acabei de desenhar por hoje, pela estação, para sempre — grita o Mestre da outra sala. Está batendo pernas de um lado para o outro. — Estou tentando decidir como acabar com minha vida e vocês duas papagaiando aí, isso acaba com a minha concentração!

— Imploro o vosso perdão — diz Margarethe numa voz retorcida e apaziguadora. — Não desejaria interromper algum pensamento importante.

Ele ri. Ouve-se o som de um pedaço de papel sendo rasgado.

— Começaremos mais cedo amanhã, Iris — diz ele. — Não vai me escapar, por mais timidez que possa fingir. Vou fixar seu rosto no papel sem falta. Minha subsistência depende disso e a sua também. Enxugue os olhos e pare de choramingar ou vou ter de bater em você.

Margarethe ergue as sobrancelhas para Iris. Iris faz um beicinho. Mas a esta altura as duas sabem que o Mestre não é de bater em crianças.

Na manhã seguinte põe-se ao trabalho de novo e Iris posa para ele. Desenha-lhe o rosto, as mãos e os ombros.

— Deixe sua cabeça cair um pouco mais, empine o queixo.

— Meu pescoço vai doer, a não ser que eu o mantenha reto.

— Faça o que estou mandando.

Ela senta-se como um viajante diante de uma fogueira, imaginando algo às suas costas. Algo que deveria ter sido deixado para trás na Inglaterra?, ou algum novo monstro, como o anão indecente, a Mulher Jumento, algo mais obscuro, aproximando-se lentamente.

— Que prudência complexa em seus olhos! — diz ele.

Mais tarde:

— Agora, sem uma palavra de protesto, sem mexer os olhos, as mãos, o pescoço, projete seu lábio inferior. Não me importa como possa se sentir. Mais. Assim está bem.

Se ele me captar, pensa Iris, será que vai captar o que está às minhas costas? Aquela coisa que não consigo nomear? Aquela coisa que me faz acordar sobressaltada?

— Existe realmente uma criança trocada ao nascer pelas fadas em Haarlem? — pergunta.

— Estou desenhando sua *boca*. Feche-a!

É a pior tortura que alguém podia ter tramado para ela, ter de se sentar tão imóvel!

Mas, dia após dia, ela se senta respeitavelmente, vestida. E agora está contente com isso.

— Deixe-me ver o que fez comigo — diz ela depois da quinta tarde. O sol que se põe lança uma poeira dourada de luz na tela e ela se sente corajosa.

— Não tem sentido — diz ele. — Eu não captei você. Não estou tentando captar você. Estou simplesmente usando você para sugerir uma forma para mim. Existe uma sombra no papelão que não é Iris Fisher. É uma menina sem nome, sem espírito, enquanto *você* é uma menina anglo-holandesa chamada Iris Fisher. É fácil presumir que seja a mesma da pintura, mas não é. Proíbo-a de olhar — diz ele quando ela se aproxima.

Num tom de advertência da outra sala, Margarethe:

— *Iris.*

Ela volta atrás.

— Não sei o que estou fazendo aqui — diz.

— Você é minha musa este mês — diz o Mestre.

— Não sei o que quer dizer. Fala através de enigmas para me perturbar.

— Você é uma menina camponesa das charnecas, uma novilha que saiu de um pântano cheio de ervas daninhas. Por que deveria perder meu tempo educando-a? — diz o Mestre. — Uma musa é um espírito da antiga religião helênica, uma deusa que visita o homem empenhado no ato de criação e o inspira.

— Não aceitamos deusas de outras religiões — diz Margarethe mordazmente.

— Não estou pedindo sua opinião, cozinheira — replica ele com igual mordacidade. — Iris, o amor dessas velhas histórias pagãs conquistou igualmente patronos e pintores. Os florentinos são tão propensos a nos mostrarem Io sendo transformada numa vaca, Dafne num loureiro, Zeus disfarçado de touro para raptar Europa, como o são a nos mostrar a Madona e o Cristo, São João e São Nicolau.

— Não aprovo — diz Margarethe, sem se conter.

Mas o Mestre diz apenas:

— Nem eu, mas comércio é comércio. Se os ricos vão comprar Vênus, então pintamos a mãe de Deus e a chamamos de Vênus.

— Vergonha! — diz Margarethe.

— Nós comemos — diz o Mestre.

— Eu preferiria ficar com fome. — A superioridade moral dos bem-alimentados.

— Passe fome, então. Vai sobrar mais para mim.

Iris não acompanhou muito a discussão, mas está interessada porque aborrece sua mãe. Um despertar espiritual naquele velho coração encouraçado? Difícil demais de saber. Iris continua e diz:

— Aposto que não está me retratando como Vênus ou outro espírito antigo de outra terra.

Ele se afasta da prancha, a examina com um olho semicerrado. Faz uma carranca.

— Não — diz. — Não, Iris, você está certa em relação a isso.

— Quero ver.

— Vá buscar sua irmã na campina. É tarde. Onde estão minhas flores hoje?

— Deixe-me ver.

— Saia daqui! — grita, zangado agora.

Iris sai, embora não saia correndo. Sai com dignidade, cuidadosamente derrubando um pote de pó moído no chão de pedra. Ele amaldiçoa sua falta de jeito. Ela não responde.

Ainda está emburrada quando chega à campina. Algo está acontecendo aqui que ela não gosta. O Mestre é um homem generoso em muitos aspectos, mas a deixa com raiva. Ele a está prendendo na sua prancha de papelão, mas também a está prendendo na sala, mantendo-a numa caixa, distante dele. Ela pode não ser bonita, mas ele a está fazendo pequena.

Margarethe não pode ajudar muito. No que diz respeito ao Mestre, Margarethe é pouco mais do que um aborrecimento; mesmo Iris, que a ama, pode ver isso. Margarethe é uma das irritações do mundo, uma mosca negra no traseiro de uma vaca. Não, cabe a Iris ser paciente e se comportar, ou a família vai se ver de volta às ruas de novo. E agora que viu o anão sem pernas, ouviu falar da Menina-Menino de Roterdã, quem sabe que vilões bizarros se ocultam mais para dentro do país? Podia não ser um castelo encantado e uma madrinha de voz açucarada. Podiam ser íncubos maiores e diabretes menores, imensos abelhões com garras. Ou talvez até um deus feroz disfarçado de touro, para raptar meninas pobres e fazer o que todo mundo sabe muito bem que os touros fazem.

— Vamos dar a ele a sua monstruosidade — diz Iris subitamente. Ruth ergue os olhos das últimas margaridas que está esfrangalhando. — Ele quer catalogar todas as aberrações do mundo? Vamos arranjá-las para ele, Ruth!

Ruth gosta deste tom de bravura, que não foi muito ouvido desde que deixaram a Inglaterra. Iris roda pela campina, rindo, pensando. Atira-se à velha macieira e arranca um galho morto e quebra os ramos ressecados.

— Chifres — diz Iris — para a Menina-Veado da Campina!

Elas se dão as mãos e correm para casa. Margarethe está no poço ou na praça do mercado, fora de casa em algum lugar. O Mestre está ocupado no segundo estúdio — na galeria dos erros de Deus —, por isso é fácil para Iris deslizar na sala e tirar com o dedo um pouco de tinta de cor pardacenta da longa prancha que serve de paleta.

No galpão ao final da cozinha, ela pinta o rosto de Ruth.

— Você é uma bela Menina-Veado — cantarola, para impedir que Ruth retire a tinta com a mão. — É capaz de fazer o som de uma besta? — Ela já conhece a resposta. Ruth contribui com um mugido apaixonado.

— Está bem perto — diz Iris.

Ruth com suas mãos rechonchudas e joelhos fortes. Iris encontra uma corda comprida na cozinha e amarra o conjunto de chifres de veado formado pela galharia da macieira na cabeça de Ruth. Iris coloca um pedaço de sacaria marrom malcheirosa nas costas de Ruth. A pele do veado. Então Iris se ajoelha por trás da irmã, bem encostada nela, como o touro Zeus montando numa vaca. Amarra as extremidades da sacaria para mostrar que são uma criatura de duas cabeças, coberta pela mesma pelagem.

— Agora, Ruth — diz Iris —, vamos a furta-passo até o estúdio e teremos nosso retrato pintado. Vamos fazer o Mestre rir e ele me perdoará pelos aborrecimentos que lhe dou!

Elas caminham pesada e ruidosamente através do pátio, Ruth mugindo para anunciar sua chegada. Silêncio no estúdio enquanto transpõem a soleira da porta. Quando a Menina-Veado rasteja em torno de uma pintura encostada numa banqueta, elas vêem que o Mestre voltou do segundo estúdio. Ele fica sentado com a boca aberta. Olha para elas. Não está sozinho.

O visitante é um homem mais jovem, com uma barba rala surgindo no queixo e nada da corpulência que comprova o sucesso dos grandes homens. Está empoleirado numa banqueta, mergulhando um pedaço de pão num caldo de leite e cebolas.

— Oh, um bicho de estimação doméstico! — grita, e dá um salto, derrubando a banqueta, derramando seu caldo, colidindo com os joelhos do Mestre.

— Estava esperando as brilhantes filhas de minha governanta — diz o Mestre. — Em vez disso, deixe-me apresentar-lhe um animal da floresta.

Ruth muge, deliciada, incapaz de ouvir condescendência na voz do Mestre. Iris está mortificada, mas corajosamente continua.

— Somos a Menina-Veado da Campina — diz Iris. — Somos feias o suficiente para poder servir ao senhor agora?

— O disfarce é impecável — diz o Mestre secamente. — Jamais a teria conhecido não fosse sua voz suave e melodiosa. — A contragosto, ele começa a rir. — Iris, você possui alguma esperteza. Mas estão atrasadas, filhas, e preocuparam sua mãe. Ela saiu à sua procura. Vocês me preocuparam também. Tem jantar na cozinha. Vejam agora, este é o nosso Caspar, o irresponsável Caspar, que voltou de Haia. O tolo Caspar, incapaz de conseguir uma única encomenda nessa viagem, embora levasse cartas de recomendação assinadas por mecenas em todas as cortes da Europa.

— Eu mesmo escrevi as cartas — diz Caspar, gabando-se. — Quem é Iris e quem é Ruth?

— Esta é Ruth, a mais velha — diz Iris, desatando a sacaria, sentindo-se tola —, e eu sou Iris, a mais moça.

Ruth não fica na sala para ser observada por um novo membro da casa. Sai meio a galope, os chifres oscilando, e desaparece na cozinha, censurando a si mesma com mugidos.

— Ruth é tímida, como eu — diz Caspar. — Um traço tão atraente. Mas você, você é uma figura rara, Iris. Foi você que inventou esta fantasia? Vai ser divertido ter uma companheira aqui!

— Não estou mantendo um salão para a prática da conversa — diz o Mestre. — Lembrem-se disso. Caspar está aqui para aprender o ofício do esboço, mas é um tolo irremediável, embora um tanto atraente à maneira de um pônei. Galopa bonito um dia e se sai bem, e ficamos todos aliviados. É desprovido de qualquer talento, ou Hals, ou Van Schooten, ou meu atual rival, Bollongier, o teriam contratado.

Caspar é quase tão inútil quanto vocês, garotas. Isso deveria fazer com que se sentissem em boa companhia. Espero que estejam contentes.

Iris estuda o recém-chegado brevemente, com cautela. Caspar tem um sorriso irresistível. Parece acostumado ao rabugento Mestre. Caspar não se ofende com os comentários irônicos. Morde os cantos da boca. Seu lábio brilha com pêlos louros novos. A contragosto, Iris sente uma súbita vontade de acariciar o bigode nascente com o dedo, do jeito que gosta de acariciar as orelhas do gato da cozinha quando ele se senta à luz do sol perto da porta.

— Fale — diz Caspar, rodando a mão para o alto à maneira de um gentil-homem dando boas-vindas.

— Silêncio — diz o Mestre.

— Mingau — diz Margarethe da cozinha, de volta da sua busca. — Agora — acrescenta.

O Mestre não falou que as Fisher poderiam ficar até que seu aprendiz voltasse? Mas agora o Mestre não faz nenhuma sugestão de que devessem fazer as malas e ir embora. Acostumou-se a elas. Muito justo.

Iris vira-se para ir embora. Caspar está aqui simplesmente de visita? Neste caso, será uma longa visita? Iris acredita que sente prazer com a idéia da sua chegada, mas nisso, como em quase tudo o mais, ela não tem certeza.

— A Menina-Veado da Campina — diz Caspar quando ela passa por ele na cozinha. — Que parte você é? Menina ou Veado? — Partida dele, a observação não é um insulto, faz com que ela ria à socapa e não responda.

Menina com flores silvestres

Com a chegada do aprendiz de Schoonmaker, Iris, se não chega a se tornar mais feliz, fica um pouco menos constrangida, porque Caspar parece não notar a sua triste aparência. Na verdade, Iris sabe que a imensa Ruth não é o insulto à forma humana que, com seu braço murcho e o cuspe escorrendo, pode parecer, mas também sabe que não é uma prova de uma presença divina num mundo corrupto.

O melhor a que tem podido aspirar, a maior parte dos seus dias, é que não a notem.

Toda manhã o Mestre desenha Iris, e então começa a pintá-la, estudos rápidos que não lhe permite ver. Incorpora quaisquer flores silvestres que Ruth traga.

— Que importa a forma ou a cor — resmunga —, quando o que se deseja é o frescor da floração?

Passa para telas maiores. Quando tem uma forma que admira, começa a trabalhar mais lentamente, diluindo suas cores com óleo para mantê-las úmidas e maleáveis às vezes por dias. Mas toda tarde quando a luz muda — ele é capaz de sentir isso no instante, por uma sagacidade que Iris não consegue penetrar — ele arremessa seus pincéis e expulsa Iris da sala.

Às vezes Caspar se deixa ficar nas sombras do estúdio. Através dele Iris pega o hábito de observar como o Mestre trabalha. Como ele acaricia uma superfície com o mais suave dos pincéis de cerdas alargadas.

— Um rubor para enfatizar a luz refletida — murmura.

Iris não pode ver — não lhe é permitido olhar para a imagem —, mas Caspar prende o fôlego e diz:

— Aquela linha amarela estridente e recortada... uma evidente imprecisão, mas tão reveladora!

O Mestre faz uma careta, mas Iris sabe que ele está contente.

Embora embarace Iris pensar a respeito, de um canto Caspar ocasionalmente tenta desenhá-la também. Esconde o seu trabalho de Iris e do Mestre. Uma manhã o Mestre se farta dessa timidez.

— Como vou ensiná-lo se não posso ver os seus erros? — o Mestre reclama.

— Ensine-me através de seus próprios erros — replica Caspar.

— E que erros podiam ser? — O tom é tão ameaçador que Iris rompe a sua pose e inclina-se para ver a carranca do Mestre.

— Neste estúdio pintou Deus e Seus companheiros — diz Caspar —, e na sala ao lado retratou os degenerados. Suas duas obsessões. Portanto o que espera alcançar dessa vez, pintando no meio do espectro moral...? — Ele aponta com a cabeça para Iris e para a tela que Iris está impedida de ver. — Admiro sua renúncia, seu sacrifício, abandonar seus grandes temas pelo mundano...

Está alfinetando o Mestre, embora Iris não tenha o espírito para reconhecer como o faz.

— Deus me guarde! — diz o Mestre. — Os abusos que tenho de aturar, daqueles que comem na minha própria mesa e aquecem os seus costados na minha própria lareira! — Apanha uma pesada capa de um cabide. — Estou trancado aqui com animais e idiotas — diz ele —, enquanto a tagarelice de crianças e uma governanta tola envenenam o ar. Saiam do meu caminho.

Ele deixa a casa pela primeira vez desde que as Fisher haviam chegado. Margarethe, ouvindo da cozinha, vai até a porta e o observa afastar-se a passos largos pela viela.

Não é um homem velho. Caminha rapidamente e com propósito, batendo com o cajado de abrunheiro nas pedras arredondadas do calçamento. Os cães recuam, as crianças ficam imóveis e as mulheres da viela cumprimentam mudamente com a cabeça, mostrando devota reprovação.

— Oh, Caspar — diz Margarethe —, vamos ser todos jogados na rua e então o que vai acontecer?

— Bobagem — diz Caspar jovialmente. — Ele não caminha o bastante. Fica mal-humorado. Vai estar melhor quando voltar. Isso é parte do meu trabalho, não percebem? Tenho de aborrecê-lo bastante para mantê-lo envolvido com o mundo. De outro modo, ele trancaria as venezianas e se esconderia dentro das suas pinturas e nunca mais sairia. É uma provação constante para ele, este hábito de mau humor e de bile negra, e refugiar-se do mundo por causa disso.

— Ele pede isso a você? — indaga Margarethe.

— O que ele pede e o que precisa são freqüentemente coisas separadas — diz Caspar.

— Quem o designou para decidir a diferença?

— O amor me designou — diz Caspar, surpreso com a pergunta. — Você é mãe, sabe o que o amor exige a favor de sua família.

Margarethe diz, pomposamente:

— Obediência e silêncio.

— Caridade e umas cacetadas nos ombros de tempos em tempos — diz Caspar.

Tendo saído o Mestre, Margarethe se permite sentar-se ao sol no degrau ao lado de Iris. Iris recebe uma gamela de ervilhas de fim de verão para debulhar. Margarethe lava lentilhas. Ruth traz o seu brinquedo. Agacha-se na posição desairosa assumida por crianças pequenas para brincar ou por pessoas que aliviam os intestinos numa fossa.

— Bem, ele vai levar horas para voltar — diz Caspar para Iris. Saiu para ver seus colegas, seus camaradas.

— Ele não tem amigos além de nós, eu pensava — diz Iris.

— Podia ter um vasto círculo de amigos se lhes desse tanta atenção quanto dá a suas pinturas — diz Caspar, demonstrando conhecimento. Ele gosta de tornar públicas suas opiniões. — Schoonmaker é benquisto pelos melhores artistas da cidade. Mas se mantém à parte, envergonhado de que seu trabalho seja menos conceituado do que o dos outros.

— Diga-me — fala Iris, com coragem de abordar um assunto agora que o Mestre está fora —, diga-me: existe em Haarlem alguma criança trocada pelas fadas ao nascer?

— Às vezes, o mexerico é mais forte do que o Evangelho — diz Caspar. — Dizem que sim. Clara, a filha do homem que encomendou o trabalho atual do Mestre.

— Clara! — diz Iris. — É o nome da criança que deu a Ruth o pequeno moinho. Ela não é uma criança possuída.

— Não me pergunte a verdade, pois gatos deitam-se ao sol e cães deitam-se à sombra e eu me deito sempre e onde possa me safar. — Ri maliciosamente. — Ela é uma criança escondida dos olhos curiosos de Haarlem, por isso poucos podem provar ou negar. Mas os boateiros querem que o seja. E o Mestre juraria no tribunal se isso lhe garantisse uma comissão decente.

— Fala com liberdade exagerada das preocupações do seu Mestre — diz Margarethe severamente. Caspar ri. — Estou falando sério —

prossegue ela. — Você é um empregado aqui, como nós. Que licença lhe permite vociferar tal opinião contra ele?

— A juventude — diz Caspar, apontando um dedo para si mesmo.

Margarethe morde o lábio.

— A juventude é uma condição a ser superada o mais rápido possível.

São páreo um para o outro, Caspar e Margarethe. Iris está assombrada.

— Vamos — diz Caspar. Ele pula e segura a mão de Iris. — Quer ver as pinturas que fez de você?

— Eu proíbo isso! — grita Margarethe.

— Ora, o que há de mau nisso? — diz Caspar.

Iris fica surpresa e amolada pelo toque de Caspar e, só para se desvencilhar dele, põe-se de pé num pulo como concordando. Entrega a gamela a Ruth, que coloca o moinho dentro dela, afundado até o pequeno pescoço de madeira nas ervilhas cor de esmeralda.

— Iris, quer colocar em risco nossa posição aqui? — pergunta Margarethe.

Iris não pode responder à mãe. Caspar segura Iris de novo com um toque muito leve. Caminhando para trás, ele a puxa para o estúdio.

— Por que não poderíamos aprender estudando o trabalho do Mestre? É para isso que estamos aqui, não é? — diz Caspar.

— Estou aqui para ficar em silêncio e ajudar — diz Iris, a bem da verdade —, não para aprender.

— Nenhum mestre restringe o aprendizado, ou não é um mestre — diz Caspar. Por fim, ele larga a mão de Iris; ela fica imensamente desapontada. Um vazio súbito. Ridículo!

Caspar gira painéis pesados dos seus cuidadosos ângulos, secando aqui, ali; encontra o que está procurando e o empurra para fora até um facho de sol evanescente que cai num canto da sala.

— Um estudo de... — diz Caspar. Fica sem palavras, então. Iris coloca a mão na boca.

Margarethe não conseguiu manter sua postura de superioridade. Por interesse ou por uma tendência maternal de proteger a filha, ela os seguira até a outra sala.

— Oh — diz Iris —, oh.

— É uma boa semelhança — decide Margarethe.

— É severo — admite Caspar.

— É severo e verdadeiro — diz Margarethe. — Iris tem uma aparência sem graça. Penosamente sem graça. Não exagere suas virtudes físicas, Caspar, acaba não lhe fazendo bem. Ela deve aceitar isso como o resto de nós.

Iris na tela foi bem pintada, com toda a certeza, até ela mesma pode ver. As cores são mágicas. Um campo de preto iluminado por topázio, contra o qual uma figura humana e ramagens de flores silvestres brilham numa luz inflexível. A menina é um estudo sobre a falta de graça humana. Sim, pára à beira do grotesco; aquilo seria Ruth, ou pior. Mas os olhos são chapados, carecendo de inteligência; os lábios cerrados, traindo ressentimento; a testa vincada, o queixo entrado, o nariz grande. É inteiramente Iris, ou a Iris que ela pode intuir ao divisar sua própria imagem num espelho, numa poça d'água ou numa vidraça. Mas não é a Iris cuja mão quase latejou com uma vida própria aterrorizada quando Caspar a agarrou. Não é a Iris que cuida de Ruth quando sua mãe se cansou. É outra Iris, uma Iris menor, imobilizada na tela graças a marfim, oliva e umbra borrada.

— Vê o que ele está fazendo? — diz Caspar.

— Ora, enxugue seus olhos, assim você fica ainda pior — diz Margarethe rudemente e enfia um trapo na mão da filha mais moça

— Vê os seus esforços, você entende? — diz Caspar.

Ruth entra, apontando para a tela com surpresa. Até ela enxerga a semelhança. Oh, os agentes profanos do inferno!

— Ele retirou e acachapou tudo o que é atraente em você — diz Caspar. — É como uma mentira que possui semelhança suficiente com a verdade para convencer por um breve momento. Mas você não deve aceitar isso como a Bíblia. Ele usou a... a *gramática* de suas feições para soletrar uma frase. Sabe o que ela diz?

Iris não consegue falar.

— Diz que depois de tudo o que passamos — grunhe Margarethe —, temos sorte por estar comendo todo dia e dormindo em segurança sob um telhado. Temos sorte por não estarmos sendo caçadas por algum ente maligno do inferno cuspindo enxofre. É tudo o que diz. Vamos, meninas.

— Nada diz — insiste Caspar —, nada diz sobre sorte, nada sobre Iris, nada sobre meninas. Diz apenas uma coisa. Diz: as flores não são bonitas?

Iris não tem certeza de que pode ouvir a horrível pintura dizer algo do gênero.

— Não vê? — diz Caspar. — Aqui está uma braçada de flores silvestres colhidas na campina e aqui está uma menina camponesa parada para tomar fôlego. Não são a mesma coisa. São sobre valores simples, que são naturais, não artificiais ou cultivados...

— Você embaraça todo mundo, fique quieto — diz Margarethe. — Está tornando a coisa pior. Caspar, que bem fez a nós?

— Ela gosta de olhar — diz Caspar. — Não sabe então que sua filha gosta de olhar?

— Ela mal pode olhar, de seus olhos estão jorrando lágrimas tolas.

Margharethe não se mexe para abraçar a filha. Iris sabe que esse não é o jeito de sua mãe. Mas a voz de Margarethe é fria na defesa da filha e por um momento traz calor.

— Pare com esta bobagem — diz Caspar. — Você é uma aprendiz tanto quanto eu, Iris. Não olhe para si mesma na tela. Olhe para a pintura do Mestre. Não importa se consiga encomendas das famílias com título de nobreza da Europa. Ele é um gênio, embora ninguém saiba disso além de nós nesta sala. Olhe para a pintura: *aqui* está a sua sorte. Você é parte de uma pequena obra-prima. Você vai viver para sempre.

Fixada para sempre como uma magricela de bochechas chapadas!

Iris corre para fora da sala e fica de pé do outro lado da porta aberta, seus flancos arfando como se fossem explodir.

Margarethe não vai atrás dela. Fala para Casper:

— Você desobedeceu a uma regra da casa do Mestre. Vou aconselhá-lo a romper seu vínculo com você. Você prejudicou suas intenções, como se não bastasse o dano causado ao espírito da minha filha.

— Ora, cale-se — diz Caspar. — Você não tem o poder de recomendar nada a ele, e ele não tem o poder de romper seu vínculo comigo, ainda que quisesse. Quanto a Iris, ela vai me agradecer um dia, pois o olho precisa de educação, e ela tem um bom olho. Você é ainda mais tola ao ser cega para isto.

— E um "olho", como chama, achará um marido para uma garota tão feia? — diz Margarethe. — Quando chegar a hora, um "olho" a ajudará a ser feliz nas tarefas do lar e da mesa, do poço e do jardim, da cama e das sepulturas de seus filhos? Você, com todos os seus ares, é ainda jovem o bastante para ser quase inteiramente estúpido.

— Um olho a ajudará a amar melhor o mundo, e não é por isso que vivemos?

— E quem vai amá-la? — indaga Margarethe. — Acho que não vai ser você, jovem Caspar.

Ela o venceu. Iris, fora de vista, sabe disso, porque de repente ele silencia. Margarethe resmunga sob o seu fôlego a respeito do retrato de Iris com ramagens eriçadas de flores em ouro e ametista.

— Maldade crua, mas honestidade crua — admite ela.

Ruth é quem se arrasta para fora da sala, seguindo o rastro de soluços abafados, para consolar sua irmã levando consigo seu bonito brinquedo, o moinho. O moinho não consola Iris, mas ela roda os braços mesmo assim, condenada a se deixar agradar, em função da tola Ruth.

Meia-porta

A estratégia de Caspar para melhorar o ânimo do Mestre funcionou. Na manhã seguinte Schoonmaker está em ótima forma. Desperta as meninas e Margarethe com uma canção cômica, e Caspar tropeça para fora da cama, com os olhos turvos e os cabelos revoltos, grogue e agradecido ao mesmo tempo.

— Hilaridade a esta hora? Não chega a ser coisa de holandês — diz Casper. — Isto aqui não pode ser a Holanda. Onde estamos nós, em Pádua, Roma, Marselha?

Iris esfrega os olhos e pensa de novo. Sim, onde estamos? Onde, no mundo ou fora dele?

— Vistam suas roupas, lave seu rosto, você — diz o Mestre —, e Iris, nada de posar hoje. Leve sua irmã à campina, agora...

— Elas não comeram nada — diz Margarethe. — Faz frio na campina a esta hora. Tem geada na viela e até as pombas nos beirais estão com a garganta gelada...

— ...que levem pão com elas e fiquem por lá até serem chamadas. Podem brincar de correr para esquentar. Estou esperando uma importante companhia esta manhã. Não vai haver nenhuma sessão de pintura hoje.

— Não vou posar para o senhor de novo — diz Iris numa voz fraquinha.

— Amanhã será tempo o bastante — diz o Mestre.

— Nunca mais — diz Iris, mais alto. Caspar ruboriza e enfia a cabeça numa camisa limpa e fica ali, como uma tartaruga enfiada no seu casco.

— Que tipo de revolução é esta? — diz o Mestre, mal ouvindo. — Margarethe, vou precisar de sua ajuda nas minhas abluções. Sabe aparar uma barba?

— Dê-me uma navalha e exponha a sua garganta e vamos descobrir — diz Margarethe.

— Todo mundo tão alegre esta manhã — diz o Mestre apressadamente. — Bem, não importa. Minha própria triste figura vai ter de servir. *Está* tagarelando sobre o quê, Iris?

— Eu vi como pinta o meu rosto — diz Iris. Ela pesou bem as palavras e se esforça para pronunciá-las numa voz calma. — Vê a mim com humor e desdém. Fez-me parecer uma idiota. Já me vejo como idiota em meus próprios olhos. Não vou me prestar a parecer uma idiota para o mundo.

— Então romperam minha lei e espiaram minhas pinturas no momento em que virei as costas? — A voz do Mestre é suave como um trovão distante.

— Foi sugestão de Caspar — diz Margarethe, fuzilando o jovem com um olhar. Ele se contorce em sua camisa comicamente.

— Oh, Caspar — diz o Mestre, desprezo e pouco-caso misturados. — A gente não espera nada melhor dele. Caspar, saia de dentro desta camisa, seu asno. Terei sua cabeça numa bandeja à hora do almoço se não parar com seus jogos. Iris, tenho mais a fazer hoje do que beijar lágrimas de sentimentos feridos. Vamos embora, meninas, embora, embora! Um mecenas está a caminho e o chão precisa ser varrido, Margarethe, e as pinturas arrumadas para serem vistas à melhor luz do dia.

Iris é posta de lado, seus corajosos pensamentos falados mas não ouvidos. O Mestre tem outras preocupações na cabeça.

— Nós devíamos fugir — diz Iris ferozmente para Ruth. Elas se dão as mãos e deixam o barulho da agressiva limpeza da casa para trás. Ao longo da viela uma velha senhora aleijada vem claudicando com a ajuda de duas bengalas. Suas costas são quase duplicadas por nódulos e as mãos calejadas são atadas às bengalas para que não as derrube.

— Estou procurando aquele sujeito pintor — guincha a velha para Iris —, aquele que gosta de velhas aleijadas e azedas como eu. Sou a Rainha das Ciganas de Queixo Barbudo e posso soprar anéis de fumaça pelo rabo. Onde está ele? Me diga, ou então vou amaldiçoá-la para o fundo de um poço, onde só terá sapos para ouvir sua confissão.

Ruth, que é a mais tímida das pessoas, fica atrás de Iris, sem dúvida assustada pela papada da velha que parece um pão, com sua tênue penugem de barba branca igual a cerdas de porco. Mas Iris não se assusta. Por algum motivo, pensa na velha escondida nas sombras do cais naquele primeiro dia. Aquela que disse a Margarethe: "Encontre você mesma o seu caminho!"

— Vou mostrar-lhe onde mora o Mestre — responde Iris —, se fizer uma mágica para jogar *ele* no fundo de um poço!

— Vou transformá-lo numa lesma e esmagá-lo com meu sapato — diz a velha prazerosamente. — Depois que ele me pintar e me pagar. A imortalidade chama, portanto quem sou eu para ficar à sombra? Diga onde posso encontrá-lo.

— Se prometer — diz Iris. A velha olha com malícia. Ora, vamos lá, então. — É a casa logo ali adiante, com o janelão e a meia-porta.

— Rainha das Ciganas, Galinha das Frangas Traídas, Dama dos Danados, Porca das Crias Desmamadas, Parteira das Crianças Possuídas, Mãe Abadessa das Putas, das quais você nunca será uma, sua coisa feia. Melhor ir logo para um convento e poupar trabalho. Abençoada seja, filha, e abra caminho. Quando eu sair andando, não posso mais parar.

A velha segue em frente, mais como um inseto de pernas espraiadas roçando a superfície de um lago do que como uma rainha. *Parteira das Crianças Possuídas*, pensa Iris. Pode nos contar então sobre a criança trocada ao nascer de Haarlem?

Iris quer ir atrás dela. Gostaria de ver uma maldição lançada sobre o Mestre. Vê-lo reduzido a uma lesma! Ela não ousa. Em vez disso, pega Ruth pelas mãos e as duas partem rapidamente. Iris murmura:

— Devíamos voltar ao cais e encontrar o barco em que viemos e retornar à Inglaterra. Não nos sentimos bem aqui entre pintores malucos. Odeio esta casa de loucos. Odeio ele. Por que alguém desejaria ver tal pintura? Acha que o mecenas vem para ver aquela pintura em especial? Tire os dedos da boca, você está horrenda.

A campina ainda está cheia das mesmas flores tardias, embora agora elas estejam ficando marrons, comidas por insetos, definhando. Iris mal pode se sentar aqui, porque sente que está imitando a pintura: jovem feia cercada pelas flores mais banais.

Assim que Ruth se instala, feliz da vida, com pão para roer, Iris escala os galhos da macieira, como fizera antes, e galga a segunda árvore que proporciona uma vista das muralhas da cidade. Observa a casa do Mestre, para ver que tipo de hóspede teria a idéia de visitá-lo. Não há sinal da Rainha das Ciganas de Queixo Barbudo. Provavelmente foi expulsa com um tamanco de madeira plantado no seu traseiro fumacento. O Mestre não está disposto a aceitar interferências hoje.

Iris não precisa esperar muito. Quase antes que o resto de Haarlem esteja acordado e mergulhado em seus afazeres, um cavalheiro chega a passos largos do melhor bairro e percorre a viela que conduz à casa do Mestre. Usa uma cartola com uma fivela tão bem polida que reluz até mesmo a distância e veste uma capa com um corte mais do que generoso. Um colarinho de renda pousa sobre seus ombros como as sépalas de uma rosa, aninhando seu semblante corado. É um rosto inteligente, aguçado ainda mais por um cavanhaque bem-aparado e pelos floreios de um bigode. Ao lado dele, pensa Iris com prazer, o Mestre parece um mísero comedor de batatas.

O cavalheiro pára diante da porta da casa do Mestre por um momento, contemplando a situação. Talvez bata à porta. A porta se abre por inteiro e lá está Caspar, tão bem vestido como Iris jamais o vira. Iris não chegou a uma conclusão sobre os seus sentimentos em relação a Caspar depois de ontem. Preferiria não o desprezar, mas de certo modo ele parece em choque com o Mestre à custa dela. Como ela conta pouco nesta casa!

Caspar introduz o hóspede na casa e a metade inferior da porta se fecha para impedir a entrada de gatos vadios, porcos e anões grosseiros.

Iris diz a Ruth:

— Por que devíamos ser mandadas ao pasto como um par de cabritas desobedientes?

Ruth simplesmente mastiga o seu pão.

— Dei o que tinha que dar, querendo ou não. Por que não poderia saber o que foi feito de mim? — diz Iris. — Quem é ele para nos despachar assim?

Ruth cai para trás sobre a grama, desfrutando o sol no seu rosto.

— Não coma deitada, pode se engasgar, e sabe disso — diz Iris. — Ruth, sente-se.

Ruth fica sentada, irrequieta.

— Vou voltar para apanhar você. Se as vacas vierem é só gritar para elas. Você sabe gritar quando quer — diz Iris. — Vai ficar bem?

Ruth encolhe os ombros.

Iris sai. É só uma questão de momentos, agora que está familiarizada com o terreno, antes que retarde o passo e caminhe na ponta dos pés aproximando-se da casa, curvada para não ser vista. Ela rasteja até a porta. É um dia quente para o meio do outono, ou talvez o Mestre queira tanta luz ambiente quanto puder; a metade superior da porta ainda está aberta. Iris se agacha contra a metade inferior, seus braços enlaçando os joelhos, escutando. O estúdio da frente fica logo a seguir e o Mestre está divulgando seus pensamentos numa voz pública. Bravata, pensa Iris, mas não chega a disfarçar o seu medo.

Ela fica contente com o embaraço dele. Ainda assim, preferiria que fosse uma lesma morta no assoalho.

Ela escuta e tenta entender a ocasião. Aparentemente o visitante está olhando as pinturas; o Mestre e Caspar estão colocando uma pintura após outra sob a melhor luz. Há Anunciações e Lamentações e Natividades; há santos, São Basílio, São Nicolau e São João Batista.

— E padroeiros, em seus aspectos mais santificados — diz o Mestre. — Posso fazer mulheres com véus, faço rendas como neste estudo de Catarina de Clèves, e pérolas do mais fino lustro. Observe o tom da pele, cereja sobre uma fina base de azul-oliva, uma conquista tanto em moagem como aplicação que não é do conhecimento comum entre meus pares...

— O jovem Van Rijn de Amsterdã tem tons de carne superiores — murmura o hóspede—, e seu tratamento da luz, mesmo para um jovem, é notável. Ele pinta a luz da própria santidade. Não se pode imaginar como faz isso. Por graça de Deus, talvez.

— Deus trabalha com o pigmento e o verniz, assim como o resto de nós — diz o Mestre, com o suspiro mais generoso que consegue dar. — Que possamos todos nós aspirar às realizações que Rembrandt van Rijn empreende. Enquanto isso, vamos nos ater às questões à mão. Agora, Caspar, mostre a heer Van den Meer os estudos de flores que ele pediu. Deixe minha governanta segurar aquele frasco para o senhor... Margarethe! Por favor... e aqui... está confortável, sente-se no banco... aqui... Caspar, um pouco neste ângulo... assim. *Voilà.*

— Obrigado — diz heer Van den Meer num tom evasivo.

— Exatamente — diz o Mestre com bravura.

— Mal podemos prestar atenção às flores — diz heer Van den Meer. — Quem é a criança infeliz? É uma composição da sua imaginação maldosa?

— Ela é tão esperta quanto sem graça — diz o Mestre. — Quem pode saber como Deus escolhe os Seus caminhos neste mundo?

— Acho que nunca houve uma menina tão feia na Holanda.

— Ela é antes da Inglaterra. São desgraciosas por lá.

— Inglaterra, você disse? E como veio posar para você?

— Meu peito explode de caridade para os desafortunados — suspira o Mestre. — Um coração tão grande. É a minha maldição. Uma encomenda do senhor me ajudaria a mantê-la alimentada.

— Procure mantê-la fora das ruas e estaria nos prestando um serviço — murmura heer Van den Meer.

Há uma risadinha oca e Iris ouve sua mãe dizer suavemente.

— Está tudo em ordem, cavalheiros?

Faz-se um silêncio.

— Claro. Também fico impressionado com as peças florais de Hans Bollongier — diz o visitante. — Foi o trabalho dele que me deu a idéia...

O Mestre diz apressadamente:

— Ouça, meu bom senhor, não se deixe distrair pela novidade da menina. São as pinturas da flora que desejava ver. Confrontei as flores mais comuns com os rostos mais comuns, para que possa julgar o meu toque, minha paleta, minha habilidade de arranjo. A beleza brilha mesmo em meio ao material mais tosco, se as formas forem bem arranjadas. Para não colocar pensamentos na sua cabeça, naturalmente.

— Naturalmente — diz Van den Meer.

Outro silêncio. Iris morre de vontade de espiar por sobre a beirada da meia-porta, mas não ousa. Por que o Mestre não mostra ao seu patrono sua galeria secreta de aberrações, anões e outras criaturas mágicas?

— A criança conhece o holandês tão bem como o inglês? — diz Van den Meer.

— Está aqui para olhar as pinturas! — diz o Mestre.

— Ela conhece, senhor, conhece, sim — interrompe Margarethe. — Sou sua mãe.

— E eu *estou* aqui para olhar as pinturas — diz Van den Meer. — Muito bem. Esta pintura está seca o bastante para ser removida numa carroça? É uma bela pintura, sabe, muito bela. Gosto do que vejo. Não se deve combater tanto as marés da mudança, a vida não tem de ser tão dura. Existem fortunas a serem feitas, existe uma lenta recuperação das intermináveis guerras com a Espanha a ser alcançada, existe um lugar para todos nós nos bons tempos à nossa frente, mas não se deve encarar com tanta falta de dignidade as coisas do passado. Sim, traga a pintura à minha casa amanhã se o tempo estiver bom. Sim — diz Van den Meer —, traga a pintura e traga a criança também.

Há uma pausa.

— Por que a criança? — diz o Mestre. — É uma criatura muito tristonha. Pretende avaliar minhas habilidades montando o tema e o retrato num palco lado a lado? Ela não fará isso.

CONFISSÕES DE UMA IRMÃ DE CINDERELA

— Ela fará o que lhe mandarem... — intervém Margarethe.

— Ela não o fará porque eu a mandarei não fazer — diz o Mestre com firmeza.

Mas Van den Meer apenas ri.

— Nada quero da aparência da menina, quem quereria? — diz ele. — Mas se é esperta e fala holandês e inglês, poderia ser útil em minha casa. Não se preocupe. Aqueles que dispõem de dinheiro vão olhar para a sua pintura e não vão se interessar pela modelo. Mas, já que está vindo, traga a menina à minha casa, bem-arrumada e cortês, e veremos o que vai acontecer. Poderá resolver um problema doméstico e manter minha boa mulher feliz. Enquanto isso, tenho pouco mais a dizer. Executou bem a sua tarefa e espero que esteja engajado na próxima etapa da nossa empreitada. Aqui está o dinheiro da quantia que combinamos. Vire a pintura para a parede agora; ninguém deveria ter de olhar aquilo mais tempo do que o necessário.

Ri, mas nenhum dos outros se junta a ele. Há o som de uma tela sendo erguida.

— E você, meu rapaz — diz Van den Meer, preparando-se para sair —, como se sente aqui, vivendo na vizinhança de um talento tão brilhante?

— Fico cegado, senhor — diz Caspar. — Uma mudança de tempos em tempos me faria bem. Se existem alguns pequenos trabalhos para fazer em sua casa...

— Não preciso de um rapaz — diz Van den Meer —, você não serviria. Amanhã, então.

Iris sai correndo para trazer Ruth de volta, seus sapatos nas pedras soando uma espécie de alarme. Por mais vazia e enevoada que fosse sua infância, por mais zangada que esteja com o Mestre, por mais inseguros que sejam seus sentimentos por Caspar, a idéia de resolver os problemas domésticos de alguém parece subitamente uma perspectiva muito mais sombria. Onde está a Rainha das Ciganas do Queixo Barbudo quando você precisa dela? *Eu seria* uma criança possuída se pudesse, pensa Iris; me transformem num linguado, num pardal, num rato silvestre. Melhor ainda, me transformem numa insensível cadeira com um assento de palhinha furado, um cravo na ferradura de um cavalo! Me transformem numa triste e pesada Ruth! Qualquer coisa ou qualquer pessoa que seja estúpida demais para poder pensar sobre si mesma. É o interminável pensar sobre si mesma que provoca tanta vergonha no coração.

A casa de Van den Meer

— Não vejo por que devia ir. Não quero ser exibida como uma aberração.

— Há todas as razões para você ir.

— Por quê?

— Não há razão para você conhecer as razões. Não seja insolente.

Iris tem os cabelos escovados, o avental amarrado, as mãos examinadas em busca de alguma sujeira. Contorce-se tanto quanto ousa, e Margarethe a esbofeteia quando passa dos limites. As faces de Iris ardem, mas ela não chora. Margarethe, como envergonhada, afasta-se para a mesa de trabalho baixa junto à da cozinha.

— Agora embrulhe este pedaço de bolo num pano e o ofereça de presente a quem a receber e agradeça a todos eles, em inglês e em holandês, por sua generosidade.

— Não sei de que generosidade está falando.

Iris não vira a cabeça, mas olha para a mãe obliquamente, como um pássaro.

— O que a faz pensar que eu reconheceria uma generosidade se a visse?

— Criança ingrata! — grita Margarethe. Aproxima-se da filha com descrença. — Sabe o que significa alimentar uma família e sem nenhum marido, pai, irmão ou filho vivos a quem recorrer? Tem alguma idéia de como estamos próximo de nos entregar à misericórdia da Igreja ou dos pais da cidade? Ter de ir de casa em casa implorando trabalho... para você, coisa estúpida e desmiolada, é uma brincadeira. Para mim, é a minha vida, uma coisa horrenda. Deus atormenta as mães do mundo com preocupação, da Sua própria doce Maria até a mais insignificante mulher de pescador do porto!

— Não me importa! — diz Iris.

Margarethe prende o fôlego e cerra os olhos.

— Você é jovem demais para saber como as mulheres devem colaborar ou perecer — sibila. — Por que deveria ocultar esse conhecimento de você, que bem isso faz para você ou para mim? Se não está disposta a se comportar e a merecer uma moeda sempre que possível, seja lá o que este Van den Meer deseja de você, não posso responder pela quantidade de comida que irá para o prato de Ruth toda noite.

Iris morde o lábio e aperta as mãos pequenas.

— Vá lá e seja esperta, pois você foi feita assim. Torne-se uma ajuda para sua mãe e sua irmã e evite, criança, levar em consideração seus próprios pensamentos tolos. Não há tempo neste mundo para desperdiçar com coisas assim. Está me ouvindo? Eu perguntei, está me ouvindo?

— Meus ouvidos ouvem a senhora — diz Iris.

— Saia daqui então e faça o que lhe pedem.

Iris espera no degrau. Ruth rasteja e coloca sua cabeça no colo de Iris. Iris acaricia os cabelos de Ruth, que estão terrivelmente necessitados de uma escovada. Por força do hábito, Iris procura piolhos e pensa em bater no rosto de Ruth para puni-la por ser tão lerda de pensamento e inútil.

Embora odeie Ruth — ela a *odeia* —, Iris não deseja ver sua irmã mais velha passar fome.

Sua mãe, bem... é outra história. Como seria agradável ver Margarethe atada ao tronco e chicoteada por cidadãos virtuosos. Dos quais Iris seria a primeira voluntária.

Contornando a quina da casa vêm o Mestre e Caspar, carregando a tela ofensiva. Alugaram uma carroça de um vizinho. Atrapalham-se como aldeães, calculando mal a altura do degrau e a profundidade da carroça. Iris se imagina encontrando uma faca na cozinha e correndo para cortar a tela em tiras. Mas ela não destrói a obra do Mestre, uma vez que tanta coisa está em jogo. A ameaça de Margarethe é eficaz.

Finalmente, o burro zurrando de impaciência, a carga é seguramente coberta com um pano. O Mestre, Caspar e Iris acenam um adeus a Ruth, que enfia o dedo no nariz.

No caminho todo através da cidade Iris fica perto de Caspar. Perdoou-lhe o seu papel ao tentar levá-la a ver a pintura. Como podia a sua triste aparência ser culpa de Caspar? Além disso, com tanta mais coisa para temer, ela não pode se dar ao luxo de distanciar-se do seu bom humor. Vejam como ele saracoteia. Cabeça empinada, cabelos jogados pela brisa do mar como a crina de um cavalo, olhos dardejando à esquerda, à direita, pousando em Iris para se certificar de que ela está bem, afastando-se para observar um cata-vento, uma chaminé caiada, um garoto amistoso sorrindo de uma janela.

O Mestre mantém a cabeça baixa e o colarinho erguido. Iris suspeita que isso não é tanto para se guardar do vento, pois o tempo ainda não está implacável, mas para se proteger dos olhares dos vizinhos de Haarlem. Ou talvez esteja se guardando contra o fato de que são poucos os olhares voltados para ele, poucos se importam se está vindo ou se está indo.

Entram no Grotemarkt. Como é bem ordenado este mundo mágico através do qual meninas feias podem se arrastar! Iris ouve um repique, uma série quase musical de batidas leves, como um relógio soando as horas. É um homem sentado nas pedras redondas do calçamento, as pernas estendidas para fora de cada lado, colocando as pedras no seu lugar com um martelo. E é aquilo um eco, ressoando da magnífica fachada do Stadhuis? Não, é outro homem na mesma tarefa na outra extremidade da praça do mercado. Cada pequena parte deste mundo deve ser martelada e encaixada no seu lugar. O mundo inteiro é um imenso relógio batendo para contar a história de Deus dos encantos e dos castigos.

Chegam ao seu destino. É uma casa de frente para o Grotemarkt, aquela mesma casa diante da qual Ruth se encostou naquele primeiro dia — a casa da criança estranha. A chamada criança-duende.

Van den Meer deve ser um homem de recursos. O edifício espadaúdo tem um jardim murado ao seu lado. De tijolos de cor vermelho-ameixa interrompidos por pedras laterais cinzentas, a casa se avoluma em dois andares inteiros, com uma cumeeira escalonada apertando dois sótãos abreviados. Nesta hora de fim de tarde, o sol não bate na frente da casa e as janelas que dão para a praça do mercado são como painéis de água negra. O prédio parece imponente e, o que seria, cauteloso? Como uma casa de segredos, como uma gaiola de fumaça.

Não, pensa Iris, é algo em relação àquelas janelas escuras... ali, na mais alta, seria aquilo um rosto desaparecendo? Como se não desejando ser visto pelo grupo que está chegando? Seria a menina obscura? Por que tudo oculta o seu verdadeiro rosto aqui?

O Mestre não notou. Não pára sequer para procurar o caminho até o pátio da cozinha. Passa as rédeas do burro para Caspar e caminha até a porta, que está quase no mesmo nível das pedras do pavimento. Bate vivamente.

— Sim, sim, queira entrar — diz uma voz de homem, parecendo ocupada, irritada. — Vou mandar o cavalariço pegar o burro e ele pode chamar alguns homens para carregar o estudo das flores.

— Caspar vai ajudar a garantir que a pintura não seja derrubada durante a remoção — responde o Mestre.

Oh, ser derrubada durante a remoção, pensa Iris.

— E deixe a menina entrar. Vamos, não desperdice meu tempo. Pode entrar. Como se chama?

A não ser pelo Mestre, Iris não está habituada a falar diretamente com um cavalheiro. Ela desvia os olhos para os degraus e quase caminha sobre a ombreira da porta. Quando lhe diz seu nome, ela apenas murmura, e o Mestre tem de repeti-lo.

— Bem, eu sou heer Van den Meer. Ainda não tenho tempo para tratar com você. Pode sentar-se quieta enquanto uma companhia de cavalheiros conversa? Ou precisa correr e brincar do lado de fora?

Ela não pode pensar no que seria mais horrível, por isso não responde.

— Bem, entre e sente-se, então — diz Van den Meer. — Atravesse até o salão.

Entram no aposento mais suntuoso que Iris já viu. Cadeiras e guarda-louças bem entalhados e oleados encostam-se em paredes forradas de pano decorado. Sobre uma prateleira há uma sucessão de tigelas de prata; outra prateleira ostenta uma abundância de canecas. Na sombra ou na luz, tudo é decorado: vasos, molduras de quadros, castiçais, porcelanas. No centro da sala há uma mesa coberta por um rico tapete de um tipo que Iris nunca viu antes. Em losangos, listras, arabescos, cártulas. Verde-salva, creme, três tonalidades de vermelho e aquele azul!

Os dedos de Iris estão limpos. Ela gostaria de passá-los através da lanugem e ver se a sensação é diferente de uma cor para outra.

Van den Meer aponta para uma pequena cadeira num canto e Iris se senta nela. Ela esqueceu de entregar-lhe o bolo que Margarethe mandou de presente.

Caspar e alguns empregados trazem a pintura e a encostam contra um aparador. Iris tenta desfocar os olhos para que possa desfrutar o esplendor da sala sem ter de olhar para o seu retrato. Existem outras pinturas para ver. Uma em particular, sobre uma espécie de arca envernizada, mostra uma bela jovem vestida em seda amarela e preta. O enchimento das saias lembra a Iris um abelhão. Uma mulher loura em sedas e ornamentos cintilantes *combina* com este tipo de casa, não uma menina feia com flores-do-campo.

Van den Meer deixa o Mestre e Caspar sozinhos por alguns minutos. Iris pode ouvi-lo berrando instruções ao pessoal da cozinha para que uma refeição seja servida dentro de uma hora: uma bandeja de lagostas e uma tigela de limões, algumas verduras, na água, para remover a areia, um jarro de cerveja e um jarro d'água e uma pilha de guardanapos de linho passados na hora para que os convidados possam limpar suas mãos sujas. Tudo deve ser bem apresentado, e poderiam mandar uma criança da cozinha para abanar um leque sobre o peixe, afastando as moscas e o gato?

A criança da cozinha se foi, informam-lhe, com aquela cozinheira imprestável que se queixava da peste e foi embora para Roterdã.

— Tenho uma menina no salão, ela deve servir — diz Van den Meer, e Iris sabe que está se referindo a ela.

Os convidados chegam. Uma dúzia de homens barbudos, corpulentos e prósperos, em babados, rendas e nas meias mais frescas. Muitos deles acenam com chapéus de plumas ondulantes enquanto se cumprimentam. Van den Meer leva cada cavalheiro até o Mestre, fazendo apresentações em tons ao mesmo tempo graves e joviais. Cada cavalheiro é levado a passear diante da pintura da Menina Feia com

Flores Silvestres. Cada cavalheiro comenta. Não demora e há muito barulho para que Iris possa ouvir os comentários sobre a donzela comicamente sem graça. Ela fica contente com isso.

Contente também porque nem o Mestre nem Van den Meer chamaram a atenção sobre ela, sentada no canto.

Caspar puxa uma banqueta e empoleira-se perto dela.

— Está petrificada? — diz ele.

Ela não responde.

— São empresários — diz ele. — Não entendem nada de arte, a não ser como a comprar. São como ursos que vieram das flores orientais. Pense neles como bestas rosnantes e sem educação que algum mágico vestiu de rendas e cinturões.

Ela tem de abafar um risinho e lágrimas pousam em seus olhos, somente porque Caspar se interessa o bastante para conversar com ela.

Caspar olha para ela, ergue as sobrancelhas e continua.

— Na verdade, os convidados *são* de fato ursos — diz Caspar. — Van den Meer é o seu príncipe regente. Olhe para suas mãos. Não são mãos, realmente, são apenas patas cujos pêlos alguém cortou. Vê como é desajeitado?

Ela olha. Certamente ele só está brincando... Mas, sim, Van den Meer *é* desajeitado, batendo nas costas do seu novo convidado!

— Os ursos estão gordos demais depois de um verão se forrando de morangos e amoras nos campos e trutas nas corredeiras. Não conseguem nem dobrar a cintura! Veja como mal conseguem se curvar para cumprimentar um ao outro.

Iris tem de enfiar a junta dos dedos na boca para se impedir de rir alto.

— *Eu* conheci a Rainha das Ciganas de Queixo Barbudo — começa ela.

Mas agora Van den Meer levanta a voz e chama a atenção da sala. Caspar não é um membro desta confraria tanto quanto Iris. Coloca a mão no colo e escuta.

Iris escuta também. Isso não é o holandês de cozinha que Margarethe lhe ensinou. Está salpicado de palavras de outras terras, França, Frísia, talvez, e certamente uma observação ou outra em inglês. Algumas palavras na língua dos ursos? Os cavalheiros parecem não ter problema em ouvir e entender.

Van den Meer não fala imediatamente sobre o Mestre ou sua pintura da Menina Feia com Flores Silvestres. Fala, em vez disso, sobre flores em geral e o apetite nativo por belas florações. Iris já ouviu falar de tulipas antes, mas não sabe se viu alguma, por isso imagina uma braçada de flores silvestres rendilhadas do tipo que o Mestre passou as últimas semanas pintando. Mas Van den Meer fala como se seus amigos cavalheiros tenham um firme conhecimento da tulipa — trazida de Viena, não foi, ou da distante Constantinopla? — e, seguramente, eles acenam a cabeça diante de suas palavras. Este é um artigo a respeito do qual todos os ursos podem concordar em admirar.

No entanto, quando Van den Meer agita um pequeno sino de bronze que está sobre a mesa, Iris se pergunta se alguns daqueles homens estavam fingindo o seu conhecimento de tulipas, pois ficam boquiabertos ao verem uma garota entrar na sala balançando um pequeno balde de flores frescas sobre uma bandeja de prata.

A boca de Iris também se abre. Não pode se impedir.

As flores são brilhantes e intensamente coloridas, de um tom marrom-vermelho listrado de branco. Mais ricas do que pano, tão ricas quanto a luz. São seis flores de altura variada, sobre caules esguios e verdes com folhas amplas e reclinadas. Só há uma flor no topo de cada planta.

Mas a menina que as leva é igualmente admirável. Tão loura a ponto de ser quase branca, cabelos cintilando como manteiga nova ou queijo de cabra. É a criança que falou com Ruth pela janela. Aquela que perguntou se Ruth era uma criança trocada ao nascer, aquela que Caspar disse que era considerada uma criança-duende. Parece uma criança humana. Apenas perfeita. Um espécime perfeito.

O que ela havia dito para Ruth? Sua coisa, *vá embora daqui.*

— Ah, minha Clara — diz Van den Meer, com o insuportável sorriso de pai orgulhoso no rosto. — Vejam como ela realça esta mais recente floração...

Clara acha a bandeja pesada demais e seu pai a ajuda a pousá-la sobre a mesa no centro da sala. Os investidores — pois é o que são, Iris está tomando conhecimento — inclinam-se para a frente e falam em tons abafados sobre as flores. Não há um aroma exótico, aparentemente, para atrair admiradores. São as cores das flores e a sua aparência estatuesca que contam. Cada homem presente quer ter uma parte do próximo carregamento de algum porto que Iris nunca ouviu mencionado antes.

— Seus apetites — diz Van den Meer orgulhosamente — são justamente como os apetites de seus concidadãos, de seus amigos e vizinhos, dos comerciantes mais joviais aos mais austeros homens de fé. Temos garantia de um retorno saudável para o nosso investimento se juntarmos nossos recursos e financiarmos o custo de um carregamento de bulbos de tulipa do Oriente. E quanto ao nosso amigo pintor aqui, Mestre Schoonmaker, agora que já vimos o que ele é capaz de fazer com material comum — Van den Meer indica a pintura do Mestre a um lado da sala, eclipsada agora pelas tulipas, cujas flores são taças altaneiras de luz cor de sangue e pérola —, nosso amigo poderá encampar um tema mais digno dos seus talentos e criar para nós uma pintura que possamos exibir em alguma ocasião formal. Podemos despertar interesse por esta nova variedade de tulipa para nossa recompensa financeira. Teremos uma vantagem sobre os outros comerciantes de tulipas, possuindo um produto superior e encorajando comentários sobre ele.

Os olhos de Clara piscam, uma só vez, para Iris. Mas Clara não se aproxima, o que permite a Iris observá-la a distância. Clara não é bem a criança que parecia através da janela. Parece ter poucos anos por causa do vestido juvenil, da maneira tímida. Mas deve ter aproximadamente a mesma idade de Iris, mais para uma jovem mulher do que para uma criança balbuciante. Iris nota as mãos limpas de Clara, seus suaves dedos rosados, suas unhas perfeitas. Como menina ainda jovem, Clara coloca um polegar na boca. Van den Meer gentilmente estende a mão e puxa o polegar. Ele nunca interrompe seus comentários.

Afinal, os negócios não passam disto? Algumas observações sobre custos, alguns cálculos, uma preocupação com carregamentos rivais, um rápido acordo em princípio? Antes que outro quarto de hora tenha se passado, Van den Meer está conduzindo seus amigos investidores fora do salão até uma sala de jantar um pouco abaixo. Quando o salão está quase vazio, ele se vira para o Mestre e diz:

— E então, sente-se confortável?

O Mestre está estudando as cores das tulipas. Não fala.

— Naturalmente — diz Van den Meer —, não há espaço para você morar aqui. Nem minha mulher permitiria. E não posso mandar minha filha até o seu estúdio. Ela praticamente não sai de casa. Mas pode transportar seu material para este salão e fazer com a beleza de Clara e das tulipas o que conseguiu fazer com material mais precário. Convenceu-nos do seu inestimável talento. E será bem pago.

Deliberadamente o Mestre diz:

CONFISSÕES DE UMA IRMÃ DE CINDERELA

— Eu havia pensado, isto é, eu *esperava* receber uma encomenda para um retrato da companhia de guardas cívicos à qual pertence.

— Uma coisa leva à outra, nada acontece de uma só vez — diz Van den Meer. — Não posso me ausentar de meus convidados muito tempo. Estamos de acordo ou devo mandar chamar Bollongier? Mora a uma pequena caminhada deste salão.

— Não falamos sequer sobre as bases do pagamento — diz o Mestre.

— É só dinheiro — diz Van den Meer —, e você não é um artista necessitado de dinheiro? Caso não o seja, existem outros na guilda de São Lucas ávidos pelo trabalho. Vai aceitar a tarefa ou não?

O Mestre, buscando algum tempo para pensar, diz:

— Mas por que me pediu para trazer Iris até aqui? O que ela representou nessa negociação? Achei que seus amigos poderiam julgar a minha habilidade comparando o modelo e o que fiz com ela. Esperava que, se aprovassem o meu trabalho...

— Oh, a sua menina — diz Van den Meer —, bem, a menina. Não é uma questão séria. Mas minha mulher está preocupada com a educação de nossa filha. Minha pequena Clara vive tão enclausurada, ela precisa de uma companheira, e poderia ocupar sua cabeça e seu tempo em aprender o inglês. Ela já está mais do que capacitada em francês e tem um pequeno domínio do latim também. Só desejamos para ela o melhor. Olhe só, quer ver beleza — diz Van den Meer, um pai orgulhoso —, olhe para ela. Já botou os olhos numa figura mais agradável? Ela vai se tornar uma bela mulher.

Sua apreciação da filha faz os olhos de Iris arderem.

— Iris tem uma mãe e uma irmã — diz o Mestre. — Comem como cavalos.

— Traga-as também — diz Van den Meer casualmente. — Esquece-se de que posso pagar por aquilo que quero. Precisamos manter a esposa feliz, não é verdade? Não é sempre assim?

O Mestre sai a passos largos do salão sem responder. Caspar encolhe os ombros na direção de Iris e então segue o seu mentor. A porta da rua bate com força atrás deles. A batida é a opinião em voz alta do Mestre sobre a sugestão de Van den Meer.

Iris não está segura do que se espera dela. Está sozinha no salão com Clara e seu pai. Clara abaixa o olhar para o chão de ladrilhos. Seu rosto está fechado, morde o lábio inferior com dentes ocultos. Não se dá a pena de olhar para Iris de novo.

— Papai — diz ela —, posso ir agora?

— Comprei uma nova amiga para você — diz Van den Meer. — Mas antes disso ela é esperada na sala de jantar para ajudar os convidados. Vamos, você, como se chama?

Iris estende o bolo para ele e lembra-se de que deveria curvar-se numa mesura, mas não confia em seus joelhos.

2

A CASA ASSOLADA POR DIABRETES

O quartinho do lado de fora

Muito a temer, nesta casa rígida, mas muito a admirar também. E Iris adora olhar. O que há de melhor na casa de Van den Meer são suas peles e vidraças, e como cada coisa rara aceita a luz do dia ou da vela ou se encolhe diante dela. Iris fica a pensar: será que observar as pinturas do Mestre desenvolveu nela o seu gosto por superfícies e texturas?

Veja a tigela sobre a mesa polida. Uma tigela do Oriente, Van den Meer disse a ela. Mas não é apenas uma coisa, uma tigela. Repare em todos os efeitos que a compõem: bem no fundo, um rendilhado de fraturas capilares púrpura-cinza. Coberta por uma camada de banho de casca de ovo, através da qual linhas pintadas em azul formam flores de crisântemo rosadas. As flores estão suspensas a alguma fina distância do — à falta de uma palavra melhor — brilho. Dentro da curvatura da tigela, um reflexo: uma Iris distorcida, borrada demais para ser percebida como feia.

Se ela olhar mais intensamente, vai captar algo mágico no seu ombro? Algo intenso e potente vindo por trás, insinuando-se através da obscuridade altamente polida dos salões ricos?

Foi Margarethe quem disse: "O diabo pode mandar um cão de caça peludo para nos farejar até o Além, mas não temos escolha! Venham, meninas, venham" — Margarethe havia anunciado seu torturador — quando fugiam da Inglaterra —, ela o havia chamado para cima delas, preocupara-se em trazê-lo à vida...

Mas não. Veja. *Veja.*

Ela presta atenção. As variedades de tapetes turcos, nas mesas e paredes. As bordas e os retângulos acentuados de linho branco. Os músculos anelados dos castiçais, seus reflexos acetinados e bulbosos. A pele, a madeira marchetada, as lembranças de locais distantes: Veneza, Constantinopla, Arábia, Catai.

As salas de Schoonmaker eram desordenadas e cheias de energia. Estes aposentos de Van den Meer são *comportados*. A sua ordem — sua limpeza impecável, por exemplo — é uma questão não só de orgulho, mas de clareza mental e de organização. Uma cadeira fora do lugar?, ninguém na casa pode pensar direito. Flores deixadas num vaso até que surja um fedor de água podre?, você pensaria que os belicosos espanhóis estavam atacando as portas da cidade de novo.

Algumas horas depois da festa, Caspar chegara na casa de Van den Meer em busca de Iris; ele a levou de volta ao estúdio para apanhar suas coisas. Lá ela encontrou Margarethe discutindo com o Mestre, e Ruth chorando. Schoonmaker não queria que elas fossem, mas não podia ou não queria pagar para que ficassem.

— Tem o seu rapaz, use-o da melhor forma que puder — diz Margarethe com sarcasmo, como se trocando um significado secreto ao qual Iris não pode ter acesso. — E por que não? Pediu-nos três coisas, e estas coisas lhe demos: ajuda doméstica, uma entrega de flores silvestres todo dia e um rosto para pintar. Somos gratas por sua hospitalidade, mas não lhe somos devedoras.

— Quando aquela peculiar garota Van den Meer se cansar de sua nova companheira, ou aprender todo o inglês de que precisar, você e suas filhas estarão no olho da rua — diz o Mestre soturnamente.

— Aguarde — disse Margarethe. Mostrava no rosto aquela expressão comum a gatos que travam conhecimentos com filhotes de pássaros. — Aguarde e veja o que vai acontecer, Luykas Schoonmaker.

Iris e Ruth se viraram para ver se o Mestre reagiria diante dessa informalidade de um nome de batismo. Que direito tinha sua mãe? Mesmo Caspar pareceu surpreso.

Mas Luykas Schoonmaker apontou para as meninas Fisher e disse:

— Ruth não sabe de nada para apreciar como está sendo tratada, mas Iris, sim. Ela vai ser desrespeitada lá. Não vai levar adiante o talento para desenhar que possui.

— E como sabe que ela possui tal talento, e de que vai lhe servir se o possuir? — grasnou Margarethe. — Ela não é uma dama de lazer para pintar cenas de jardins ensolarados ao seu bel-prazer! Já a viu sequer pegar num carvão?

— Ela tem observado desenhos, ainda que a um custo para si — disse o Mestre. — Sua mão agarra um toco imaginário de carvão enquanto eu trabalho com o meu carvão numa folha. Não há nada nela além de uma possibilidade, mas isso é bastante raro.

— Está tão preso aos seus preconceitos como aos seus desenhos superelaborados — disse Margarethe. — Faz o mundo parecer uma história, como se qualquer coisa pudesse acontecer. Como a maioria dos homens, é cego para com o seu destino.

— Não vá, Margarethe — disse o Mestre.

— Pague-nos um salário para ficarmos e nós ficaremos — disse Margarethe, o queixo empinado.

O Mestre olhou para ela como se estivesse se oferecendo para dormir com ele por uma quantia. Foi um olhar de nojo, mas amor e necessidade estavam incluídos nele também. Margarethe encarou seu olhos com a mesma intensidade e continuou.

— Meninas, peguem seus aventais no cabide e seus tamancos do peitoril da janela. Se entendo corretamente, Luykas, com a sua nova encomenda de trabalho, vai ser um visitante regular na casa de Van den Meer. Vamos desfrutar de sua amizade lá, se assim o desejarmos.

E então, com Caspar a acompanhá-las, atravessaram as ruas de Haarlem no crepúsculo. Sua instalação no lar dos Van den Meer foi menos ruidosa, mas não menos rápida. E Iris dormiu naquela noite nas pedras da lareira, inquietamente, sentindo o edifício erguendo-se acima de si em fortes ossos de tijolos. Lembrou-se do rosto numa janela do andar superior, desaparecendo. Esta é uma casa mágica, pensou enquanto mergulhava no sono, e pensa o mesmo ao acordar ali pela primeira vez.

A família é pequena. Cornelius van den Meer é um patriarca caloroso mas distante, e delega à mulher, Henrika, a responsabilidade de organizar a casa. Num prédio público além do Stathuis, Van den Meer e seus sócios conduzem um negócio de investimentos e maquinaria mercante. Quando volta para casa, cheirando a fumaça de cachimbo, com um bom humor ruidoso por causa da cerveja e da companhia agradável dos seus pares, ele dorme. Iris o espia, sentado no jardim ensolarado, a cabeça encostada no muro e a boca aberta. Ele é mais velho do que a mulher. Sua barba é metade prateada e metade castanha, e as têmporas e o alto da cabeça, ralo de cabelos, estão inteiramente grisalhos. Sua mulher não o deixa sentar-se no banco da frente da casa. Em plena vista dos crentes a caminho dos cultos ou dos famintos comprando sua comida para a noite? Ela acha que parece vulgar, e diz isso a ele.

Henrika acredita em boas maneiras. Os ossos da maçã do seu rosto são destacados e arredondados, seus pulsos, seu odor de flor são enfeitiçadores. Mas é principalmente sua coloração que Iris admira, rubores entre o rosa e o cobre e jorros brancos debaixo de uma pele impecável. Quando Henrika se aproxima da porta de um quarto é com pés silenciosos, como se fazer um assoalho ranger equivalesse a chamar mais atenção do que ela merece.

No entanto, isso é apenas um pequeno drama, um embuste, pois, embora o passo de Henrika seja silencioso, não deixa de ser pesado. Margarethe, na privacidade do lar, é rápida em assinalar para Iris que o retrato de Henrika, não o do seu marido, ocupa o espaço principal na sala de recepção. A dama em seda amarela e preta, um abelhão zumbindo para si mesma. A rainha da colmeia familiar. Como se ela mesma não soubesse disso! Henrika tem prazer em relatar a proveniência de cada peça de mobiliário, de cada item de decoração. A casa, toda e inteira, foi parte do dote de Henrika.

— Se o casamento se dissolver, ela tem o direito de apelar para a lei e reclamar todas as suas posses — diz Margarethe, incrédula. — A riqueza deste casamento repousa no que ela herdou do pai. Seu marido trouxe à união apenas um jeito para os negócios e bom humor.

— O que a senhora não fica sabendo em três ou quatro dias! — diz Iris, bocejando. — Como pode saber disso? Ela é fechada demais para confiar na senhora.

— Schoonmaker viveu em Haarlem toda a sua vida. Ele sabe de tudo, embora finja que se entedia com esse tipo de coisa — diz Margarethe. — Ele me contou que é Henrika quem controla o dinheiro. — Ela retorce o lábio inferior numa expressão de relutante aprovação ao poder de Henrika. — Vê como Cornelius e Henrika discordam em relação à filha, Clara? O homem dominante deve se virar para responder a cada queixa que Henrika faz.

— Oh, Clara — diz Iris. — Clara — diz ela de novo, mordendo o lábio, pois é Iris quem tem a preocupação maior agora. É tarefa de Iris travar amizade com a criança distante e desconfiada, ganhar sua confiança, ensinar-lhe inglês, variar seus dias. E não teve um bom começo.

Se Clara é de fato uma criança-duende, nenhuma palavra a respeito é dita por seus pais. Ela é considerada uma criança difícil — soturna, fechada e comum. Carregar as tulipas até a sala de estar para mostrar aos ursos-investidores visitantes deve ter sido uma provação para ela, pois agora não aparece para conhecer os novos membros da casa. Na verdade, Iris vê muito poucos sinais da existência de Clara na casa, inicialmente, embora ouça alguns: um passo suave, o som de um prato derrubado ou jogado quebrando-se no chão, um grito de alarme como uma criança pequena emitiria em meio a um pesadelo. Ainda a criança obscura, mesmo quando Iris está vivendo sob o mesmo teto.

Depois de vários dias em que Clara simplesmente se recusou a aparecer, Henrika traz Iris à porta do quarto de Clara e chama sua filha:

— Por favor, querida, quero que conheça sua nova amiga.

— Não. — O som sai como um pequeno grito sufocado, como se ainda no meio do dia Clara estivesse enfiada debaixo das cobertas. Ela não vai sair do seu quarto.

No dia seguinte, Iris diz em voz alta.

— Estou muito solitária.

Respira fundo no sombrio corredor do andar de cima e encosta o peito contra a porta de Clara. Tenta fazer sua voz atravessar uma brecha entre as tábuas.

— Você foi boa com a minha irmã uma vez. Deixou-a pegar o seu pequeno brinquedo. Por isso quero falar com você.

— Vá embora.

O sorriso de Henrika para Iris é breve, mas clemente.

— Ela é uma criança diferente e tenho paciência com suas esquisitices — confidencia. — Você precisa ter paciência também.

— Mas como posso ensinar-lhe inglês se não chego nem mesmo a vê-la?

— Ela vai aparecer. Vá ajudar sua mãe. Se eu puder convencê-la a sair com a promessa de algo especial, virei à sua procura.

— O que ela deseja mais do que tudo?

Henrika morde o lábio.

— Ela quer ficar sozinha e brincar sozinha.

Bem, pensa Iris, nesse caso não vou ser a coisa mais bem-vinda a entrar em sua vida. Mas não há muito que Iris possa fazer a respeito, então ela desce para o andar térreo. Margarethe diz:

— Se não consegue arrancar Clara do seu quarto, leve Ruth para algum exercício fora de casa. Este boi da sua irmã está batendo nas coisas de novo, o que significa que não está esticando as pernas como devia.

Elas passeiam para cima e para baixo pelas ruas. Haarlem está se tornando um lugar fácil para se sentirem em casa. Na rua seguinte à igreja de São Bavo, as mulheres carregam cestas de pano nas costas. Homens empurram carrinhos de mão com barriletes de cerveja. As venezianas, abaixadas durante o dia, servem como prateleiras para a exibição de mercadorias. Iris e Ruth inspecionam os itens, um passatempo que não custa nada e incomoda os lojistas. Mas, se os holandeses acham Ruth grotesca como os ingleses achavam, guardam a impressão para si mesmos. Só algumas crianças correm atrás e escarnecem dela.

Há sempre São Bavo como refúgio se a algazarra das ruas ficar frenética demais para Ruth. Iris não tem sentimentos acentuados em relação a igrejas, a favor ou contra, mas se lembra do que o Mestre lhe contou sobre São Bavo. Construída como catedral católica, está agora nas mãos dos protestantes. No mau tempo serve como uma espécie de parque público coberto onde homens, mulheres e cães vão se livrar do molhado. As pessoas caminham para se exercitar, para conversar e para ver as decorações colocadas contra paredes caiadas. Iris ouve tudo — ela imagina trazer Clara aqui um dia e dizer tudo isso em inglês para ela. Veja! A janela de vitral na parede oeste da igreja e como um painel foi removido porque celebrava gloriosamente demais um bispo católico de algum tempo atrás. As lousas no chão para lembrar os mortos. As pastilhas em forma de losango, montadas sobre pilastras, para lembrar os mortos. Os mortos, os mortos, sempre conosco!

Não há memorial para o seu pai, naturalmente, nem aqui nem em lugar algum; não houve sequer preces resmungadas em sua memória...

Para notar outra coisa rapidamente — ela não pode deixar de notar, tendo ouvido o Mestre todas estas semanas —, há muito pouco em matéria de pintura religiosa. Nem um crucifixo à vista. Nem uma Virgem que se possa ver. Nem mesmo nos cantos mais obscuros. Não admira que o Mestre se sinta tão inútil. Por um momento Iris imagina como ele deve sofrer, pois ela está se sentindo inútil também, caminhando dentro de uma igreja em vez de desempenhar a tarefa pela qual ela, sua mãe e sua irmã estão recebendo comida e alojamento.

Ruth nada sabe da história do Evangelho, até onde Iris tem conhecimento. Sua atenção, na verdade, é despertada por coisas vistas, mais do que por coisas ouvidas.

— Veja! — diz Iris subitamente. — A Rainha das Ciganas de Queixo Barbudo!

É aquela velha paralítica com as bengalas, a mulher-aranha arrastando-se ao longo da sombra da abside. Mas, quando se aproximam, ela sumiu. Deslizou por uma porta lateral? Ou disparou em forma de aranha subindo por uma pilastra de São Bavo, onde se agacha, bebendo as notícias dos segredos murmurados pelas pessoas?

Iris não está acostumada a fazer amizade com meninas de sua própria idade. Ter Ruth na família sempre significou que outras crianças ficavam a distância. Mas talvez Iris possa cativar Clara com o apelo do sobrenatural, especialmente se Clara for uma criança sobrenatural, uma criatura trocada e deixada para trás por bruxas quando roubaram e levaram a verdadeira Clara-bebê.

No dia seguinte, Iris emposta sua voz para que chegue escada acima e diz:

— Ruth, está lembrada de ontem, quando vimos a Rainha das Ciganas de Queixo Barbudo? E como ela se transformou numa aranha e fugiu de nós?

Só leva um minuto para obter efeito. Clara aparece no alto das escadas.

Iris olha para o corredor do andar de cima, que, com seu forro de nogueira, parece, mesmo ao meio-dia, quase crepuscular. Está atônita e um pouco assustada. Clara é quase um fantasma, uma coisa movediça com uma mão estendida contra a parede, uma luminosidade difusa na obscuridade, como uma vela numa floresta à meia-noite. É uma visão assombrosa, com sua pele imaculada e seus cabelos de trigo seco. Ela vem à frente, seus olhos estão pesados e esquivos e seu lábio inferior se projeta de um modo que só pode significar problema.

— Desça, tem leite e pão e um pouco de fruta com mel. É hora de conhecer Iris — diz Henrika calmamente através da porta aberta do seu escritório particular. À sua mesa, na luz acinzentada do meio da manhã, ela se debruça sobre um livro contábil, uma pena cheia de tinta numa das mãos, contando rápido com as pontas dos dedos na outra.

— Ruth, a velha rainha tinha pernas como as de uma aranha, mas eram imensas como o aro de uma roda de carroça, não eram? — diz Iris.

Clara se aventura escada abaixo, próxima da parede, mas mesmo parecendo assustada ela se locomove com uma certa postura.

— Tome o seu café-da-manhã, vamos sair depois que você se vestir — diz Iris para Clara com um ar indiferente de mando que não chega a sentir. Clara senta-se numa cadeira e apanha um pouco de pão. Seu pai sorri e acena com a cabeça para ela.

— Oh, Iris, mas vocês não vão *sair* — grita Henrika da sua mesa de trabalho. Seus dedos estão manchados de tinta e ela pragueja numa maneira aceitável para donas de casa bem-educadas.

— Quero levá-la a São Bavo — diz Iris. — Poderíamos encontrar a Rainha das Ciganas de Queixo Barbudo ou o anão com os braços de um macaco.

— Clara não sai — diz Henrika. — Bem, só no jardim murado para tomar um pouco de ar, naturalmente.

Ela aparece agora na porta, fitando Iris com um olhar severo.

— Faz três anos que não sai de casa. Não desde que uma criada, certa vez, espalhou um boato: uma criança-duende nascera da filha de um soprador de vidro. Clara me importunou tanto para ir dar uma olhada nela! Venceu-me pelo cansaço e, finalmente, cobrindo-a com um capuz e com uma capa, concordei em levá-la até lá e trazê-la de volta.

— Uma criança-duende? — diz Iris. Como pode Henrika dizer tal coisa tão abertamente?

— Quando chegamos lá, a coisa tinha morrido e os corvos haviam levado embora seu corpo.

— Oh — diz Iris. Talvez Henrika não conheça o rumor que cerca sua filha Clara. — O que os corvos fizeram com o corpo da criança-duende?

— Deixaram-no cair no Haarlemsmeer, onde todas as crianças sem alma nadam até o Dia do Juízo Final.

— Mas ouvi falar que gostariam de dragar o Haarlemsmeer — diz Margarethe, trazendo queijo da cozinha e colocando-o onde Clara pudesse alcançá-lo. — O que vai acontecer a todos os bebês sem alma afogados então?

— Suspeito que vão ser canalizados para o mar — diz Henrika calmamente. — Não sei realmente. Minha cabeça está voltada para os números.

— Podíamos sair à procura de uma criança-duende, suponho — diz Iris habilmente, espiando Clara para ver se algum interesse foi despertado. Clara parece curiosa, mas cautelosa.

Mas Henrika segura a pena como um dedo, sacudindo-a para Iris.

— Isso é inteiramente proibido. Vocês podem sair para o jardim ou ir a qualquer quarto da casa se baterem à porta antes. Mas não pode levar Clara além da porta da frente ou do portão lateral. Nem poderá trepar pela parede como um moleque de rua e saltar de qualquer janela. Não pode escalar pela chaminé, nem fuçar nos porões. Entendeu o que eu disse?

— Somos prisioneiras? — diz Iris.

— Clara não está preparada para o mundo. Ela treme muito e sente calafrios. Visitem o jardim e os galpões nos fundos. Clara sabe onde tem a permissão de ir.

Até agora Van den Meer estava banhando seu rosto no vapor do seu *boerenkoffie*, que combina os aromas da cerveja aquecida, do açúcar e da noz-moscada com o cheiro de colchão da sua barba. Mas ele inclina o queixo paralelamente à mesa e diz, como se fosse o capítulo seguinte num debate em andamento:

— Lembram-se de terem ouvido falar que em Delft o clero baniu bonecos de pão de mel na festa de Sinter Klaas? E as crianças se rebelaram. Correram gritando pelas ruas e se recusavam a cumprir os seus deveres. *As crianças vão acabar se rebelando, minha querida.*

Henrika pousa as mãos dos lados do corpo e abaixa os olhos. Num tom de desculpas, dirigindo-se ao tampo da mesa, ela responde:

— Estou falando com Iris, não estou falando com você.

Van den Meer acena afavelmente com a cabeça e não fala mais. Mas Iris vê a verdade na observação de Margarethe: embora Henrika adote uma atitude de grande deferência, ela não aquiesce para com ninguém, menos ainda com o marido.

Quando Clara, que parecia prestar pouca atenção, acaba de beliscar a comida, Iris diz:

— Vou buscar minha irmã e vamos lá fora no jardim. Nós a esperamos lá. Saia quando tiver se vestido.

Iris encontra Ruth. Iris detesta usar sua irmã assim, mas a enorme Ruth pode ser uma atração maior do que ela. Afinal, foi a rixa de Margarethe com Ruth que levou Clara a debruçar-se pela janela e examinar minuciosamente a menina-boi. Talvez, desapontada por nunca ter visto uma criança-duende, Clara tenha visto na uivante filha mais velha das Fisher a melhor substituta: uma criatura grotesca.

Os fundos da casa dão para um terreno de bom tamanho, murado por tijolos e com portões, e esses portões de ferro, trancados. De um lado, uma área de cozinha para lavar e preparar os alimentos e para o cultivo de ervas e legumes. Do outro lado, diante do salão, um pequeno jardim desenhado ao estilo italiano, com caminhos de seixos e plantas bem ordenadas, e pilastras em intervalos regulares encimadas por bolas de granito. Depois do pátio da cozinha e do jardim formal há um imenso galpão e além dele um terreiro de fazenda onde são criadas galinhas e uma vaca, e talvez outros animais também. A porta do galpão, que dá para o pátio da cozinha, até agora se manteve trancada.

Iris afunda na grama do jardim. A hera sobe por duas paredes, fazendo um sussurro verde quando o vento a trespassa. Ruth desaba ao seu lado e geme de suave fome, pois adora pão de mel e sua simples menção a deixou com água na boca.

— Nada de pão de mel — diz Iris com firmeza.

Quando Clara emerge, ela parece sonsa, mas menos truculenta. Provavelmente lembrou-se de que, afinal, esta é a sua casa. É o *seu* mundo. Ela caminha silenciosamente através da grama até onde as irmãs Fisher a esperam. Um gato, quase cor de limão, a acompanha.

Iris decide que o problema de ensinar inglês a Clara pode esperar. Deita-se com a cabeça sobre a grama e não olha para Clara, mas diz:

— Por que queria tanto ver a criança-duende?

— Conte-me sobre a Rainha das Ciganas — diz Clara. — Ela é a Rainha das Crianças-Duendes também?

— Qual o seu interesse por crianças-duendes?

— Você não sabe? Eu sou uma criança-duende — diz Clara.

— Ouvi dizerem isso. Mas, naturalmente, você não é — diz Iris. — As crianças-duendes não podem falar e correr como as pessoas.

— Talvez crianças-duendes na Inglaterra não façam isso — diz Clara calmamente. — Crianças-duendes aqui podem fazer isso.

Iris pensa no rosto na janela superior no primeiro dia. Era Clara nas sombras, ou Henrika de véu, ou o próprio Van den Meer, barbudo e cheio de sobrancelhas, ou alguém mais?

Ou algo mais?

"O próprio demo vai mandar um cão de caça bem peludo para nos apagar com uma farejada!"...

Iris segue em frente, para se afastar dessa idéia. Um diabrete aqui, sabendo de todas as coisas, alojado desde a sua chegada, à sua espera?

— Já viu uma criança-duende? Quer dizer, além de si mesma? — diz ela.

Clara encolhe os ombros. Seus olhos pousam sobre Ruth e depois se desviam.

— Ruth é uma menina grande, um pouco estúpida, apenas isso — diz Iris. — Não é uma criança-duende.

— Como é que você sabe com certeza? — diz Clara. — Ela não é mais velha do que você?

— Sim.

— Bem, ela teria sido trocada antes que você tivesse nascido.

— Bobagem.

— Pergunte à sua mãe.

— Não. É tolice.

— Pergunte ao seu pai.

O vento sopra na hera por momentos enquanto Iris observa. Olhos semicerrados, Clara então diz:

— O quê?

Iris não responde.

Clara se arrasta um pouco mais para perto. Estuda Iris, como uma criança pequena estudaria um inseto antes de esmagá-lo com uma pedra.

— Onde está seu pai? Ele é um duende? Voou para longe?

Não há carinho de ternura em suas palavras, mas uma certa brutalidade sem refinamento. Mas quando Iris não diz nada, Clara suspira e prossegue, aborrecida.

— Bem, então me conte outra coisa. Conte-me sobre você. Você não é uma criança-duende, apenas uma menina. Quase não me encontro com meninas. Por que se chama Iris?

— É uma espécie de flor — responde Iris, com raiva de si mesma por causa das lágrimas.

— Oh — diz Clara com uma voz superior. — Flores. Conheço flores. Tudo o que ouvimos falar é em *flores de tulipa*. Temos uma porção de flores crescendo debaixo de um telhado de vidro atrás dos galpões e, em algum lugar ao sul da cidade, uma plantação bem-cuidada na região dos pôlderes, as terras baixas conquistadas ao mar. Vamos dar uma olhada nos galpões?

— Mais tarde — diz Iris. — Contei-lhe sobre o meu nome. Agora me diga por que você acha que é uma criança-duende.

— Porque este é todo o mundo que possuo. O mundo lá fora é um veneno para uma criança-duende, eu morreria. Por isso sou mantida, para minha própria saúde e para o meu bem, simplesmente aqui: na bonita casa-prisão, com este pequeno quartinho do lado de fora colado a ela.

Subitamente Clara ergue suas saias até os joelhos e corre de um lado para o outro no espaço protegido. Toca em cada uma das três paredes do jardim que as enjaulam.

— O que me pertence? Estas coisas me pertencem: o canto dos pássaros, embora nem sempre se possa vê-los. Garras, o gato, quando quer ficar comigo. Às vezes não quer. Veja, o céu achatado que paira sobre as paredes do jardim como um telhado de chumbo. Algumas lesmas. Os mesmos arbustos de sempre. Logo vai haver folhas mortas o bastante para se fazer uma fogueira e então a fumaça será uma corda subindo ao céu. Estas coisas me pertencem. São tudo o que eu tenho.

— Tem uma tília — diz Iris.

— Onde?

— Você pode enxergar apenas a copa da árvore. Deve estar crescendo do outro lado da parede do seu jardim.

— Um pássaro nela. Um tentilhão verde. É meu. E é tudo. — Clara estala os lábios, raivosa. — Pelo menos não é um corvo.

— Um tentilhão verde numa tília — diz Iris. — É um tentilhão mágico?

Clara olha desconfiada para Iris, como se com medo de ser considerada crédula. A pergunta seguinte de Clara é em parte sarcástica e em parte esperançosa.

— Você realmente conheceu uma Rainha das Ciganas?

Iris sente-se um pouco culpada. Nem toda velha coxa é um anjo antigo. Velhas são simplesmente velhas. Iris encolhe os ombros, evasiva.

Clara reage com impertinência, como para provar que não se importa.

— Vamos dar uma olhada nas tulipas. Temos muitas delas, para cultivar, para mostrar, para vender. Como não me deixam sair além destas paredes, posso ir ao galpão e olhar, e os jardineiros não se importam.

— Minha mãe talvez se importe.

Clara dá de ombros.

— Mas minha mãe não se importa e a casa é dela, não da sua mãe. Não faz mal que sua mãe se importe. Venha, Iris. Venha, você também, Ruth.

Ruth prefere ficar onde está.

O galpão das tulipas fica depois do herbário, alcançado através da porta da cozinha. Montado à altura dos ombros com tábuas cruas, está aberto aos elementos em cerca de meio metro na parte superior. As tábuas do telhado não são fixadas com pregos. Algumas tábuas podem ser deslocadas para que no tempo quente o sol entre, enquanto as paredes do galpão protegem as plantas da pior ação do vento.

As plantas estão arranjadas em tabuleiros de terracota com fundos porosos. Os tabuleiros ficam sobre mesas toscas e o solo do chão da sementeira é úmido. As plantas surgem em fileiras, os bulbos tendo aparentemente sido plantados em intervalos de duas a três semanas. Aqui estão os tabuleiros mais novos, onde nada aparece através da terra marrom-avermelhada. Mais adiante, tabuleiros em que as plantas se elevam em brotos, tabuleiros em que as plantas estão mais altas e desenvolveram um botão e algumas folhas. Finalmente, próximo de onde Iris e Clara estão, as flores começam a mostrar alguma cor e a abrir suas pétalas.

Iris não sabe até que ponto Clara compreende o mundo, mas ela participa da preocupação da sua família por flores. Existem muitas variedades de tulipas, diz a Iris numa voz professoral, e novas modalidades estão sendo importadas do Oriente todos os meses. A plantação da família nos arredores da cidade é imensa, mas mesmo dentro desse pequeno viveiro existem oito variedades em plena floração, ou quase, sem contar algumas fileiras que já perderam o viço. Talvez 120 flores agora? Algumas são inteiramente vermelhas, rosadas e alaranjadas, um estudo em cores vivas; muitas são listradas de vermelho e branco. Iris não gosta do caule deselegante da tulipa, que parece grosso e desgracioso, mas as flores têm botões pesados, algo como as rosas, e talvez aqueles caules precisem ser fortes como hastes de taquara.

Um jardineiro entra por uma porta dos fundos e faz um comentário que Iris não consegue ouvir, mas cujo tom ela entende. Jardineiros não gostam de meninas brincando no galpão. Iris começa a se afastar, dizendo:

— Venha, venha, Clara, vamos voltar ao nosso pequeno jardim, onde podemos correr sem o risco de danificar essas coisas.

Clara não fala no início. Iris não sabe o que lhe passa pela cabeça. Então Clara diz:

— Não são os mais belos tesouros? Cada uma desabrocha e fica mais vermelha do que rubis, mais fina do que diamantes e mais valiosa, assim nos dizem; e antes que você possa vir aqui de novo para olhar, as pétalas começaram a cair e as folhas a amarelecer. Veja, elas fenecem, elas decaem. Não são mais maravilhosas porque vivem um tempo tão curto?

— Como bebês-duendes? — diz Iris, lamentando as palavras assim que lhe saem da boca. Mais vigorosamente, ela diz: — Vamos falar sobre isso fora daqui.

— Semper Augustus, Vice-Rei e amarelo-vermelho de Leiden, eu os conheço melhor do que aos meus versículos das Escrituras — diz Clara num tom cantante. — As corolas brancas, o almirante de Maans, o general Bols. A Cabeça do Papa! Florescem e fenecem no espaço de um mês. Aqui papai tenta forçar os bulbos, para atrair investidores, mas nos campos dos pôlderes elas só crescem uma vez por ano e florescem no início da primavera, para nunca mais voltar.

Clara suspira. Fica parada, uma coisinha jovem com um pensamento adulto grave na mente, enquanto Iris recua. É quase um pensamento sombrio, embora Iris não possa nomeá-lo ao certo. Um súbito facho de luz chega através de uma abertura nas nuvens, penetrando entre duas tábuas do telhado que foram puxadas de lado. Os cabelos de Clara se inflamam, fogo branco; subitamente Iris não consegue vê-la, apenas um fulgor de luz, uma criança dentro de um jardim interno. Por um instante Iris acredita que Clara é realmente uma criança-duende.

Pequenos óleos

Telas, blocos de madeira, pranchas envernizadas. Montes de pó branco, azul, vermelho e ocre. Feixes de pincéis em vasos de argila trincados. O cheiro, intoxicante e ruim, de óleos e terebintinas, e de minerais em suas pequenas pilhas. Caspar, para o Mestre e para si mesmo, separa os ingredientes, mói, peneira, umedece e os sela em pequenos potes com tampas lacradas. A pintura chegou à austera casa de tijolos no lado oeste do Grotemarkt.

Iris observa. Leva um longo tempo para que o Mestre componha sua pintura. Ele coloca Clara aqui, coloca Clara ali. Ele a faz ficar sentada, a faz ficar de pé. Uma mão na sua cintura, uma mão nos cordões da touca, uma mão sobre a mesa, uma mão no queixo. Deveria ela usar um avental e um gorro, ou as jóias raras de sua mãe? Esta pose não está requintada demais? Esta outra tímida demais, esta feminina demais?

— Nenhuma posição isolada capta toda a sua graça — diz o Mestre defensivamente quando, depois de uma semana a distância, Van den Meer vem dar uma olhada.

— Isto deve ser a sua obra-prima — diz Van den Meer. — Mas se esperar um ano para decidir sobre uma postura para o seu modelo, o mercado das tulipas pode ter arrefecido e não terei o dinheiro para lhe pagar.

Naquele dia o Mestre decide.

É uma pose convencional, o Mestre diz a Iris. Clara está de pé a uma pequena distância de uma janela à esquerda. Um buquê de tulipas está aninhado em sua mão esquerda, que tomba numa curva suave sobre uma mesa bem mobiliada. Ela segura um bulbo de tulipa com a mão esquerda e a estuda como se em transe diante do mistério de que florações tão imperiais possam ser geradas a partir de um bulbo tão humilde. A luz do sol, veja, vai cair num ângulo de meio-dia e vai pousar apenas na margem do rosto de Clara e sobre uma tulipa caída do buquê. O resto da forma de Clara será feito em cores mais suaves, destacadas pela sombra do aposento, por seu dispendioso espelho com moldura escura, sua cômoda, seus azulejos arranjados ao redor do canto da lareira.

Mas e a cor das tulipas? Van den Meer se preocupa com isso. Quer que o Mestre use *a cor e o formato exatos* da tulipa que vai ser embarcada numa grande carga no mês seguinte e não estará disponível para cultivo e subseqüente floração até a primavera, pelo menos. Que cor e que formato são esses?

— É vermelha — diz Van den Meer vagamente — com uma faixa branca, tem uma espécie de aparência de bufão.

— Vermelha — diz o Mestre devastador —, *vermelha?* E como é essa faixa branca, exatamente? Vou pintar um modelo que eu veja ou não vou pintar de todo.

Van den Meer faz uma carranca e reclama, enquanto Iris se encolhe com os braços enlaçando o corpo. Ela ouve sobre como é difícil fundar uma empreitada comercial dessas e os riscos financeiros dela decorrentes, especialmente pelos tecelões de Haarlem, que estão envolvidos este ano. O Mestre não dá muita atenção. Calmamente, continua a esboçar a forma de Clara na sala elegante, esfregando na tela um trapo cheirando a óleo de linhaça, para corrigir um erro.

— Naturalmente — diz Van den Meer, olhando para fora pela janela e cofiando a barba, quase como falando consigo mesmo — eu poderia sempre, neste prazo já atrasado, solicitar a ajuda do seu rival Bollongier.

— Seu miserável, miserável miserável miserável — diz o Mestre. — Se eu voltar a pintar meu catálogo dos erros de Deus, vou pintar você a seguir, seu bruto. A pior falha no plano de Deus: o marido dominado pela mulher. O inatural na natureza...

Sob o olhar de Van den Meer, o Mestre pára. Suspira. Concorda em pintar qualquer variedade desgraçada de tulipa listrada que Van den Meer exija, contanto que plantas múltiplas sejam forçadas a florescer para que o Mestre as examine durante os estudos preliminares e a pintura final. Van den Meer concorda.

Depois de uma semana, Clara se recusa a posar mais para os esboços. E Henrika parece disposta a permitir esta drástica mudança de planos. Mas, talvez envergonhado pelo comentário grosseiro do Mestre sobre ele, Van den Meer faz pé firme e leva Henrika de lado para o seu pequeno escritório. Ouvem-se palavras duras de ambos os lados e, mesmo com a porta fechada, todo mundo no andar térreo pode ouvir sobre florins e mais florins, riscos e recompensas.

Iris ouve tudo. Quando Clara está fazendo beicinho no andar de cima naquela noite, Iris murmura para Henrika:

— Por que Clara não quer posar para os esboços?

Henrika parece aborrecida com a observação. Van den Meer diz:

— Clara insiste em que o Mestre é rude e não quer falar com ela, só olhar para ela.

— É tedioso posar — diz Iris. — Se quiserem, eu posso participar e distraí-la com histórias contadas em inglês. Ela pode ouvir enquanto posa.

Van den Meer diz:

— Uma oferta caridosa. Então, está se afeiçoando à nossa Clara?

Iris não colocaria dessa maneira. Ela pensa: estou me afeiçoando a estas boas refeições. Mas a verdade é que, embora Clara seja voluntariosa e tímida ao mesmo tempo, pretensiosa enquanto ainda chupa o polegar, Iris sente-se obrigada a ter pena da menina pelo menos. Nunca poder ir além da casa ou das paredes do jardim!

Clara gosta de histórias, por isso concorda em voltar. Iris elabora episódios fantasiosos de sua própria criação, povoados por animais falantes, aberrações e diabretes domésticos, fadas e santos, e o ocasional objeto mágico, escova de cabelos, panela ou ferradura. Iris freqüentemente entretece suas histórias em torno de uma pobre menina inculta que tem medo de se perder de casa, mas é constantemente ludibriada a afastar-se, ou expulsa, ou alijada por causa de um terremoto, ou soprada janela afora por uma grande ventania. Clara acaba sorrindo, pelo menos.

Henrika está quieta e se finge de ocupada, mas Iris nota que, quando Caspar e o Mestre estão na casa, Henrika nunca fica a menos de um aposento de distância de Clara. Henrika paira como uma abelha sobre uma flor, pensa Iris. Então se lembra da pintura de Henrika em suas sedas pretas e amarelas de abelhão.

Quando não está assistindo o Mestre, Caspar faz rápidos estudos seus. São esboços em óleo, menos do que pinturas completas. Caspar tem um talento para a linha, mas um olho não muito bom para a cor, e por enquanto vai bosquejando cenas domésticas sobre pranchas. Usando contornos avermelhados, ele deita camadas de ocre, realçadas por branco quando a base está seca. Estuda cenas de trabalho doméstico com uma certa alegria exacerbada. Embora Iris fique encantada com os pequenos óleos de Caspar, ela não se deixa retratar, não depois da Menina Feia com Flores Silvestres. Nunca mais. Mas Ruth não tem orgulho. Ruth não compõe suas feições para excluí-lo.

Um pequeno desenho de Ruth. A menina grande está sentada quase com elegância numa banqueta na cozinha. Aperta a caçarola preta entre os joelhos. Segura uma colher com as duas mãos, ao modo verdadeiro de Ruth, mexendo com toda a força da metade superior do corpo. Seu dorso encurvado de ombros moles é descrito com fidelidade mas sem desprezo.

Margarethe, olhando por cima do ombro de Iris para o esboço, observa com acidez:

— Você diria que a caçarola está cheia de cimento de calcário do jeito como Ruth parece aplicar tanta força naquela colher!

— Mas ela é assim mesmo — diz Iris, maravilhada.

— Acredito que eu a tinha mandado agitar uma sopa respeitável — diz Margarethe. — A pintura implica uma incompetência na cozinha. Jogue-a fora.

Mas ela só está provocando. Iris se pergunta: será que Margarethe está contente porque Caspar teve a caridade de pintar Ruth sem corrigir suas feições? Será que Margarethe sente por sua filha mais velha algo que raramente mostra? Bem, é claro que ela deve gostar, senão por que se daria a tanto trabalho para levar suas filhas para o outro lado do mar?

A própria Ruth cacareja e bate palmas ao ver os esboços de Caspar. Não parece confusa em relação à natureza da imagem na prancha e sorri com seus dentes separados ao se ver mexendo na caçarola do jantar. Sorri para Caspar e dá uma guinada até a cozinha e traz uma tira de peixe salgado como um presente, que ele aceita com uma mesura.

O retrato de Margarethe por Caspar é igualmente benigno. Aqui está ela no herbário, no ato de se levantar: um joelho ainda no chão, um pé plantado em seu tamanco de madeira lamacento. Tem uma cesta de plantas simples pendurada num antebraço, articulada, Iris vê, por linhas rabiscadas e descontínuas, paralelas numa extremidade para os caules, e entrelaçada na outra para sugerir todo tipo de sementes, folhas e flores secas. O deleite, porém, está na expressão de Margarethe. Quase traz lágrimas aos olhos de Iris. Sua mãe como uma trabalhadora, em paz por um momento, pois não há nada adorável ou desagradável em ervas, elas se comportam e não a aborrecem.

Iris examina este estudo deliciada. A casa bem regulada se avoluma para o alto, tijolo, hera, venezianas e cumeeiras. Só ao olhar pela terceira vez ela percebe que Caspar pintou uma cabeça de Henrika, olhando para baixo com um ar severo de uma janela superior. Henrika nunca é vista com uma carranca dessas e, no entanto, trata-se visivelmente dela.

— Sua cabeça está grande demais para a moldura da janela — diz Iris querendo ajudar.

— Sim — diz Caspar.

Ela fica embaraçada. Tentou criticar o esboço e ele recusou sua estúpida opinião. Segue em frente, mais generosa.

— Caspar, o que você pode fazer! Um retrato de mamãe e Henrika!

— Nada disso — diz ele —, estou meramente ilustrando o velho adágio: dois cães e um osso raramente se dão bem.

Iris curva-se para olhar de novo. Foi isso que ela viu no dia em que chegou a esta casa? Teria sido Henrika espiando pela janela naquele dia?

Ou seria este coalho escuro no esboço de Caspar, numa janela ainda mais acima, o último retângulo de vidro debaixo da viga do telhado, na verdade uma criatura encurvada de algum tipo, apertando os olhos? Seria apenas escuridão garatujada, rabiscada, ou ela consegue divisar feições pequeninas e um olhar de esguelha?

— Desenhou um diabrete nesta casa? — diz Iris, erguendo os olhos.

— Eu não sabia que você podia vê-lo também — diz ele, mas então não fala mais nada.

A obra-prima

A pintura de Clara vai ficando cada vez mais parecida com ela e, assim, cada vez mais bonita. Embora Iris nunca tenha invadido a galeria dos erros de Deus, o estúdio trancado do Mestre no outro lado da cidade, ela tem certeza de que nenhuma pintura na casa do Mestre pode ser nem de longe tão forte como esta. É verdade, santos são inevitavelmente bonitos. Todos os retratos que o Mestre fez da sagrada populaça foram coroados de luz, seus olhos loucos de visão. E os brutos do Mestre devem ser tão desgraçados quanto os santos são sagrados. As margens extremas da possibilidade humana.

Mas Clara é meramente esplêndida. Esplêndida como ser humano. Não apenas uma mistura pungente de louros, rubores cor de cereja e sombras ocre-azuis, mas uma menina de verdade, com uma hesitação etérea que parece participar da sua beleza como tudo o mais. As tulipas que enlanguescem no arco do seu braço esquerdo erguem o olhar para ela como um bebê um dia poderia fazê-lo.

Iris estuda a pintura no final da tarde quando o Mestre denunciou a luz por ser instável, como o faz diariamente, e foi embora. Caspar, que ainda mora com o Mestre mas come melhor na cozinha dos Van den Meer, traz Iris para ver.

— Ele teria preferido uma encomenda para pintar os guardas cívicos. Mas sempre quis pintar esta criança perfeita lendária. Pode dizer o que ele fez? — diz Caspar. — Vê como ele intensificou o laranja nesta dobra de tapete, de modo que o azul dos olhos dela agora piscam em três diferentes maneiras para você em vez de duas?

— Não vejo — diz Iris. — Mas vejo que está mais maravilhoso — e ela pensa que o Mestre pintou uma expressão mais bondosa nos olhos de Clara do que é estritamente justificado.

— Vê a composição, uma série de caixas, olhe só, nove delas de tamanhos diferentes, aqui, ali e ali. — Caspar aponta para elas. — E rompidas em dois lugares apenas por esta grande curva que, uma vez que está sombreada, apenas sugere uma surpresa, e então esta tulipa em plena luz, aqui? Vê como parece que vai cair da mesa?

— Eu quero apanhá-la — diz Iris, rindo. — Quero salvá-la.

— Ele provoca, e agrada, e faz você olhar e lentamente você vem a perceber que esta não é apenas uma criança qualquer, mas um desabrochar tão perfeito como o de uma tulipa.

— Ela está olhando para o bulbo — diz Iris. — Não nota que a tulipa está para cair da mesa. Isto não deixa você inquieto?

— Ela está notando uma coisa e não nota a outra, tudo acontecendo ao mesmo tempo — diz Caspar. Ele abafa uma risadinha; está justamente percebendo a sagacidade da composição do Mestre. — Veja, e também isto: é sobre inícios e términos, pois aqui numa mão está o horrendo bulbo, tão bem iluminado quanto a tulipa sobre a mesa. Ele soube como nos agarrar de novo e de novo! Há tantas coisas para se ver! E não só a técnica dos seus pincéis, que me deixa perplexo e me faz pensar que nunca vou aprender.

— Você aprende muito e é capaz de ver muito — diz Iris. — Lembre-se daquele esboço que fez de minha mãe no herbário com

Henrika na casa atrás dela. Você captou tanto ali como o Mestre captou aqui. Apenas o que você captou não é tão bonito de se ver.

Caspar lança um olhar de soslaio para ela.

— Você é tão observadora como um pintor, então, se é capaz de perceber isso — diz ele numa voz confiante. Iris treme diante do cumprimento como se sofresse um súbito calafrio.

Outra coisa que Iris nota na pintura que o Mestre fez de Clara com as tulipas é que sua perfeição crescente não o deixa exultante, mas bastante abatido. Não quer falar com Iris a respeito, na verdade tem pouco uso para ela, agora que ganhou sua encomenda de trabalho. Mas resmunga consigo mesmo. Iris sabe disso. Quando ela e Clara se cansam do inglês e resvalam para um estado sonolento, Iris gosta de ouvir o Mestre lamuriar-se, mesmo quando adora o seu trabalho. Logo chega o dia em que ele não precisa mais de Clara, a não ser de vez em quando, para avaliar tons de pele em relação a um tecido ou ao fundo. Apesar disso, ele reclama ainda mais.

Sua preocupação parece revolver em torno de como a pintura está progredindo. Ele sabe que é sublime. Não sabe se vai preencher a função que Cornelius van den Meer e seus camaradas requerem dela — motivar o público espectador para um apetite ainda mais vigoroso para o tipo exato de bulbos de tulipa que estão importando de Viena e do Oriente —, mas ele não se importa mais com isso. Ele canta não para Clara, e sim para a pintura de Clara, para as sombras azuis-marrons atrás da janela aberta, para os brilhos na salva de prata sobre a estante da lareira, para as dobras do avental, para a touca e para a toalha de linho sobre a mesa. Inquieta-se sobre as cintilações nos pingentes de diamantes, os brilhos espelhados das três fieiras de pérolas. Ele canta e depois assobia entre os dentes como se estivesse sentindo dores.

Toca a tela com pinceladas cada vez mais gentis e hesitantes.

— Vou arruiná-la ainda — diz uma vez, e Iris, ouvindo, pensa: Arruinar quem? Arruinar você, pintura requintada? Arruinar a si mesmo, Mestre Luykas Schoonmaker? Arruinar você, Clara van den Meer, menina de verdade no umbral da infância?

Então trabalha cada vez mais lentamente, como se o menor toque de um pincel pudesse subitamente transformar sua obra-prima num objeto de chacota. Recua cada vez mais da tela, estudando-a durante longos períodos. Aproxima-se da pintura como um menino de fazenda se aproximaria de um touro, gentilmente, desejando que não precise ser terminado. Leva as complicadas jóias para o seu estúdio, para fazer novos estudos, e conseguir reproduzir fielmente os ricos brilhos.

Iris detecta outro lado de sua infelicidade também. Parece que, quanto mais maravilhosa se torna sua pintura, menos oportunidade existe de que o Mestre chegue a superá-la. Quanto mais perfeito é cada detalhe suculento, mais devastador. Ele chora em cima de sua pintura. Parece um velho ou, pensa Iris, o velho que logo vai ser. Seria isso meramente o contraste com Clara, tão fresca, tão jovem, tão bonita na tela? Não. A pintura em si o está envelhecendo, pois ele está lutando, como se nunca mais venha a ter coragem de novo de tentar amar o mundo em óleo e verniz, tela e luz.

Arruda, salva, tomilho e têmpera

Chega o dia em que a pintura está pronta, faltando apenas as carícias do verniz necessárias para protegê-la das devastações dos séculos. Os vernizes não podem ser todos colocados ao mesmo tempo; alguns só podem ser aplicados depois que a pintura secou há meses. Espanta Iris que o Mestre possa pensar que a pintura venha a sobreviver além do seu tempo de vida, mas quando ela brinca a esse respeito ele retruca:

— E o que a faz pensar que a beleza deveria ficar dentro ou fora de moda como... como a mania de comer com garfos ou uma obsessão pela música do virginal... ou uma louca adoração por tulipas, na verdade? As gerações futuras vão olhar para esta criança e não ficarão elas atônitas com a sua perfeição?

— Ficarão atônitas com a maneira como Schoonmaker captou a sua perfeição — entoa Caspar, e desta vez não é uma farpa, e sim um cumprimento.

— E por que não? — diz o Mestre, incapaz de ficar humilde agora. Ele não tem energia.

— Eu suspeito — diz Margarethe, passando com uma mão cheia de raízes — que vão achar que adulou a criança. — Ela diz isso com uma medida de... do quê? Algo que Iris não sabe nomear.

Henrika e Cornelius Van den Meer planejam uma festa para seus amigos de Haarlem e de Amsterdã, para aqueles que empataram somas de capital nos carregamentos de tulipa e também para aqueles cujas línguas são gaiatas e cujas bolsas são polpudas. Leva um número de dias para arranjar, para tomar emprestados bancos dos vizinhos, para limpar a casa inteira da frente até os fundos, do sótão até os porões. Margarethe começa a ficar emburrada com Henrika e, de tempos em tempos, discordar, acentuada e até mesmo ruidosamente, sobre métodos de organização doméstica.

Iris ajuda e abre gavetas, revista cantos do sótão procurando algo mágico ali, uma garra de dragão, o esqueleto de um bicho-papão, um fragmento da Santa Cruz com o qual operar milagres. Não encontra nada. Mas não consegue se livrar da sensação de que a casa oculta algo dela. O local alto e estreito é assombrado, de certa forma, possuído por algo aterrador e potente, algo disfarçadamente encantado. Ela roda por todo canto, tentando encontrá-lo nas margens dos muitos espelhos da casa. O que quer que seja — diabrete ou qualquer outro ente —, é esperto.

Quando o dia da festa chega afinal, chega também o primeiro tempo frio realmente cortante do outono. Pelo fim da tarde, Iris e Ruth varrem folhas mortas de tílias dos caminhos no jardim. Isto é, Ruth finge que varre primeiro e Iris vem depois para fazer o serviço de verdade. A idéia de um banquete deixa as irmãs atordoadas. Van den Meer disse que elas podem sentar-se na cozinha e observar da porta, contanto que não façam barulho e que se retirem para seus catres no sótão se Henrika as mandar.

— Vai ser à noite, círios serão acesos e haverá música — diz Iris tanto para si mesma como para Ruth. — E vamos estar limpas e ajeitadas, embora ninguém vá nos ver.

Margarethe lavou seus melhores aventais e tentou um trabalho de agulha meio desajeitado nos bolsos. Espetou o dedo, praguejou e continuou, por mais cansada que estivesse ou a vela derretesse, e Iris e Ruth estão excitadas com a idéia de vestirem roupas embelezadas para uma festa.

Clara, porém, está aborrecida. Van den Meer disse que não podia sentar-se na cozinha com Iris e Ruth. Clara tem de se vestir como um adulto e jantar com o resto dos convidados. Clara apela para Henrika, esperando que ela intervenha como de costume. Mas o rosto de Henrika se torna estranhamente aflito e ela não deseja sequer discutir o assunto.

Então Clara fica mal-humorada na cozinha enquanto as irmãs Fisher executam suas tarefas.

— Não é justo — diz Clara. — Não quero ser comentada e observada como uma nova estátua da França ou um vaso de bronze da Pérsia. Quero ficar na cozinha com vocês.

— Os percalços de ser filha de pais ricos — diz Margarethe presunçosamente. — Sofra.

— O quê? — diz Clara.

Iris gira a cabeça diante da impaciência no tom de Clara, mas Margarethe está ocupada demais para notar o perigo.

— A criança-duende tem de se transformar de novo, dessa vez num adulto — diz Margarethe, tão duramente como se Clara fosse sua própria filha. — Viva com o que a vida lhe traz, minha jovem, ou fique jovem e estúpida para sempre...

Clara pula como um gato que teve seu rabo pisado. Uma coisa é brincar de ser criança-duende, outra é ser provocada a respeito dessa condição! Ainda mais por um adulto.

Erguendo os punhos bem próximo de cada lado dos ouvidos, Clara começa a gritar. Margarethe ergue os olhos com um ar de culpa.

Clara grita que não vai se vestir para agradar sua mãe ou seu pai, que não vai falar educadamente com os convidados e que não vai sair da cozinha. E, além do mais, espera que a pintura da Jovem com Tulipas vá explodir em chamas. E odeia sua mãe e seu pai.

Iris e Ruth ficam geladas, sem saber o que fazer.

Margarethe começa a bater leite para tentar bloquear o barulho. Iris sente-se culpada: histórias em excesso sobre meninas pobres e tímidas que aprendem a ter corações bravios?

— Silêncio, Clara — diz Iris —, ou vai acordar o diabrete!

Com seu passo macio, Henrika chega. Insiste em que não há mais nada a se discutir e que Clara está sendo má. Clara aparentemente tenciona continuar má, pois não pára de gritar. Não até que Ruth explode em lágrimas e mergulha de joelhos na barra da saia de Clara e enlaça seus braços desajeitados nos quadris da menina.

— Vá embora, seu ogro feio — diz Clara, num inglês passável, Iris observa. Mas Ruth não possui a faculdade da vergonha e não se mexe, e finalmente Clara cai nos seus braços, miando.

— Nenhuma filha minha gritou como um gato do inferno — observa Margarethe para a batedeira de manteiga.

— Agora chega, Clara — diz Henrika, mas está claro que ela fala a Margarethe.

Clara corre até o jardim murado e Ruth se arrasta atrás dela. Deixam a porta aberta. Clara joga cascalho nos pássaros. Ruth corre as mãos através da hera. O ar na cozinha fica úmido, embora nada tenha mudado no tempo. O vento ainda está encrespado, o ar marinho revigorante. Mais além, gralhas ainda crocitam e brigam pelas sementes de tulipa. A luz ainda projeta seu amarelo pálido sobre as lajes cinzentas através da porta aberta.

Henrika dá as costas a Margarethe. Por hábito, Iris olha no espelho esperando captar a visão de algum endiabrado espírito doméstico, mas em vez disso vê o canto do rosto de Henrika. Henrika está vexada: zangada e ansiosa. A bela testa está vincada e ela aperta o lábio inferior entre os dentes, pensando.

— Uma boa dose de camomila vai fazê-la sossegar — diz Margarethe com um ar indiferente.

— Não queira me ensinar a cuidar de minha própria filha — diz Henrika numa voz fria e sai rapidamente da cozinha.

— Eu estava tentando *ajudar* — diz Margarethe atrás dela, com exagerada polidez.

— Mamãe — diz Iris —, não está cuidando da sua língua.

— Quem é você para me mandar cuidar da minha língua? — diz Margarethe, langorosa.

— O que deu na senhora? Sempre disse que poderíamos ser jogadas para fora daqui se não soubéssemos nos comportar. Há outras que podem fazer o trabalho que fazemos!

Margarethe coloca de lado a batedeira de manteiga. Desdobra um pano para revelar um par de lebres mortas com as orelhas amarradas.

— Existem poucas certezas em nossas vidas, claramente, mas não vamos ser jogadas fora por causa de uma observação sincera de momento — diz Margarethe.

— Isso não é do seu feitio — diz Iris. — É a senhora quem se preocupa em agosto se a primavera vai chegar mais cedo em março seguinte.

Margarethe acena para Iris se aproximar e sussurra:

— Não reparou que a abelha-rainha Henrika está grávida?

Embora Iris se considere esperta, ela não reparou nisso.

— Oh, ainda é cedo, mas no momento Henrika não pode suportar a cara da comida na panela ou no espeto. Não pode se dar ao luxo de me despedir agora. Já estou muito bem enfronhada nas rotinas da sua casa e esta festa é muito importante.

Iris não responde. Não gosta de ver sua mãe bajulando, mas ver a mãe impertinente é igualmente perturbador.

— Ela é nossa anfitriã e nossa protetora — diz Iris finalmente. — Não pode gostar dela?

— Gostar dela? E o que há nela para se gostar? Que seu pai se deu muito bem nos negócios? Que ela tem pretensões intelectuais? Que mima sua filha e a sufoca numa infância fora do comum? Que não faz bem algum à menina? A menina é imprestável, ou não consegue enxergar isso?

— Então a senhora nota a infelicidade de Clara, pelo menos — diz Iris.

— Veja a coisa desta maneira — diz Margarethe. — Se Ruth é presa de suas aflições, forçada a manquejar e a mugir através dos dias da sua existência, Clara está engaiolada também. Esperam que seja de uma docilidade interminável. Quem sabe por quê... porque é tão atraente? Estamos todos dentro de nossa própria prisão, suponho, mas a de Clara é tornada ainda pior para ela pelos medos e pressões da sua mãe. E talvez pela fraqueza do seu pai.

— E qual é a forma da prisão da senhora? — diz Iris.

Margarethe esfrega o nariz e diz:

— Sempre houve uma janela. Você pode suportar qualquer tipo de prisão se for capaz de apreender uma janela no escuro. Seu pai foi aquela janela para mim. Quando morreu, a janela se fechou. Oh, eu sei, você sofre diante da menção de Jack Fisher, mas, mesmo assim...

— E vai seguir o resto da vida sem outra janela em alguma parte da escuridão?

— Você que a procure — diz Margarethe, subitamente impaciente com toda esta conversa fiada. — Estou ocupada agora, tenho de esfolar estas lebres.

Iris senta-se ao lado da mãe e observa.

— Diga-me o que fazer, eu precisaria saber a respeito — diz ela.

— Para que fosse parar na cozinha de algum burguês quando tivesse a minha idade, preparando comida para convidados que não vão ver seu rosto ou perguntar seu nome — diz Margarethe. — Por que eu lhe ensinaria alguma coisa disso?

— Porque sou feia — diz Iris — e preciso saber essas coisas para que possa tomar conta de mim mesma um dia.

Margarethe corre suas mãos sobre as lebres como se estivesse tentando se impedir de rasgá-las com seus dedos. Respira pesadamente. Então diz:

— Veja bem, minha querida, olhe cuidadosamente.

Mãe e filha batalham sobre a carcaça, removendo extremidades indesejáveis, ossos, órgãos. Margarethe mostra a Iris como esfolar a pele do crânio, como manipular a carne de modo que não se descole do osso cedo demais, como esfregar pitadas de salva, tomilho e estragão, como transformar um animal morto numa refeição suntuosa. Depois de algum tempo Henrika chega de novo à cozinha. Todas trabalham lado a lado sem se falar, selecionando as frutas mais perfeitas, removendo o pão do forno lateral, ocupando-se com as codornas compradas há pouco, pois se aproxima a hora em que a Jovem com Tulipas vai ser apresentada aos mercadores famintos.

Recepção

As velas são acesas, as mesas cobertas com toalhas e Henrika sentou-se ao virginal.

— Que belo quadro — diz Margarethe para Van den Meer, mas ele não ouve o amargor na voz dela e meramente responde:

— Oh, sim, ela não está bonita?

Duas donzelas de uma casa da mesma rua vieram ajudar no serviço, para que Margarethe possa ficar à porta e supervisionar tanto a cozinha como o salão de jantar ao mesmo tempo. Caspar foi contratado para recolher capas, bastões e chapéus. Iris e Ruth trazem banquetas até a porta e sentam-se ali, perguntando-se por Clara, até que se ouve uma batida na porta e o primeiro dos burgueses chega.

Quase imediatamente um segundo convidado bate à porta, com sua mulher atrás, e Caspar fica atarefado e Iris tem de ajudar. Henrika pára no virginal, como surpreendida pelos visitantes. Toca a mesma melodia cada vez até ser interrompida pelos novos visitantes que chegam.

O Mestre aparece. Seu casaco novo com detalhes de debrum não consegue disfarçar sua impaciência. Dá uma volta pelo salão, cumprimentando aqueles que conhece, resmungando saudações acanhadas a estranhos. Quase imediatamente escapa para a cozinha, onde se desvencilha do casaco novo e senta-se na banqueta que Iris vagou. Segura a mão de Ruth por um instante.

— É um belo bando — diz o Mestre a Margarethe, que, em meio a preparativos de último minuto, leva um momento para dar um sorriso zombeteiro.

— Faisões recheados e pavões perfumados, cheios de ares. São apenas comerciantes, não pertencem à nobreza — diz ela.

— Admiram os talentosos e consideram-se cultos. Sabe que alguns deles investiram nas colônias da Nova Holanda do outro lado do imenso Atlântico?

— Têm uma paixão fora do comum por pinturas, estes holandeses — diz Margarethe, como se nesta instância ela se compreenda como sendo inteira e seguramente inglesa.

— E por que não deveriam? — pergunta o Mestre. — A maravilhosa Reforma arrancou ícones e ornamentos das igrejas. O que restou para o olho faminto admirar? Meus compatriotas holandeses se satisfazem com cenas tediosas de grupos folgazões. Cenas de campinas, de bosques, o dia-a-dia do agricultor. Vistas da cidade por este ou aquele aspecto. Ou visões da cômica raça dos desesperadamente pobres.

— Se a sua pintura receber aprovação — diz Margarethe —, tome nota: vai pintar todos eles. Vai passar o seu tempo olhando para as bochechas rotundas e as papadas de todo mundo com florins suficientes para pagar-lhe por seus retratos.

— Não precisa me lembrar — diz ele. — Meus possíveis patronos estão naquela sala de recepção neste exato momento.

— Não há falta de assunto, Luykas, nem de moeda com que lhe pagar para que os pinte.

— Não faltam pintores nesta parte da Holanda também.

Ela coloca um par de salmões escaldados numa salva e trabalha com os dedos sobre eles para devolvê-los à forma correta.

— Então tem pensamentos conflitantes? Como a maioria de nós. Quer o trabalho e a reputação e também quer desprezar seus mecenas por se recusarem a pagar por temas religiosos. Assim pode ser infeliz, aconteça o que acontecer a seguir. Aqui, garota, isto está pronto, não deixe o peixe escorregar e cair no chão. Ruth, mexa os pés.

— Você é uma mulher esperta, Margarethe — diz o Mestre. — Se eu for honrado e notado esta noite, como Van den Meer sugere que vou ser, você pensaria na possibilidade de voltar à minha casa e trabalhar para mim?

— Eu penso em muitas coisas, tolas e profundas, toda noite quando coloco a cabeça entre minhas duas filhas para repousar.

— Pois bem, acrescente esta proposta à sua lista.

Van den Meer está à porta.

— Schoonmaker, vamos até a sala ao lado mostrar-lhes o seu trabalho — diz ele —, e cá está você tagarelando aos legumes como um garoto da sopa? Venha cá e prepare-se, à sua idade avançada, para fazer a sua carreira e para fazer a minha também.

Van den Meer chama Clara. Quando ela não aparece, ele diz a Margarethe:

— Vá buscá-la, por favor. Está lá em cima e tem de descer imediatamente.

— Sou a princesa das panelas e do fogão hoje, não sou a babá — diz Margarethe. — Vá o senhor mesmo.

— Embora eu esteja atrapalhado pela ocasião — ele replica formalmente —, não sou insensível ao insulto, Margarethe Fisher.

Margarethe ruboriza. Foi longe demais. Ela diz em voz baixa.

— Iris, faça o que é necessário, agora, em meu lugar.

Iris se lança pelas escadas dos fundos da casa. Sobe até o pequeno quarto de Clara. As cortinas da cama de dossel estão fechadas. Não há nenhuma vela acesa no quarto e sombras marcam as arestas dos móveis.

— Clara? — diz Iris. — Está aí dentro?

Um farfalhar de roupas de cama. Tem algo ali.

— Clara? — A voz de Iris é baixa, medrosa. — Vamos, abra as cortinas. Não me assuste assim.

O puxão da cortina. O oscilar de uma respiração laboriosa. Iris puxa o pano para o lado.

— Ora, vamos, qual é o problema? — diz Iris. Olha para dentro da cama e tenta sorrir.

A figura se recolhe, mergulhando mais nas sombras.

— Eu os odeio — diz Clara.

— Mas por que os odeia? O que foi que lhe fizeram?

— Andam pelo mundo com passos muito grandes — diz ela finalmente.

Iris se pergunta se ela quer dizer que eles podem sair à vontade pelo mundo sem a supervisão que oprime toda criança, Clara mais do que a maioria. Mas este é o jeito das pessoas adultas. Não chega a parecer um motivo para odiá-las.

— Se você for, e sorrir — diz Iris —, e responder quando se dirigirem a você, pode diverti-los e gratificar seus pais. Então, quando as suas atenções se desviarem, pois os adultos nunca pensam numa coisa por muito tempo, você pode ir embora. Eles nunca irão notar.

— Eles já me tiveram uma vez — diz a menina.

— Na pintura do Mestre — diz Iris. — Eu sei, eu sei. Mas você é suficientemente bonita para ser vista em carne e osso. Não é capaz de se sentir feliz por isso?

— Meu pai vai vender suas flores — diz Clara. — Ficaremos muito mais ricos do que já somos. Fui fixada naquela tela para vender flores.

— E que importância tem isso? — diz Iris. Teve a intenção de ser bondosa, mas está perdendo a paciência. — Quando fui fixada na tela pelo Mestre, as pessoas riram! Existem coisas piores no mundo do que ser uma alegria para se ver e uma utilidade para seu pai e sua mãe.

— Como saberia disso? — diz Clara, começando a parecer perturbada. — Seu pai está morto.

— Nada disso — diz Iris, que está aprendendo. — Nada disso!

— Pai morto, vermes na sua boca, larvas nos seus olhos...

— Saia da sua cama — diz Iris —, seu pequeno traste de Satã, saia. Se não o fizer, minha mãe, minha irmã e eu seremos jogadas na rua por não sermos de nenhuma utilidade. E, sim, meu pai está morto, e não podemos nos dar ao luxo de perder nossa posição aqui. Por isso, se não quiser descer as escadas por seus pais, ou em nome do seu futuro, então faça isso por mim. Quer que eu seja mandada de volta à Inglaterra para morrer de fome lá?

É um lance de xadrez desajeitado, mas funciona. Clara joga seus braços ao redor de Iris.

— Não volte para a Inglaterra — diz ela. — Aprender inglês com você é a única alegria que eu tenho.

Mas o aperto que dá em Iris é duro e forte. A menina tem braços como barras de ferro.

Iris prossegue, tentando não se desvencilhar do abraço de Clara.

— Você entenderia a alegria de uma despensa cheia se tivesse um dia de viver sem uma, e a alegria de um pai vivo se seu pai estivesse morto. Não vamos falar disso agora. Venha. Seja corajosa como uma menina em uma de minhas histórias.

Então Iris puxa Clara pelos degraus dos fundos e desce até a cozinha. Margarethe ajeita as roupas de Clara e belisca suas bochechas. Van den Meer dá um sorriso vago, murmurando:

— Venha comigo, meu patinho. Estamos justamente indo dar uma olhada no seu futuro.

Clara se vira e olha uma última vez para Iris. Seus olhos estão quase vazios. Seu belo lábio superior se contrai, duas vezes.

Virginal

Quando o último convidado se retirou, Clara estava morta para o mundo, Iris mal conseguia ficar acordada. Ruth rastejou para baixo da mesa da cozinha e ronca ali à sua maneira desajeitada, o moinho de brinquedo caído de suas mãos.

— Foi a vez que fiquei acordada até mais tarde... o mundo está tão quieto — diz Iris, espiando pela porta. — Vejam, as estrelas quase batem umas nas outras, de tantas que são.

O Mestre pede o seu casaco. Está bêbado e deprimido por ter sido tão celebrado. Seu aprendiz, porém, se sente atordoado de alívio.

— Foi uma boa noite, então, Caspar? — diz Iris enquanto Caspar apóia o Mestre e passa um braço por baixo do seu.

— O retrato de Clara excitou todo mundo. É o reinício da sua carreira — diz Caspar. — Se não se sufocar enquanto dorme esta noite, é um homem feito. Sua mãe deveria levar em conta a sugestão dele para voltar à sua casa. Ele vai poder arcar com isso.

Iris não sabe o que pensar. Está dividida: o prazer de ficar perto do ato da pintura ou o benefício de um horário de refeições mais garantido na casa bem-organizada de Henrika? Ela responde a Caspar meramente com um encolher de ombros feliz.

Ele se inclina e coloca sua mão carinhosamente na testa dela:

— Você é uma boa menina — diz.

Então ele e o Mestre partem, ruidosamente, em ruas que estão escorregadias, cobertas por um fino borrifo soprado pelo mar da meia-noite.

A porta se fecha e Iris se desloca para o salão. Cornelius, Henrika e Margarethe estão em vários locais do aposento, de costas um para o outro: Henrika ao virginal, Cornelius diante da pintura e Margarethe perto da mesa entulhada com as sementes e hastes das frutas e as cascas dos queijos que encerraram a refeição.

Embora os adultos estejam parados e olhando para três direções diferentes, estão voltados um para o outro também, de uma certa forma que Iris não consegue apreender — oh, ela está cansada! Mas nota que as mãos de Margarethe na mesa estão lentas, não de exaustão, e sim devido a um esforço deliberado para se demorar.

— Tivemos o nosso triunfo esta noite, todos nós — diz Van den Meer.

Henrika curva a cabeça para o virginal. Margarethe acena com a cabeça mas não responde.

— É o começo do nosso sucesso, sabem o que isso significa? — diz Van den Meer. — Estávamos certos ao agir lentamente e ter a certeza de que ele se encontrava à altura do trabalho, aquele Schoonmaker. Nossa cautela o espicaçou. Ele ultrapassou todo esforço até esta data. Não será conhecido como o Mestre do Retábulo de Dordrecht. Será conhecido como Schoonmaker, e a Jovem com Tulipas será admirada e vista por gente de terras distantes. Logo encontraremos a maneira certa de mostrá-la. Pessoas tão distantes como cidadãos de Florença e Roma a admirarão, e admirarão nossa Clara... e não nos faltarão também futuros investidores.

CONFISSÕES DE UMA IRMÃ DE CINDERELA

— Odeio a idéia de a pintura ser mostrada — diz Henrika. Van den Meer não responde e sua mulher continua num tom mais quieto: — Ela nunca vai ser mais bonita do que foi esta noite.

Ao ouvir isso, Van den Meer vira-se e toma uma taça de vinho do Porto.

— Que quer dizer? Está triste com o crescimento da criança? — Ela sacode a cabeça, e ele diz: — Tem o bebê novo para fazer você feliz e Clara emerge para a sua estação adulta. É tempo disso acontecer.

— É apenas isso, agora — diz Henrika. — A beleza de Clara é anunciada. Sua reputação a precederá, mesmo nesta rua.

— Você não conseguiria escondê-la debaixo de xales para sempre — diz ele. — Passaram-se todos esses anos até que concordasse em ter outro filho e, se o tivesse feito antes, Henrika, poderia ter encontrado uma maneira de liberar Clara de suas garras antes disso. Vamos esperar que ela possa se aprumar e ir em frente.

Henrika parece furiosamente triste. Van den Meer continua numa voz mais bondosa.

— Ela se sentirá à vontade em qualquer salão da Terra, será bemvinda na França e na Inglaterra. Será um crédito para a sua família e a minha. Não há nada que possa fazer contra isso.

Henrika vira o rosto. Nas últimas luzes da vela, Iris pode ver lágrimas brilhando.

— Nós fizemos a coisa certa, marido? — pergunta.

— Mulher, nós triunfamos, cada um de nós — diz Van den Meer. — Nada se perdeu esta noite, e tudo foi ganho. Schoonmaker parte com encontros marcados para cinco visitas ao seu estúdio de comerciantes ricos o bastante para lhe pagarem belamente por seu trabalho. Nós elevamos o nosso status aqui...

— Você elevou o seu status — diz ela baixinho, lembrando-lhe que o sangue dela já é puro demais para ser ainda mais purificado.

Ele passa por cima do comentário dela, continuando:

— ...e nós impressionamos nossos colegas com nossa capacidade de chamar a atenção sobre nosso próprio estoque de tulipas. Garantimos o resto do nosso investimento. Apresentamos nossa filha e lançamos sua reputação como uma figura de renome. Trabalhamos duro para isso e não há nada para se desalentar. A conversa foi animada, o vinho agradável, a comida farta e deliciosa...

— Obrigada — diz Margarethe.

Van den Meer e sua mulher olham ambos para ela.

— Você é de fato responsável — diz Henrika, sem nenhuma ironia na voz; está cansada demais para tagarelar. — Somos agradecidos a você por suas habilidades.

— E à sua filha por ter conquistado a amizade de Clara, encorajando-a a se apresentar — diz Van den Meer.

— Então este seria o momento adequado para abordá-lo e pedir um modesto estipêndio? — diz Margarethe.

— É tarde e não discuto tais questões depois de comer e beber tão generosamente — diz Van den Meer.

— Além do mais — diz Henrika —, esta bela noitada custou à casa mais do que podíamos arcar. E o novo bebê está a caminho e você sabe o que isso representa. Não lhe basta ter um lugar para dormir e comida garantida?

— É... gratificante — diz Margarethe. — Mas minhas filhas são um pouco mais velhas do que a sua Clara e não possuem as vantagens dela. Falando com franqueza, com sua triste aparência são pedras penduradas no meu pescoço e tenho de pensar nelas.

Iris se encolhe nas sombras. Não gosta de ouvir tais palavras.

— De qualquer maneira — diz Van den Meer —, não vamos empanar esta agradável noite com tal discussão. Em outra ocasião,

Margarethe, amanhã ou depois de amanhã, procure-me no meu escritório e estudaremos a questão. Não faço nenhum comentário, a favor nem contra.

— Mas esta noite recebi uma oferta de emprego em outro lugar — diz Margarethe.

— Não de um dos nossos convidados! — diz Henrika.

— Amanhã é tempo suficiente, Henrika — diz Van den Meer.

— Não é coisa que se possa suportar — diz Henrika. Ela se apruma e segura a barriga.

— Foi de um de seus convidados — diz Margarethe.

— Quem? — diz Henrika, num arroubo.

— Henrika — fala Van den Meer em tom de advertência.

— Foi do Mestre. Ele acredita que depois desta noite estará numa posição melhor para poder me contratar como ajudante. Pediu a minha volta.

— Vá, então, se é o que quer — diz Henrika com um ar de desdém. — A ingratidão!

— Vamos discutir este assunto pela manhã — diz Van den Meer. — Margarethe, não está fazendo o melhor para si mesma.

— Não peço o melhor para mim mesma, só um pouco melhor do que nada — diz Margarethe. — O senhor obteve um grande sucesso esta noite e vai ter mais nos meses que virão. Estará mais preparado para remunerar uma pequena equipe. Viu como sou capaz de servir, e hei de servir.

— Protesto contra isso, Cornelius — diz Henrika.

— Você está cansada demais para protestar e está grávida — diz o marido. — Tomarei a decisão que tem de ser tomada e não o farei esta noite. Quantas vezes preciso lhes dizer isso? Vamos, todos, as luzes devem ser apagadas, as venezianas trancadas e a comida protegida dos camundongos e então vamos dormir. Nossas vidas recomeçam pela manhã, como sempre deve acontecer.

— *Quem* toma a decisão que tem de ser tomada? — pergunta Henrika ao soprar a vela. Iris recua na escuridão, envergonhada pela petulância de sua mãe, mas também sentindo orgulho dela.

Ervas

— O rosto de Clara está encompridando — diz Margarethe. — Se ainda nutre alguma ilusão de que seja uma criança-duende, Iris, note que Clara está crescendo. Crianças-duendes morrem cedo.

— *Algumas* crianças-duendes vivem até ficar velhas e alquebradas — diz Iris. — Vi um velho maluco sem dentes e com bochechas tão lisas como um melão. Ria alto e tolamente como qualquer criança-duende.

— Tome cuidado com seu pensamento fantasioso! — diz Margarethe. — Ele a desencaminha em momentos de distração e então o diabo vai pegá-la ainda. Clara não é uma criança-duende mais do que Ruth.

Iris não responde. Sabe que, embora Ruth seja enorme, estúpida e desarticulada, é ela mesma e sempre vai ser. Iris nunca poderá saber isso de Clara, portanto a suspeita de uma transformação mágica sempre persistirá e não poderá ser desmentida.

Os meses de inverno passam como num moinho em sua marcha glacial. Margarethe e suas filhas não voltaram à casa do Mestre no lado pobre da cidade. A gravidez de Henrika está muito difícil. Ela não se sente bem. Queixa-se de males misteriosos, em relação aos quais as parteiras estalam a língua em confusão. Estaria Henrika grávida de gêmeos, talvez? Houve uma mudança na sua dieta? A preocupação de Cornelius van den Meer com os negócios está se tornando contagiosa? Segundo os rumores, uma crise fiscal na casa dos Van den Meer seria devastadora. Muito do dote de Henrika foi adiantado como garantia de empréstimos de negócios e seria perdido.

Os mexericos também dizem que existe um demônio doméstico vivendo entre os caibros do telhado do sótão e que só desce depois que escurece para roer as entranhas de Henrika e arruinar a sua saúde.

Henrika passa cada vez mais tempo na cama. Van den Meer cuida dela com amorosa afeição quando seu trabalho permite. *Existe* preocupação — o fato não pode ser escondido — em relação a um navio desaparecido que não chegou ao porto com a esperada carga. Van den Meer e seus colegas discordam quanto a enviar um investigador para reconstituir a rota e buscar notícias. Notícias, boas ou más, acabarão chegando, mas não seria mais esperto saber de um desastre mais cedo e assim se preparar para ele? Quanto mais longa a espera, mais fortes as tempestades do inverno se tornarão.

Margarethe é uma dádiva para a casa. Certo, Henrika se queixa do jeito inglês da comida que Margarethe traz e às vezes até enfia com uma colher na boca de Henrika. Salgada demais, temperada demais, estrangeira demais!

— Sempre uma reclamação — diz Margarethe calmamente. — Coma, é para a sua saúde.

Ela sabe que a abelha-rainha da casa tem pouca escolha a não ser se mostrar agradecida à chefe assalariada dos afazeres domésticos.

Na parte inicial do inverno, Margarethe pendura as últimas ervas em barbantes pela cozinha e semana a semana, por pedido especial de Henrika, mantém um cozido no fogo. A casa dos Van den Meer

CONFISSÕES DE UMA IRMÃ DE CINDERELA

é muito maior do que qualquer outra em que Margarethe tenha morado e ela supervisiona a despensa de frios, a adega de vinhos e quaisquer questões distantes da vida nos celeiros que os empregados nas dependências externas soturnamente trazem até ela.

Assim, Margarethe se atarefando com os assuntos da casa, é um tempo de liberdade para as meninas. Margarethe não tem nenhum interesse em mandar suas filhas à escola — bem, Ruth é incapaz de aprender e Iris é necessária para cuidar de Ruth! — e Van den Meer se habituou a deixar a supervisão de Clara entregue a sua mulher. Toda manhã, depois do desjejum e de completadas as abluções e executadas pequenas tarefas caseiras, Iris e Ruth saem em seus tamancos para caminhar sem destino por Haarlem e ver o que há para ser visto.

Diariamente Iris e Ruth fazem sua primeira parada no estúdio do Mestre, onde Caspar interrompe seu trabalho de passar gesso nos painéis e de esticar telas, moer pigmentos e aplicar vernizes. Diariamente ele esquenta leite numa panela e acrescenta flocos de semente de cacau amarga, gotas de mel e colheres de manteiga. Diariamente o Mestre ruge para elas por perturbarem sua paz e arruinarem sua oportunidade de adquirir uma reputação. Como vai conseguir terminar todas as encomendas que está recebendo, como, como, como? Mas agora as meninas só riem à socapa dele.

Ruth tem pouco interesse pela pintura. Preferiria ficar na cozinha e fazer companhia a Caspar. Ele às vezes entalha rostos em batatas para fazê-la rir. Mas Iris entra no estúdio e fica a uma distância segura, pois suas roupas freqüentemente estão gotejando água da chuva. Ela vê as inevitáveis marcas iniciais em marrom na tela transformarem-se nos contornos de seres humanos. Vê os tons da carne se consolidarem. Vê o volume surgir da planura. Ouve o Mestre praguejar contra os seus próprios erros numa linguagem tal que Caspar rola os olhos e às vezes coloca as mãos sobre os ouvidos de Iris.

O Mestre geme com aflição agradecida. Cada pequeno animal doméstico tem de ser celebrado em tinta! Até a própria Sagrada Família está sendo substituída por um pecaminoso amor-próprio: retratos mostrando como todo mundo ficou rico!

— Mas eu preciso comer, não posso viver só da palavra de Deus, não importa o que diga a Escritura. Preciso de pão também — diz ele. — Desgraçado estômago humano, este gordo traidor dos meus ideais. Caspar! Outro retrato de madame Ruim-de-Rosto, feito para parecer madame Adorável-de-se-Olhar. Não estou mais dizendo a verdade com a minha arte, estou mentindo. Mas preciso. De que outro modo poderia pagar este suntuoso chocolate que vocês, garotas, bebem toda manhã da minha vida? E vão deixar um pouco para mim ou vou tomar este fluido diluidor por acidente e emborcar para um fim insensível?

Ele trabalha rapidamente, com confiança crescente. Caspar está aprendendo rápido também e tornando-se um genuíno aprendiz. Quando o Mestre parte em grande velocidade para a privada ao ar livre na viela, Iris e Caspar gozam de uma pequena intimidade.

Um dia Caspar estende a mão como para acariciar os cabelos de Iris, mas pára de repente.

— Quer pegar um giz e tentar sozinha? — diz ele.

— Claro que quero, mas nunca vou ser uma aprendiz, então por que enganar a mim mesma?

— Quando eu for o Mestre, poderá ser minha aprendiz — diz Caspar.

Ela ri atrevidamente. Ouve rolarem de modo pouco familiar suas próprias sílabas de chacota; pára diante de sua estranheza. E então tem de rir mais à solta.

Se Clara está crescendo, Iris também.

Quando as meninas deixam o estúdio, às vezes elas erram através do Amsterdamse Poort até a campina onde Ruth colhia flores silvestres. De manhã a campina ainda está embranquecida pela geada e Ruth parece intrigada ao notar que as flores que costumava colher agora não passam de caules marrons quebradiços. Ainda assim, a campina é uma espécie de refúgio para elas. Um dia, brevemente, o frio poderá congelar todos os canais e, então, que feriado! Melhor do que a *kermis*, Caspar promete, embora elas não tenham idéia do que seja a *kermis*. Carnaval, ele explica, antes da dura estação da Quaresma. Oh, Iris pergunta, existe estação pior do que esta? Mas ela pode dizer tal coisa agora porque não está tão infeliz quanto era antes.

Com Henrika tão freqüentemente fechada atrás das cortinas da cama, Clara fica apática e maçante. Alegra-se quando as meninas voltam a casa. Diante do fogo um dia, mordiscando pedacinhos de presunto aromatizado com cravo, Iris diz a Clara:

— Se viesse conosco não se sentiria tão aborrecida aqui.

— Não posso ir além dos limites da casa, você sabe disso — diz Clara. — Mamãe não permite.

— Ela nunca ia ficar sabendo! Não está andando pelo assoalho lá em cima, espiando pelas janelas! — diz Iris. — Está deitada de costas!

— Entendo — diz Clara —, mas, de qualquer maneira, poderia me criar problemas.

— Quem? — diz Iris, pensando no diabrete.

— Asas negras lá em cima. — Mas Clara muda de assunto, acrescentando bruscamente: — Antes de vocês chegarem aqui, havia uma mulher de Flandres para me ensinar a fazer renda. Antes dela, uma mulher de Paris que falava comigo em francês. Houve um homem que me ensinava a dedilhar as teclas do virginal e um homem para me treinar nos versículos da Escritura. Mamãe traz o mundo para mim. É tudo o que posso saber.

— Não é sua mãe que a prende aqui, não na verdade — diz Iris. — Vejo no seu rosto. É você mesma.

— Por que fala isso? — diz Clara, erguendo o queixo com uma menção de bravura.

— Você fica à janela e olha de um lado ao outro da rua, mas não é capaz de dar um passo sequer além da porta — diz Iris. Está provocando Clara, mas não se importa desta vez. — Você é uma covarde.

— Não sou covarde.

— Então venha comigo agora mesmo.

— Não vou.

Iris não quer ser malvada, mas detesta a mesmice de tudo.

— Sei o que podemos fazer — diz ela subitamente. — Ruth e eu podemos colocá-la no carrinho de mão. Nós a transportamos até o portão dos fundos. Não iremos à praça do mercado, mas para as margens do canal. Pode ficar de olhos fechados e não se preocupar com nada e então poderá abri-los e terá sido carregada por mágica através das paredes da prisão do seu mundo. Não vai ser *você* que vai caminhar para fora de casa. Você nem vai ver. Nós é que vamos levá-la para fora.

— Parece uma coisa tola — diz Clara.

— Vamos tentar. Por que não? — diz Iris.

— Não vão me jogar no canal?

— Prometo — diz Iris. — Isto é, prometo tentar não jogar.

Clara abre a boca. Mas ela já sabe como Iris gosta de provocar e subitamente diz:

— Está bem. Eu gostaria de ver o canal. Mal consigo me lembrar dele.

O carrinho de mão está num canto do pátio da cozinha. No fundo dele estão alguns velhos sacos marrons. Clara e Iris arrancam os torrões de terra e o carrinho se eleva. Iris olha para cima, com alguma culpa, para ver se sua aventura não vai ser observada. Não há nenhuma mancha escura na janela mais alta, só o céu correndo sobre o telhado com sua queda íngreme, um estonteante azul de começo de inverno com faixas de inocentes nuvens finas. Nada de desfavorável.

Clara senta-se no carrinho de mão como uma princesa num palanquim.

— Não — diz Iris —, deite-se, como se estivesse morta.

— Não quero estar morta — diz Clara.

— Não vai estar de verdade — diz Iris. — Finja.

Clara começa a se mostrar relutante, mas faz o que Iris manda.

— Vou cobri-la com estes sacos — diz Iris. — Então, mesmo que sua mãe ou qualquer outra coisa esteja olhando pela janela, não vai conseguir vê-la.

Clara senta-se de novo.

— Outra coisa? Que quer dizer com isto?

Mas ela se deixa ser rebaixada de novo no carrinho.

— Está tudo certo — diz Iris. — Vai ser divertido.

— Divertido? — diz Clara. Sua voz está abafada.

— Sabe que vai ser — diz Iris, mandona.

— Não me sacoleje — diz Clara. — Não me coloque num lugar.

— Não vamos colocá-la em lugar algum. — Iris mostra a Ruth como segurar um guidom do carrinho de mão. Ruth é forte e segura os dois. Iris então dá a volta e diz: — Eu bem que podia seguir em cima. Estou esmagando você?

— Está me esmagando!

— Desculpe-me, mas não consigo ouvi-la — diz Iris — com todos estes sacos no seu rosto...

— Você está me *esmagando*!

— Vamos em frente, Ruth...

Não chegam nem a atravessar o portão com o carrinho quando Clara se senta, o rosto vermelho e roxo.

— Não me esmague! Eu não vou! — e ela empurra Iris com uma força gerada por uma raiva fora do comum. Ruth fica parada, boquiaberta, os braços caídos do lado do corpo.

— Iris — grita Margarethe de uma janela do andar de cima. — O que está fazendo? — Sua voz é calma mas baixa, insistente. — Entre imediatamente e me espere no pé da escada.

Não é uma voz a ser desobedecida.

Esperando castigo, elas deixam o carrinho de mão a meio caminho do portão e arrastam-se para dentro da casa. Os passos sem pressa de Margarethe são ouvidos no andar de cima. Os passos atravessam o corredor — há um gemido, então um gemido mais alto — e agora o som dos passos na escada dos fundos e Margarethe aparece na cozinha.

— Aí estão vocês — diz ela numa voz calma. — Iris, preciso que você corra e chame a parteira. Receio que Henrika esteja sentindo dores mais fortes e cedo demais no estágio normal das coisas.

— Mas não sei onde mora a parteira! — diz Iris.

— Use o seu cérebro e pergunte a alguém. Não posso deixar a mãe com problemas sozinha. — Margarethe está de pé com rara calma, sem correr para cuidar de Henrika. — E pode também dar um pulo no Grotemarkt e perguntar se alguém viu heer Van den Meer.

Mas Iris está estendendo o braço para tocar Clara no ombro, pois ocorreu-lhes que Margarethe está levando roupa de cama nos braços. Sangue coagulado, listras marrom-tijolo, e sangue fresco, mais vermelho do que quaisquer tulipas que Cornelius van den Meer fez florescer em seus viveiros.

— Vá, Iris, não me obrigue a mandá-la de novo — diz Margarethe, jogando a roupa de cama num canto e virando-se para subir de novo as escadas.

A casa, com suas vidas encerradas entre tijolos, parece subitamente silenciada e severa como uma capela. Iris pode sentir todo o edifício agachando-se ao seu redor e acima dela, quase respirando, esperando, estático, pausado. O que mais está trancado aqui além da família Van den Meer? Que coisa rastejou para fora de um mundo aquoso espelhado, tão estritamente organizado como o original que ele reflete, para corroer tão terrivelmente Henrika que ela sangra mais vermelho do que qualquer tinta?

Iris governa seus pensamentos conturbados, com esforço, e então parte e vai fazer o que lhe mandaram.

3

A MENINA DAS CINZAS

Flores para os mortos

No decorrer da semana, Henrika piora. Nada ajuda, nem tudo o que Margarethe possa fazer com suas ervas, nem o pastor com os seus salmos, ou o cirurgião com a sangria. No sábado a única coisa a fazer é rezar para que um corte através do abdome possa salvar a criança lá dentro. Mas isso acaba se revelando uma falsa esperança.

Mãe e bebê são colocados num único caixão, um dia depois de uma tempestade de neve. O sol ilumina um mundo de arestas vítreas. Os contornos do cemitério atrás da igreja estão amontoados de neve. Os homens lacrimosos ficam próximo da sepultura que foi difícil cavar em solo tão gelado. O pregador entoa palavras que se perdem no vento.

Clara teve de ser ameaçada de uma surra para juntar-se aos acompanhantes do enterro e sair de casa. No cemitério ela fica distante da sepultura, com as outras mulheres. As esposas — todas com os olhos exauridos de lágrimas — murmuram que é um agrupamento considerável, levando em conta o mau tempo. Vamos levar as velhas avós de volta às suas lareiras antes que seus pulmões não resistam! Iris não reconhece muitas dessas pessoas. Mas ela vê a Rainha das Ciganas de Queixo Barbudo, embrulhada em xales de cores sombrias, parada mais além do cemitério. Iris poderia jurar que a velha com pernas de bengalas está observando, embora as pálpebras enrugadas estejam fechadas. Iris desvia a cabeça, fingindo rezar. Quando olha de novo, a rainha desapareceu.

Depois do último *amém* sombrio, Iris se vira para Clara. A cabeça da menina está coberta, seu rosto protegido pela gola de pele preta, e o vento fustiga mechas de seus cabelos pálidos em ouro branco sobre a testa. Está assustada por se achar fora de casa, assustada por tudo, mas quem não estaria na sua situação?

Um homem entroncado se aproxima. Caminha com gravidade até Clara e ergue o queixo dela na sua mão.

— Que legado de beleza sua mãe deixa ao mundo — murmura, cortesmente. As pálpebras de Clara se retesam e ela recua; suas mãos balançam atrás de si, buscando Iris, que atende saltando à frente e segurando-lhe a mão. Mas então Clara é chamada para o lado do pai e vai até lá.

Iris segue à margem do pequeno grupo que acompanha Van den Meer de volta para sua casa. Ela reflete sobre um novo pensamento, poderoso como um país estrangeiro, poderoso como mágica...

Começa com isto: *Henrika está morta.* Suas mãos estão enfiadas num regalo de arminho como se ela pudesse se proteger do frio lá embaixo no solo negro. Seus cabelos louros estão limpos, seus olhos bem fechados, e um odor pior que o de flores podres acompanhou sua remoção para o seio da terra. Henrika foi boa para com Iris e Ruth de certa forma. Henrika brigou com Margarethe, mas não a jogou para fora de casa. E *Henrika está morta...*

...e *Iris está viva.* É assim que o pensamento evolui e é um pensamento perturbador e culpado, mas Iris *se sente* viva: sente sua pele formigar. Enquanto Margarethe enfeita sua filha para receber na porta pessoas que vêm trazer suas condolências, Iris sente tudo. Como os cabelos puxam o seu escalpo quando Margarethe passa uma escova na sua cabeça. Iris sente os pulsos nas mangas do seu gibão, sente o pulso direito subir e descer dentro do seu túnel de pano como um badalo dentro de um sino! Sente todo o seu corpo dentro de suas roupas. Ocorre-lhe que é capaz de sentir a pele de pano de sua anágua roçar contra a pele de suas nádegas e isso a faz enrubescer tão intensamente que Margarethe pergunta:

— Que bobagem está chocando na sua cabeça feia neste dia mais terrível?

Ela fica imóvel e não responde.

Durante toda a tarde depois do enterro vizinhos vêm visitar. Iris fica sentada com as mãos no colo, quieta como uma pedra, e pode sentir o sangue subindo pela coluna do pescoço, em espirais. Pode sentir seus seios crescendo debaixo da camisa. Pode sentir os mamilos endurecerem no frio e relaxarem no calor. Pode sentir seus pensamentos se organizando. Tenta sentir o diabrete doméstico, aquela ameaça invisível, mas deve ter sido assustado pela comoção dos visitantes. Parece dissolvido. A casa é apenas uma casa, gerando nada mais estranho do que frio e poeira. Mesmo os camundongos que geralmente escarafuncham pelas paredes caíram em silêncio, por respeito aos mortos.

Membros distantes da família chegam da sua distância. Tudo é estranho e novo. Tudo parece mais rico, mais esquisito. É como se fosse concedida a Iris a vida dos sentimentos de Henrika, uma vez que Henrika claramente não a necessitava mais. Estive sempre aqui, pensa Iris, ou acabei de nascer. Por que olvidei todas as minhas antigas memórias, da infância nos brejos, de papai? Por que não presto atenção?

Mas devo prestar atenção agora, ela pensa, porque existiria outra escolha? Talvez quando eu morrer minha alma voe ao encontro de Deus, mas quando a hora chegar não vou ter o uso de minhas mãos espertas nem o fardo de um rosto feio: mãos e rosto serão plantados como bulbos no solo, enquanto apenas a flor do espírito emergirá em algum outro lugar. Então deixem minhas mãos e meu rosto encontrarem o seu caminho neste mundo, deixem meus olhos famintos enxergarem, minha língua provar. Ela prova a umidade que escorre de cada lado do meu nariz. O mundo é sal. Todo o mundo é sal e todo campo é cultivado no sal, e nada pode crescer, mas eu devo sentir tudo, notar tudo...

...por que, por que, pergunta a si mesma, mas a ânsia de sentir e notar é mais urgente do que a ânsia de responder a perguntas. A comoção dentro dela se eleva a um clamor e mal pode se manter no banco do lado do vestíbulo.

Note, note; deixe o ato de notar tomar o lugar do grito.

Note Margarethe, fazendo o ato de caridade para o atordoado Van den Meer. Note como ela é modesta em seu préstimo, a touca respeitosamente puxada para a frente a fim de ocultar o seu rosto. No entanto, note como ela está aqui com uma bandeja à esquerda de Van den Meer, insistindo em que ele beba o sherry dourado que ela capturou em pequenos cálices como fantasmas de peixes. Note como Van den Meer pestaneja das profundezas do seu luto e aceita a consolação de Margarethe, embora não pareça vê-la.

Note Ruth, e como ela fica fora disto. Como pode Iris não ter imaginado antes que Ruth, mesmo sendo lenta de língua, não teria de ser necessariamente lenta de sentimento? Ruth numa banqueta baixa, ainda mais mergulhada nas sombras, seu olhar errante perseguindo para cima e para baixo um pedaço de parede de gesso sem adorno. Note Ruth, com suas mãos se retorcendo sobre os joelhos, como se por meio da força pudesse ajeitar suas pernas adequadamente e fazê-las funcionar como pernas. Ruth com seus cabelos castanhos que ninguém se deu ao trabalho de escovar, e um franzido no meio da testa como uma depressão numa batata. O que sabe Ruth de morte, pensa Iris, e também o que sei eu?

Note Clara, a menina do momento, apanhada em toda esta atenção e detestando-a. O choque da dor só consegue obliterar parcialmente o gênio irritadiço de Clara. Quando pode escapar de um parente enfadonho, ela se eclipsa. Iris vê Clara abaixar o seu olhar e preparar-se para dar numa tia-avó que cochila um pontapé na canela. Mas Clara sente os olhos de Iris sobre ela e mantém ambos os pés no chão.

Note o Mestre e Caspar, e como estão aborrecidos, apesar de sua vitalidade masculina. O Mestre tremendo com algum tipo de pânico. A morte de Henrika desperta nele a necessidade de verdades, das histórias clássicas das Escrituras. Sua morte é o *memento mori* de que o tempo também deve apanhá-lo no seu crime: pintar interiores com belas filhas ou esposas de comerciantes, nada digno nelas a não ser sua exatidão — ele abandonou tanto a sua inspiração sagrada como a fábula acauteladora. Olhe como coça a testa com uma mão paralisada ainda não inteiramente limpa de tinta! Algumas escamas de pele se soltam. Ele não ouve o vizinho tagarela. Está mergulhado fundo demais em si mesmo.

Note Caspar.

Caspar, uma bênção de ser humano, com sua expressão tão aberta como um espelho convexo. Como ele segue o Mestre, apoiando seu cotovelo esquerdo, murmurando o nome de alguém no seu ouvido direito, amaciando o caminho através das correntes sociais para o seu professor e empregador. Caspar, o bom aprendiz, Caspar, o amigo confiável, e também

Caspar, o belo homem.

Oh, Caspar, pensa Iris. Oh, *bem*.

Ela o observa quando consegue suportar vê-lo de novo.

Ele é tão — qual é a palavra? —, tão certo. Tão bem formado. Os ombros de bom tamanho, o peito capaz. E então a cintura adelgaçada, o traseiro confortável, as panturrilhas bem torneadas, as coxas, os pés enérgicos. E o rosto, aninhado em todos aqueles cabelos acetinados. O nariz rombudo insolente, os lábios crestados pelo vento, as sobrancelhas sempre oblíquas, desemparelhadas. Um rosto com caridade e zombaria exibidos em igual medida. Olhe para ele, agora cuidando de Clara, com toda a afeição de um adulador! Que outro homem da sua idade se preocuparia com o bem-estar de uma menina? Está acariciando o rosto dela com a mão, está brincando com os cabelos dela. Clara não sorri para ele — como poderia, neste dia, o dia do enterro de sua mãe? —, mas olha para ele e fala baixinho, e ninguém mais, nem mesmo Iris, conseguiu arrancar uma palavra dela hoje.

Iris se levanta. Tem de se segurar na borda da cadeira. Precisa fazer com que Caspar fale com ela, ou então vai morrer. Vão abrir a sepultura de Henrika e jogar o corpo morto de Iris junto ao dela a não ser que fale com Caspar imediatamente e o faça olhar para ela e notá-la de certa forma. Se não for notada vai desaparecer da sala e talvez nunca mais voltar. Vai evaporar como a névoa da manhã. Vai sumir como o diabrete da casa parece ter sumido.

Ela flutua pela sala. É como um espírito sem alma perdido nas profundezas do Haarlemsmeer.

— Você tem o poder de encantar nossa pobre Clara — diz Iris para Caspar.

Ele olha para ela.

— Encantar não é a palavra, eu acho — diz ele, mas estremece para Iris, o máximo de um sorriso que consegue dar levando em conta as condições do dia. Um sorriso, mesmo assim. E então tudo fica bem.

— Iris — diz Margarethe —, precisam de você na cozinha agora.

— Estou falando com Caspar — diz Iris.

— *Iris* — diz sua mãe, num tom que não pode ser ignorado. Então Iris se afasta de Caspar, mas não sem antes segurar sua mão por um momento. — Iris! — insiste Margarethe.

Na cozinha, há muito a ser feito. Iris não está familiarizada com os costumes funerários de Haarlem, mas hoje a abstinência calvinista, nunca inteiramente encampada pelos Van den Meer, está sendo totalmente ignorada. Há tigelas de ostras ensopadas em vinagre e algumas lebres no espeto e uma quantidade de frios a serem usados de várias maneiras. Margarethe, tendo feito sua silenciosa procissão pelo salão, volta com pés rápidos até a cozinha e ali distribui as tarefas para duas garotas contratadas e suas próprias filhas. Caspar aparece na porta à procura de um barril d'água e é designado para escovar batatas antes de saber o que aconteceu.

— Esta é uma festa suntuosa para se preparar no último minuto — diz ele, observando Margarethe no centro do redemoinho.

— As pessoas só morrem no último minuto — diz Margarethe mordazmente, mas Iris, a esperta Iris!, sabe que sua mãe quer dizer mais do que isso. E Caspar também sabe.

— Estas batatas poderiam ter sido lavadas na noite passada — diz Caspar. — Você não é desleixada em questões domésticas, Margarethe. Por que essa pressa fora do comum?

— São batatas que foram encomendadas há pouco — diz Margarethe —, esta manhã, se quer saber. E também o pão que está para queimar, se eu não, neste exato momento... Ruth, tire sua carcaça desajeitada daquela banqueta, não vê que preciso ter acesso ao forno...?

— Afinal o que é tudo isto? — diz Caspar.

— No último minuto — diz Margarethe — Van den Meer nos deu conhecimento de que esperava que seus colegas escoltassem investidores potenciais à sua casa para lamentarem a perda da sua querida esposa. Não viu que o retrato da Jovem com Tulipas ganhou o lugar de honra no salão?

— Ele retirou o retrato de Henrika? — diz Caspar.

— Achei que um pintor seria mais observador — diz Margarethe de esguelha. — As beterrabas, Iris, não se esqueça delas.

Com a casa cheia de convidados, Iris não notou a troca dos quadros também.

— Mas seguramente eles vão esperar ver Henrika em cima do aparador! — diz Iris. — Esta é a sua casa e aquela pintura é o melhor sinal da sua memória! Não é hora de pescar investimentos!

— Você não sabe nada a respeito disso, e por que deveria, menina boba — diz Margarethe, e arrefece um pouco e acrescenta —, assim como eu também não. Mas eu deveria pensar que o melhor sinal da memória de uma mãe é a sua bela filha. Além do mais, Cornelius me diz que há ainda mais dinheiro a ser ganho no mercado das tulipas este ano, devido a uma temporada favorável na Bolsa de Amsterdã. Cornelius e seus sócios precisam se proteger contra a perda potencial do seu carregamento de bulbos. Não tinham conseguido ainda expor o quadro numa situação que garantisse discussão e atraísse investidores. A tímida Henrika se mostrara inquieta em relação à pintura da Jovem com Tulipas e mudara de opinião quanto a permitir o seu uso para um ganho comercial. Por isso é apenas sensato tirar proveito desta triste mas necessária reunião...

— É uma coisa vil e corrupta — diz Caspar.

— Um pai deve tomar conta de sua filha — diz Margarethe. — Você é um rapaz tolo e não conhece as regras do mundo. Henrika não teria esperado menos do que isso de Cornelius.

— E uma mãe deve tomar conta de suas filhas também — diz Caspar, mas carrancudo, jogando uma batata na lareira.

— Está se referindo a mim? Eu deveria dizer que sim. Há uma peste em Utrecht, eu soube — diz Margarethe —, de novo. *De novo*, veja bem. Este é um país próspero e é uma bela ocasião para se viver, para todos aqueles que vão sobrar para contar a história, Caspar. Não serei jogada na rua para ver minhas filhas passarem fome, definharem com a varíola ou ver o sangue escorrer de suas entranhas. E quem é você para falar? Toma conta de si mesmo, eu notei, de qualquer jeito que estiver à mão, graças ao Mestre.

— Sou pago por serviços prestados — diz Caspar com desdém. — Eu tenho uma profissão.

— Ah, é assim que chamam isso, uma profissão — diz Margarethe. — Acredito que seja bom na sua "profissão".

— Mamãe — diz Iris. Ela não capta a intenção do sentido, mas fica ofendida pelo tom.

— Deixe-a me acusar de baixa moralidade — diz Caspar com amargor. — É só na culpa que ela encontra força para fazer tais alegações contra os outros.

— Existe trabalho demais a ser feito para perdermos tempo com conversa. Se não pode ajudar, então vá embora — diz Margarethe.

Iris olha. Caspar recusa-se a ir embora.

— Estou preocupado com o bem-estar de suas filhas, embora não pelo seu — diz ele. — Fico para ajudá-las.

— Então deixe as meninas ficarem sentadas em suas banquetas fazendo suas tarefas sem essa falação toda — diz Margarethe, mas com um aceno da sua colher ela inclui Caspar entre as meninas. Iris espera vê-lo pular de raiva, mas ele cala a boca e meramente trabalha ainda com mais afinco.

A tarde toda há um corre-corre e pouca conversa entre o pessoal da cozinha, exceto para saber qual é a tarefa seguinte. Os lampiões são acesos à medida que se aproxima o cair da tarde e bandeja após bandeja de iguarias segue até os convivas e bandejas vazias são devolvidas.

Ao anoitecer, Clara tropeça para dentro da cozinha e se instala perto do fogo.

— Se vai estorvar, é melhor então que dê alguma ajuda — diz Margarethe.

— Estou cansada — diz Clara. — Fiquei de pé o dia inteiro, em silêncio a não ser quando algum velho horrendo me dirigia a palavra para dizer que sou mais bonita do que a minha pintura. — Ela espia as chamas e faz uma carranca.

— Oh, aposto que isso deixa o Mestre cheio de orgulho — diz Caspar, abafando um riso.

— O Mestre saiu horas atrás — diz Clara. — Não notou?

— Deve ter ficado ofendido ao ver sua pintura pendurada para tal ocasião — diz Caspar.

— Não sei do que está falando — diz Clara.

Antes que Caspar possa explicar, Margarethe diz:

— Clara, mexa na caçarola enquanto está sentada aqui, me poupe um trabalho extra.

— Não sei como fazer isso — diz Clara —, e estou cansada demais.

— Não é preciso tomar aula nenhuma para mexer na caçarola — diz Margarethe. — É só pegar a colher e mexer.

— Não sou menina de cozinha — diz Clara. — Nunca mexi caçarolas antes.

— Não me deixe zangada — diz Margarethe. — Estou com os dedos quase nos ossos de tanto trabalhar para ajudar seu pobre pai atarantado e enquanto estiver na cozinha você estará no meu domínio. Se eu a mando mexer a caçarola, filha, então vai mexer a caçarola, ainda que eu tenha de lhe bater na cabeça para que isso aconteça.

Caspar e Iris trocam olhares. Clara senta-se ereta.

— Esta é a minha casa — diz ela. — Não vou mexer a caçarola para você nem para ninguém.

— Margarethe — diz Caspar numa voz que nada trai do antagonismo anterior —, Margarethe, a mãe da menina foi enterrada esta manhã. Caridade, Margarethe.

— A caridade funciona em duas mãos — diz Margarethe. Ela apanha uma cavilha lisa que vinha usando para enrolar pastelaria. — Clara? Vai mexer a caçarola?

— Não vou — diz Clara.

Peste e quarentena

A onda de frio continua. Os dias são de uma alva mesmice cobertos por uma capa de nuvens que nunca varia. Iris, quando sai para cumprir tarefas da casa, observa os imperturbáveis holandeses em suas atividades, manobrando suas carroças em ruas que congelam em sulcos glaciais toda noite. Os holandeses estão abotoados e enfaixados contra o inverno, tão estóicos e céticos quanto suas vacas. Se acreditam em diabretes e demônios, dentro das paredes de casa ou fora da cidade, não traem tal fé.

Sentindo-se mais velha e ao mesmo tempo mais nova nesses dias, Iris pensa em si mesma afinal como inglesa e holandesa — inglesa em sua esperança de ter um vislumbre do mundo mágico vivendo lado a lado com este, holandesa em sua impaciência com a apatia de Clara. Iris admite: Clara está começando a ficar chorosa. De qualquer modo, mesmo chorando manhã, tarde e noite, seu pai não lhe dá mais atenção e isso só parece irritar Margarethe.

— Nas ruas de Amsterdã, Clara, as carcaças são deixadas na rua para ser levadas ao cemitério — diz Margarethe um dia. — A peste vem e vai como uma besta imunda na noite e até Haarlem tem conhecido seus danos. Preciso levá-la num passeio para ver a obra do

Diabo a fim de fazê-la parar com essa choradeira? Meu próprio marido foi despachado com um golpe no crânio e nem essa idiota da Ruth soluçou como você. E Iris fez o que lhe mandaram, secou os olhos e seguiu em frente. Por que não pode fazer o mesmo?

— Porque não tenho uma mãe para me mandar fazer isso — diz Clara, enxugando os olhos e o nariz. — Ela não está aqui para me dizer isso que estão me mandando fazer!

— Bem, eu estou aqui — diz Margarethe —, e vou ter de fazer isso.

Clara parece alarmada e raivosa diante de tal idéia. Mas, Iris observa, a raiva de qualquer maneira tem o efeito de parar as lágrimas de Clara.

Os comentários de Margarethe sobre a peste não são ociosos. Aqueles que trabalham nos galpões das tulipas ficam na porta da cozinha à espera de que Margarethe distribua queijo, pão e arenque em salmoura. Em troca, Margarethe recolhe notícias sobre as últimas vítimas da peste.

— Não deveríamos nos mostrar mal-agradecidos por nossa casa e comida aqui — diz às filhas. — Fôssemos jogadas na rua de novo, para buscar alojamento e comida em algum lugar vil, sem dúvida ficaríamos no caminho do contágio. Deus quis nos colocar aqui e devemos agradecer a Ele por sua Providência.

— Deus levou Henrika e o seu bebê para que pudéssemos ficar seguras? — indaga Iris.

— Abaixe essa voz — diz Margarethe. — Deus poderia estar a ouvir tal dúvida e nos castigaria a todas.

— Mas eu não vejo claro nessa questão — diz Iris. — Deus estraga outras vidas boas para salvar nossas vidas lamentáveis?

— Vou chicoteá-la até que entenda, se for preciso — diz Margarethe.

Iris curva a cabeça como se subitamente cheia de iluminação. A perspectiva de Margarethe tornar-se crente a alarma.

Os dias de inverno se arrastam. Chega a festa de São Nicolau. Por instrução de Clara, todas as meninas colocam seus tamancos de madeira na lareira. Margarethe funga:

— Você acha que Sinter Klaas e seu ajudante coberto de fuligem, Zwarte Piet, vão saber que duas meninas inglesas feias e desajeitadas moram aqui? Eu não sonharia com presentes se fosse vocês.

— Mamãe no céu terá contado sobre Iris e Ruth — diz Clara, confiante.

— Então vamos ficar sabendo — diz Margarethe.

E pela manhã uma pequena seleção de doces, nozes e brinquedos é encontrada alojada dentro de cada tamanco de madeira.

— Mas eu não recebi mais do que você — diz Clara a Iris com petulância.

— Nem eu mais do que você — diz Iris. — Sinter Klaas tem uma mão justa.

— Mas sou a filha do dono da casa e vocês são empregadas — diz Clara.

— Oh — diz Iris, apanhada desprevenida. O que dizer? — Bem, já que somos todas amigas debaixo deste teto, quem recebesse uma porção maior estaria obrigada por amizade a partilhar com as outras. Por isso foi conveniente que os favores já tenham vindo sabiamente divididos.

Clara faz um ar desconsolado, mas cala a boca.

Chega o Natal e então a Epifania.

— Agora vamos escolher um rei — diz Clara. — Será quem descobrir um grão de feijão dentro do bolo do café-da-manhã.

Ela é a felizarda, mas sua cara cai quando Ruth descobre um feijão na sua porção também e o mesmo ocorre com Iris.

— É a festa dos Driekoningen — observa Margarethe. — Todos os três reis são honrados aqui.

Ruth senta-se ereta, orgulhosa de ser um rei. Iris e Clara brigam para ver quem vai ter o rosto enegrecido como Melquior. Mas não tem importância, pois Clara de qualquer modo não vai sair de casa, portanto Iris e Ruth saem trotando para juntar-se a outras crianças no Grotemarkt em suas estranhas canções sobre Herodes e os Reis Magos. Clara é um Melquior que faz beicinho na janela da frente.

As semanas do meio do inverno são intermináveis. As manhãs ficam trancadas na geada e no nevoeiro, às vezes até com cortinas de neve. Durante muitos dias seguidos, as meninas têm de ficar dentro de casa. Embora Clara provoque e zombe das irmãs Fisher, ela se sente bem na sua companhia. Mas Iris e Ruth ficam impacientes. Quando o tempo abre, elas passam longos dias no estúdio, deixando Clara para trás.

Sem a vigilância de Henrika quanto à sua educação, Clara cresce entediada.

Margarethe escrupulosamente a ignora e faz menção de mandar as garotas executarem pequenas tarefas na rua cada vez com mais freqüência.

Um dia Iris está colocando o casaco no vestíbulo quando ouve Margarethe observando para Clara:

— Não é minha função cuidar da sua recreação. E trabalho de casa não é divertido. Admito isso para você, mas ajuda a passar as horas. Mas você se coloca acima do trabalho doméstico, não é? E por enquanto eu deixo a coisa ficar assim mesmo.

Iris adianta-se na ponta dos pés e vê Margarethe varrendo ostensivamente com uma vassoura os pés de Clara e dizendo:

— Que pés tenros e delicados você tem, maravilhosos demais para servir de apoio enquanto faz algum esforço e ajuda a nós, trabalhadoras.

Chega o dia em que Clara resmunga para a caneca de estanho na mesa do café-da-manhã:

— Vou acompanhá-la amanhã nas suas tarefas se quiser.

Se existisse realmente um diabrete doméstico — de qualquer origem, holandês ou inglês —, deve ter desaparecido há muito tempo, pois agora seria a ocasião de chacoalhar seus ossos, morder seus dentes, soltar chamas pelas narinas, gritar de surpresa. Nada disso. Iris nada nota além de um silêncio frio e espesso. Prende o fôlego. Ruth vira-se e olha para Clara. Van den Meer faz uma pausa em seu café-da-manhã, segurando no ar um pedaço de pão. Suas sobrancelhas se levantam.

— Venha conosco se quiser. Não faz nenhuma diferença para mim, nenhuma mesmo — diz Margarethe. — Não fui eu quem lhe impôs essa quarentena.

Mas Iris sente um tremor de satisfação percorrendo os ombros de sua mãe.

Na manhã seguinte, assim que pode se afastar do calor da lareira, Margarethe se envolve numa capa. Clara, mordendo as unhas, fica de prontidão. A última vez que saiu de casa foi no enterro da mãe, quando estava sem voz de tristeza. E antes disso foi há muitos anos...

Partem para o centro da cidade, um quarteto, Clara agarrando a mão de Ruth e olhando para cá e para lá. As intenções de Margarethe são modestas: umas cebolas aqui, um pouco de renda ali, um novo castiçal do ferreiro.

— Caminhamos atrás da senhora como patinhos — diz Iris, feliz. — Embora Ruth tenha dificuldade de nos acompanhar. Venha,

Ruth, use suas pernas grandes e fortes. Clara, veja aquele cachorro correndo atrás do ganso!

— Não — diz Clara em transe —, o ganso é que está correndo atrás do cachorro.

— Uma mulher pode andar na rua em Haarlem e cuidar dos seus afazeres — diz Margarethe com satisfação. — Na Inglaterra uma mulher raramente tem essa liberdade. Ela é mantida em quarentena da sociedade do lado de fora da sua porta ou da sua fazenda. Clara, não mexa com o seu colarinho.

Margarethe falou em voz alta. Três senhoras de Haarlem viram-se e vêem Clara obedecer.

— Isto é que é uma menina obediente — diz Margarethe.

Iris fica um passo para trás e pensa sobre isso. Estaria Margarethe desfilando como mãe substituta de Clara? Estaria encenando um espetáculo, por toda a cidade, dos seus cuidados por uma criança órfã?

Ela estuda Margarethe enquanto esperam na porta da tabacaria, onde sua mãe quer comprar uma mistura agradável para o cachimbo de Van den Meer. Se Iris fosse pintar Margarethe, o que ela notaria?

Há a testa pesada, ligeiramente protuberante, como um pedaço de massa de pão que caiu para a frente. Sobrancelhas firmemente dispostas, unidas no ato de observar o comerciante cortar o tabaco segundo as especificações corretas. A mão de Margarethe está soldada ao seu quadril, um gesto tanto de paciência como de intratabilidade. Seus lábios estão cerrados, o lábio inferior voltado para dentro para ser mordido pelos dentes em momentos de leve aflição. E, Iris percebe, tais momentos são freqüentes. Margarethe vive uma existência de concessões. Não conta com nenhuma certeza e negocia cada frase em seu proveito.

Como é estimada, mesmo em sua severidade, sua frieza.

Há outro lado em Margarethe a ser visto mais tarde neste dia, pois o caminho que pegam para casa saindo das lojas as leva a um asilo para idosos. Criadas e empregados estão carregando vários corpos pela porta afora para aguardarem a carroça de coveiro.

— Alerta de peste — diz o regente irritado quando vê Margarethe parar e olhar. — Salve-se e dê aos sofredores uma oportunidade de descansar em paz longe da sua curiosidade!

— Os mortos estão mortos — diz Margarethe corajosamente.

— Alguns aqui são cadáveres, outros ainda não — replica o regente. — Estamos transportando alguns até o Leprozenhuis fora da cidade. Se quiser juntar-se a eles e aos outros leprosos, suba na carroça.

— Deus salve suas almas, e a sua — grita Margarethe, e resmunga algumas linhas do primeiro salmo que lhe vem à cabeça, murmura-as sem convicção e sem precisão.

— Isto é o que nos persegue — diz Margarethe enquanto as meninas se apressam atrás dela. — Esta é a obra do Diabo. Não há nada a esperar a não ser a larga foice do ceifeiro que virá cortá-la. Simplesmente pule quando ela passar e talvez consiga se livrar até a próxima ceifada. Se não pular, não vai se salvar.

Ruth pula de ansiedade, como se imaginasse ver a foice passando naquele exato momento.

— Crianças-duendes — diz Clara num tom agourento sobre os inválidos e os cadáveres.

— Até que altura a senhora pula? — pergunta Iris à mãe.

— Olhe só para mim — diz Margarethe. — Eu pulei dos brejos da Inglaterra para o umbral do asilo de pobres de Haarlem e então pulei de novo. Observe-me e vai aprender o que há para ser aprendido. Dê-me espaço para lançar meu arpão, e que venha o resto.

Iris observa. Dia após dia ela observa. Observa o gelo se formar no lago dos patos viela abaixo. Observa Margarethe cantar enquanto prepara o suculento cozido de legumes e ameixas secas. Observa Clara alternadamente ficar emburrada e amistosa em relação a Margarethe. Observa o rosto de Van den Meer se alongar enquanto, a cada semana que passa, o carregamento de bulbos não chega.

Então observa enquanto Margarethe espera, e espera, e escolhe o momento certo para pular de novo.

O moinho de lugar nenhum

Os três dias que antecedem o início da Quaresma, Clara diz a elas, se chamam Vastenavond. Não parece nada certo banquetear-se como glutões quando Henrika foi enterrada tão recentemente. Além do mais, a prática da expiação da Quaresma nunca foi popular na casa dos Fisher antes. Mas Margarethe se entrega aos preparativos com energia, fazendo um cozido com carneiro, limão, legumes e gengibre.

— Vamos levar nossas obrigações religiosas a sério — diz ela, apontando um colherão para Van den Meer e as três meninas.

— Eu acho que deveríamos fazê-lo — diz Van den Meer. Ele está meditabundo, talvez por causa do luto, ou talvez — Iris detesta admitir — com medo da ruína financeira. — Ficou bom este *hutsepot*, Margarethe. Tão bom quanto Henrika sabia fazer.

— Não acho que esteja *tão* bom assim — diz Clara intrepidamente, deixando cair sua colher.

— Agora, se está querendo agir da maneira certa — diz Van den Meer —, preparando-se para a Quaresma, Margarethe, acho que gostaria de fazer uma visita à Casa de Correção. Zelosa que é em relação às moedas, você gostaria de lá na ocasião da quermesse, e a entrada é grátis.

Margarethe se empertiga.

— Já sou correta o suficiente — diz ela.

— Oh, estou seguro disso! — Ele não quis ser rude, pensa Iris. Será? — Lá você poderá ver as prostitutas e os presos tomando suas lições de Bíblia, sendo reintegrados à dignidade cristã às expensas da cidade. É um divertimento e tanto.

— Já tenho muito trabalho organizando a sua casa para me divertir visitando prisões — diz rispidamente. — Ou cervejarias, igualmente.

— Você faz um bom trabalho — diz ele, sentindo-se um pouco açoitado. — Cobre-me de muitas gentilezas, e à minha filha.

— Imagino que sim. E não fale de prostitutas nesta casa.

— É a minha casa, Margarethe — lembra a ela.

— De fato. — Ela lhe dá o troco: — Herdou-a de sua mulher, não foi?

— Você está excitada com o carnaval — diz ele num tom sombrio. Ela se emenda.

— Eu deveria ter dito: por favor, não fale de prostitutas na frente das minhas filhas.

— Não falarei — diz ele, ainda atingido. — Mas quem sabe o que os outros na rua vão dizer sobre este arranjo?

A raiva dela é tão intensa que Iris imagina que o telhado possa explodir. Margarethe corre para a porta. Vêem-na escorregar no gelo que cobre as ruas, o vento desfraldando sua capa preta em imensas asas de corvo. Mas enquanto as meninas continuam mastigando o resto do seu pão, Margarethe volta de repente. Seu rosto está rosado e até bonito por causa do intenso frio.

— Oh, venham ver — grita, toda a fúria esquecida. — Os canais e o rio congelaram finalmente e a cidade inteira saiu de casa e está na grande estrada de gelo!

É o dia mais feliz até agora. Até Clara fica contagiada pela excitação, e Van den Meer lembra que existem sapatos com lâminas em alguma parte nos galpões. Depois de algum tempo, dois pares de patins são encontrados. O couro de um apodreceu e, no segundo par, uma das lâminas se soltou. Mas os pés de Ruth são grandes demais para entrarem neles, de qualquer maneira, e então Iris e Clara apanham cada uma um único pé de patim e as meninas e Margarethe saem correndo para o Spaarne.

O mundo se transformou. O céu está imensamente cinzento como de costume, e baixo, mas isso só intensifica a sensação de magia e de estranheza. Alguns botes pequenos foram congelados na água e as crianças partem na corrida e deslizam até os barcos e colidem com os seus lados. Cães latem em todas as direções. Toda Haarlem saiu para o gelo. Margarethe não resiste e cutuca Iris e diz:

— Veja, os ricos têm patins e casacos quentes e lá está uma carruagem convertida num bote de deslizar no gelo! Eles podem desfrutar dessa anomalia e sentir nela um novo prazer. E os pobres sofrem ainda mais duramente. O calor é raro e a comida ausente. Não se pode viver muito tempo no gelo e na neve.

— E nós somos ricos ou pobres? — pergunta Iris.

— Você tem um patim seu? Diga-me — fala Margarethe. — Equilibre-se com muito cuidado, minha querida. Com muito cuidado mesmo.

Chega de lições objetivas, quando a atmosfera do carnaval se espalha sobre a pista do imenso salão de baile gelado da cidade! Iris parte velozmente, deixando Margarethe na tentativa de equilibrar Ruth, para quem o solo normalmente já é muito problemático, e o gelo é mais traiçoeiro do que divertido. Iris enlaça o braço da tímida Clara e lá vão elas. Cristais de gelo se formam na umidade em suas narinas e nos cantos dos olhos.

— Veja, um jogo — diz Iris —, aqueles meninos e homens com bastões e uma bola...

— *Kolf* — diz Clara.

Cavalos no gelo. Árvores às margens do Spaarne, elevando-se como pilares espigados. Criancinhas que começam a andar de traseiro no chão, chorando. Senhoras elegantes rodopiando sobre patins tão livremente quanto quaisquer dos jovens. Ali adiante um pregador, com um ar amargo, como se estivesse fazendo meramente este caminho para chegar ao seu local de prece o mais rapidamente possível. Homens grisalhos dos campos abrindo buracos no gelo e soltando linhas, na esperança de peixe. Esposas mexericando, com filhotes a reboque. Um velho gordo cai sobre o traseiro diante delas e peida explosivamente. Num outro canto, alguém equipou um barco com velas e está tentando fazer com que deslize, mas o vento não é forte o suficiente e há muitas donzelas airosas a bordo fazendo peso. Um professor recita versículos da Bíblia para os seus alunos, enquanto todos se arrastam, sem patins, mas bem suavemente sobre tamancos de madeira. Até onde o olhar pode alcançar ao longo da curva do rio, pequeninas manchas de pessoas, em preto, cinza e vermelho. Alguém cometeu o erro de empurrar uma vaca para o gelo e ela tomba e fica no chão esparramada berrando. Um porco escapou e trota com despacho, cuidando da sua própria vida e de vez em quando guinchando de prazer e fome.

Então, da sombra de uma faia, sai manquejando a Rainha das Ciganas de Queixo Barbudo.

— Veja! — diz Iris, e antes que Clara possa protestar estão deslizando até ela. — A senhora nunca transformou o Mestre Schoonmaker numa lesma! — grita Iris jovialmente.

— Eh? Que é isto? — O traste velho está surdo debaixo de uma multidão de cachecóis e maldizendo suas bengalas. — Deixe ele mesmo se transformar numa lesma. A maioria das pessoas faz isso.

— Mas ia lançar um feitiço sobre ele!

— Para que se aborrecer com isso? Cabe a você mesma se modificar. Nos dias de hoje já é bem difícil uma velha garota torta como eu ficar de pé. — Mas ela dá uma espiada e sorri, divertindo-se tanto como os demais. — Não conheço vocês, garotas, conheço?

— Por onde andam as ciganas de queixo barbudo hoje?

— Você é uma alma tonta! Ora, no lugar delas, naturalmente, como todos nós. Sua bela amiga é uma criatura quieta. Sua língua congelou?

— Ela é tímida diante das pessoas.

A velha faz uma cara de chacota.

— Então vou embora para deixá-la à vontade. A beleza tem conseqüência, mas eu sou feia como o pecado e por isso não me importo. Adeus! — E com surpreendente velocidade ruma direto através do rio. As duas bengalas parecem patas como sempre e as extremidades de vários cachecóis, roçando o gelo, dão a idéia de ainda mais patas.

— Uma rainha autêntica deveria ser gloriosa — diz Clara, desapontada. — *Ela* dificilmente parece uma rainha!

— Ela dificilmente está viva — concorda Iris, o que faz ambas rirem. Caem uma em cima da outra, transformando-se numa Rainha das Ciganas de Queixo Barbudo de duas cabeças e pernas cambaleantes. E aí vem Caspar, correndo para elas, seu rosto quase roxo.

— Onde está o Mestre então? Você o deixou bem para trás? — diz Iris, deliciada por encontrá-lo.

— Tem trabalho para fazer. Que lhe importa se o rio congelou ou se transformou em mel ou esvaziou na seca? — responde Caspar. — Está pintando, maldizendo o frio, pintando, roendo seu pão, pintando. Precisa perguntar? Corra até o outro lado da cidade!

— Espere! Só temos dois patins para dividir entre nós — diz Iris, mas elas partem, rindo demais, sem conseguir qualquer empuxo. Clara tão jubilosa como Iris, e ambas livres de Margarethe e de Ruth.

Envergonhadas demais para admitir como é maravilhoso não ter de se aborrecer com Ruth, pelo menos uma vez, mas hoje não é um dia para se arrepender. Há Quaresma suficiente à frente para isso.

Elas seguem juntas e vão correndo. Tudo mudou. O gelo aprisionou cada ramo e caniço, cada arco de sarça e cada espigão de cerca. As multidões estão em sua maioria atrás delas agora, mas as amigas ainda podem ouvir uma onda de "Ohh!" enquanto o sol irrompe por um momento, enchendo de diamantes a paisagem.

É esplendor demais. O sol se enfia de novo debaixo de suas cobertas de nuvem. É o começo da tarde, mas frio como o crepúsculo.

— Não deveríamos voltar? — diz Caspar. — Gastamos tanta energia até aqui que vamos ficar cansados na volta.

— Só até a próxima curva — diz Iris. — Quem sabe quando vamos poder passear no gelo assim de novo?

É agradável estar fora de casa também e, se Margarethe está sendo santa, a Quaresma pode vir a ser uma temporada mais sinistra do que de costume.

Passaram além do lugar onde o canal se encontra com o Spaarne e deslocam-se silenciosamente entre os campos abertos. Aqui e ali uma casa de fazenda distante, com a usual sujeira do velho ninho de cegonha e finos rolos de fumaça saindo das chaminés. Algum gado mugindo fora de vista. Os pássaros os acompanham por um tempo, mas depois desaparecem, como se pudessem sentir um frio mais inclemente se aproximando e partissem para casa.

— Aqui é a curva — diz Caspar. — Agora vamos, vamos voltar.

— Não, aquela curva — diz Iris.

— Aquela curva é uma curva diferente. Apareceu assim que passamos esta curva aqui — diz ele. — Não posso ficar mais. O Mestre vai precisar de mim para acender o fogo da lareira.

— Ele precisa de você para se aquecer? Precisa muito de você — diz Iris, afetando o tom irônico com que sua mãe discute o aprendizado de Caspar. Ela o atingiu. Ele agita a cabeça e faz uma carranca.

— Precisa, de verdade, e eu o estou prejudicando ao patinar tão longe com vocês — diz ele. — Vou voltar agora, mesmo que vocês não venham.

Iris não quis provocar nenhuma discussão, mas está tão contente longe de Ruth e Margarethe que se limita a dizer:

— Pois bem, vá, se for preciso. Não estamos presas às suas obrigações.

— Talvez devêssemos voltar — diz Clara. Solta no mundo, sentese menos segura de si e também menos má, percebeu Iris. Dessa vez, Iris não se impede de usar a vantagem que tem sobre Clara, isto é, o privilégio da coragem.

— Vou até a próxima curva do rio — diz Iris — e vou encontrar o caminho de volta sozinha se for preciso.

Não se despede de Caspar, mas segue em frente. Orgulhosa como um gavião! Seu pé esquerdo dá o impulso e o pé direito desliza e ela já dominou a arte do equilíbrio. Em poucos minutos ouve a voz de Clara atrás de si. Vira-se e espera.

Chegam à próxima curva e depois à seguinte.

— Estaremos em Amsterdã antes da noite cair — diz Iris num tom de aprovação.

— Preciso parar e descansar — diz Clara —, e preciso levantar as saias e fazer pipi.

A paisagem é tão plana que parece quase vazia. Lembra a Iris subitamente como se sentiu ao chegar a Haarlem. Quando, quatro ou cinco meses atrás? Como se nada restasse do passado, apenas um lençol branco. Na distância, talvez porque o vento esteja levantando alguma poeira de neve do chão, os campos se fundem com o céu.

A única coisa sólida na paisagem além delas é um moinho num campo próximo, não tão longe da margem do rio.

— Venha, vamos chegar lá — diz Iris —, e se conseguirmos abrir uma porta você vai poder se agachar em algum canto. Está muito frio para fazer aqui fora.

Clara não está disposta a discutir, treme com o esforço para prender a bexiga. Elas sobem a margem baixa do rio e rompem o caminho através do campo sem se dar ao trabalho de retirar os patins. É um velho moinho abandonado. Restam apenas três ou quatro pás e uma delas está arriada como o membro inerme de um enforcado. Pingentes de gelo fazem a outra pá parecer drapeada de uma franja branca.

— O gelo pode cortá-la ao meio — diz Iris. — Tome cuidado com ele. Este lugar não parece uma criatura grande e feroz, com uma cabeça rombuda, ou talvez sem cabeça, e aqueles braços estendidos?

Um gigante nos campos, crescendo à medida que se aproximam; nenhuma surpresa, mas ameaçador nesta imensidão vazia e branca...

Ela tenta abrir a porta. Está trancada, mas a madeira apodreceu e com um pequeno grito de protesto, o peso de duas meninas saudáveis contra ela, a fechadura cede e elas cambaleiam para dentro. Clara corre a um canto e se alivia. O mijo provoca um vapor no chão poeirento, empoçando sobre antigas incrustações de cocô de passarinho.

Antigo e não tão antigo. Algumas asas batem no escuro sobre suas cabeças.

— Morcegos — diz Iris. — Ou talvez corujas.

— Espíritos — diz Clara.

— Espíritos... — diz Iris, zombeteira. — Duendes, talvez, mas não espíritos. Os espíritos locais não estão presos no gelo no Haarlemsmeer hoje? Não podem sair.

— Espíritos. Já estive aqui antes, eu sei. O corvo enredado no alto.

— Que corvo, que enredo? Quer dizer alguma história que eu lhe contei ou a grande história da sua casa? Você não esteve aqui antes, nunca esteve em nenhum outro lugar antes. Não vai à catedral, não vai à escola. Como podia ter estado aqui neste moinho de lugar nenhum?

— Estive — diz Clara. — Me lembro agora. Lembro-me da forma.

— Todos os moinhos têm a mesma forma.

— Não, não têm. Me lembro daquelas vigas subindo como um ângulo, vê? E esta maquinaria. E aquelas engrenagens! Lembro o barulho que fazem. Tão alto! Tão alto que quando o vento move as pás ninguém lá fora pode ouvir alguém do lado de dentro.

— Todos os moinhos devem ter o mesmo tipo de maquinaria — diz Iris com paciência. — Faz frio aqui, vamos indo embora?

— Tem uma porta de alçapão no andar bem abaixo desta viga — diz Clara. — Eu me lembro.

— Não tem alçapão nenhum. O chão é de pedra. — Iris chuta a sujeira. — Está vendo?

Clara fica de joelhos.

— Não. Veja. — Ela enfia as unhas, e palha velha e entulho saem em torrões mofados. — Estou lhe dizendo o que sei e não está me ouvindo. Há um espaço aqui embaixo. Colocaram-me aqui e me alimentaram. Está vendo o gancho? — Aponta para a viga acima, da qual um gancho enferrujado se projeta. — Para que eu não me machucasse, colocaram-me numa cesta e puseram a corda através daquele gancho e me fizeram descer suavemente.

Ela retirou sujeira suficiente para provar o que está dizendo. O piso é de madeira, e ali, ali está a fresta de uma porta de alçapão.

— Quem a colocou aqui? — pergunta Iris. — Quando?

— Eles colocaram — diz Clara.

— Mas quem? Seu pai e sua mãe?

— Não, não — diz Clara zangada. — Os outros. Os espíritos. O homem-corvo, os outros.

— Não sei do que está falando.

— Quando me tornei uma criança-duende — diz ela. — Não sabe nada?

— Quando você se tornou uma criança-duende? O que aconteceu com você? — diz Iris. Ela examina o rosto de Clara na escuridão e se aproxima. O ambiente inteiro subitamente assume um cheiro intenso de cocô de pássaro, um odor novo e poderoso. Iris é arrebatada por uma espécie de terror, quase uma sensação prazerosa, mas se assusta com a recitação monotônica que Clara faz desses fatos impossíveis. Iris diz: — Clara, o que aconteceu com você?

— Há muito tempo. — Clara olha para Iris de um jeito estranho, contundente, como se não tendo certeza de que Iris não é um espírito, de que não a atraiu até aqui para enfiá-la pela porta de alçapão de novo. — Aconteceu comigo há muito tempo e me tornei uma criança-duende. O homem-corvo me transformou. É tudo.

Sua expressão é familiar. Ela está terrivelmente assustada e algo mais.

— Venha — diz Iris —, vamos embora deste lugar, se você está tendo ou não um pesadelo, vamos sair deste lugar.

Mas Clara demora a se mexer e Iris precisa lhe dar um puxão. Uma vez do lado de fora, elas encontram o vento mais cortante, as nuvens mais baixas e a temperatura caindo ainda mais.

— Não fale, vamos seguir em frente, e chocolate e manteiga em casa vão nos aquecer! — diz Iris tão jovialmente quanto pode.

Caspar, aos diabos, estava certo. É muito longe. Iris se preocupa até que tenham tomado a direção errada. Mas finalmente as flechas amontoadas dos prédios de Haarlem aparecem, e o que restou das multidões ainda chafurdando no gelo, principalmente crianças e pobres. Todo mundo mais se cansou.

Dão os últimos passos até a casa num estupor de exaustão. O rosto de Clara agora mudou; está vazio e distante. Não tem o olhar penetrante que tinha no invólucro viscoso do moinho. Ela não toma chocolate, apenas sobe as escadas para a cama e, embora Iris ficasse contente em ouvir até mesmo o som de choro, só ouve silêncio lá em cima. Depois, quando está pegando no sono, Iris se lembra de quando viu aquele olhar no rosto de Clara antes. Foi o olhar que tinha quando fitou Ruth da janela e disse para ela:

— Vá embora daqui.

Era aquele olhar de alguém que estava sendo apunhalado por dentro.

Convites

— É o dia final da quermesse — diz Margarethe —, e a comida magra começa amanhã. Por isso hoje nos banqueteamos.

Iris olha para Clara para ver se está contente, mas depois da tarde no moinho pouca coisa a tem contentado. Sentada numa arca, ela se curva com os ombros caídos, evitando o olhar de todo mundo. Iris sente-se triste por Clara, de um modo que nunca sentiu antes, porque Iris vê que os temores de Clara são genuínos, não teatrais, embora as razões para esses temores sejam mais misteriosas do que nunca.

— Panquecas, Clara — diz Iris vivamente. Clara não responde.

Margarethe debruça-se sobre um panelão de três pernas, mexendo massa mole que vai escorrer numa frigideira achatada com um cabo comprido. Algumas maçãs são trazidas da despensa. Ruth deveria descascá-las, mas ela se esquece o tempo todo e fica mordiscando as maçãs. Van den Meer está no salão recuperando-se de um longo dia na cervejaria. Repousa na meia-luz, estudando o retrato de sua filha com as tulipas.

— Iris, tem alguém à porta — diz Margarethe —, e minhas mãos estão molhadas. Veja quem é.

Iris deixa entrar um dos amigos de Van den Meer, que tem uma aparência tétrica. É Van Stolk, ou Handelaers, ou Maes? Ela não sabe distinguir todos esses homens de rostos sorumbáticos. E este parece mais soturno do que a maioria. Iris corre para trazer mais velas, a fim de iluminar o salão. Ela teme pelo pior.

Mas, quando volta, o homem ergueu as sobrancelhas e ganhou brilho no olhar e com o punho está socando Van den Meer no ombro. O amigo só fingira pessimismo. As notícias são realmente ótimas: um navio, recém-chegado a um porto da França, espalhou o rumor de que o navio há muito aguardado com um carregamento de tulipas não se perdeu de modo algum. Simplesmente teve um mastro rompido e precisou ancorar num porto do sul da França, onde mais vicissitudes contribuíram para manter a embarcação incapacitada de navegar durante muitas semanas seguidas. Tais crises são normais na vida de um capitão dos mares e em breve espera-se que ele anuncie a partida, com destino à Holanda. Os bulbos de tulipa foram bem armazenados; com sorte, não sofrerão nenhum dano na sua viagem prolongada. Tudo está em ordem e, como a Quaresma está para começar — em questão de horas —, comemoração é permitida.

Iris traz as novas à cozinha, e Margarethe avalia a situação imediatamente. Tira o avental e o pendura num cabide na despensa. Belisca as bochechas e enfia alguns fiapos de cabelos com firmeza debaixo da touca.

— Iris — diz ela —, olhe as panquecas. Afaste o cachorro da salsicha naquela panela. Não deixe Ruth se sentar perto demais com as costas para o fogo ou ela vai ter urticária. Deixe Clara ficar quinze minutos aqui e então a mande com três copos de gim. Depois vá para a cama e mande as garotas para a cama também. Entendeu o que eu disse?

— O que está fazendo? — diz Iris.

— Pulando — diz Margarethe.

Iris faz o que a mãe mandou. Ao se deitar no catre, ouve o convidado sair. Durante um longo tempo, não ouve nada mais, apenas, uma vez, um riso abafado na sala da frente. Pelo menos, acha que é um riso abafado. Não consegue se lembrar de ter ouvido sua mãe rir assim antes.

De manhã, Margarethe está no seu posto preparando o modesto café-da-manhã da Quaresma. Ficou noiva de Van den Meer na noite anterior, diz a elas.

— Ele vai ter de ser o seu padrasto — diz ela —, uma vez que precisa de mim para ser a madrasta de Clara.

Ruth encolhe os ombros. Não fica claro que tenha entendido a notícia. Mas Iris, sim. Espera até que Clara e Ruth saiam para fazer sua toalete matutina. Iris encara a mãe de frente na cozinha.

— Podia ter-se casado com o Mestre — diz ela à mãe.

— Ele não tinha as perspectivas corretas — diz Margarethe.

— Ele tem talento — diz Iris.

— Talento não compra pão — diz Margarethe.

— Claro que sim! — diz Iris. — Veja só! Vive, respira e trabalha! Ele come!

— Nem mais uma palavra sua — diz Margarethe. — É uma criança boba e não sabe que sacrifícios fiz para proteger você e sua irmã. E se eu caísse morta da peste na semana que vem? Para onde vocês iriam se voltar? Responda-me, sua menina sabida.

— Eu iria direto para aquele que se preocupa conosco — diz Iris. — O Mestre e, por falar nisso, Caspar também.

— O Mestre se preocupa com sua arte, nada mais, e quanto a Caspar, os cuidados dele se movem inteiramente em outra direção — diz Margarethe. — Preciso soletrar a natureza desse pecado particular? Não posso. Hoje é o começo da Quaresma, e isso não é adequado a minhas necessidades espirituais. Você vai ver muito em breve. São ambos uns tolos. Dariam abrigo a você pela noite, como é dever de um cristão, e a alimentariam com pão e mingau. Então, ao cabo de uma semana, a despachariam para o asilo de pobres ou achariam uma desculpa para mandá-la de volta à Inglaterra. Não, minha menina, você nada sabe sobre como nós, mulheres, somos aprisionadas em nossas vidas, mas *existem* maneiras de determinar a pena que devemos cumprir. Você vai viver para me agradecer.

— É uma coisa tão a sangue-frio — diz Iris.

— Estar morta é mais a sangue-frio — diz Margarethe. — Agora me avise quando tiver acabado de dar vazão ao seu enfado. Preciso trabalhar rapidamente para acertar os detalhes, para amarrar melhor o comprometimento dele a esta idéia. Você vai ter de esfregar o alpendre esta manhã e depois polir os ferrolhos e as maçanetas da porta da frente. Devemos mostrar imediatamente que há uma nova limpeza pertinente a esta mudança de situação. Não sou uma simplória, sei que pequenos gestos encerram grandes significados. Os vizinhos desta rua são uns mexeriqueiros ferozes, sempre sussurrando a meu respeito. Vou dar-lhes respeitabilidade. Não suportam o fato de que eu esteja aqui nesta bela casa. Não suportam ver o sol brilhando na água, seriam capazes de regatear o milho de uma galinha.

O casamento é arranjado mais rapidamente do que Iris imaginava possível. Caspar suspeita que o período de luto está chegando a um fim e que as línguas dos vizinhos possam desandar a falar. Van den Meer depende do comércio local para a aquisição dos seus bulbos de tulipas. Não pode se dar ao luxo de escandalizar os vizinhos ou aqueles que encontra na Grotekerk de São Bavo vivendo em flagrante delito com uma governanta solteira, ainda que viúva, uma megera e além do mais tão sem graça quanto uma abóbora.

Nas semanas que conduzem ao casamento, Iris é mantida dentro de casa mais freqüentemente do que de costume. Tanta coisa a fazer!

Ela tem de cuidar das tarefas da cozinha para que sua mãe possa negociar com as autoridades da Igreja, com os fornecedores de carnes e vinhos, com Van Antum, o vendedor de roupas que deve fazer um vestido novo para a cerimônia. Iris preferiria largar os panos de limpeza e correr às ruas, na direção do estúdio do Mestre. Fica cansada das queixas resmungadas por Ruth, que raramente consegue interpretar, e dos miados ocasionais de Clara pedindo atenção.

— Por que não sai com Margarethe se está aborrecida? — replica Iris um dia.

— Já vi o mundo de novo, e uma vez é o bastante — diz Clara. Como se soubesse que isso é uma tolice, ela segue em frente: — Além do mais, minha saia está arrastando pelo chão. Precisa ser consertada, Iris.

— Então a barra de sua saia descosturou? Céus, não sabe trabalhar com linha e agulha? Que foi que sua mãe lhe ensinou?

— Ensinou-me a buscar ajuda quando precisasse. Ensinou-me que as pessoas seriam bondosas e viriam à minha ajuda.

— As pessoas admiram-na por sua beleza, mas mais cedo ou mais tarde vão saber que nunca pegou numa linha e agulha — diz Iris. — Mesmo uma bela flor precisa aprender a trabalhar, você sabe.

— Você tagarela e minha saia continua rasgada — diz Clara.

— Sou só um pouco mais velha do que você! — diz Iris. — Por que me atormenta?

— É mais velha do que eu em experiência — diz Clara, com uma certa tristeza. — Não pedi para que fosse minha meia-irmã mais do que você mesma pediu, lembre-se disso.

Iris percebe que não está sendo generosa. Irmãs — meias-irmãs, irmãs pela metade ou irmãs inteiras —, irmãs devem apoiar umas às outras. Não foi assim que sua mãe a criou? Ruth nunca pode fazer as coisas sozinha, então Iris deve fazer por ela, e agora Iris deve fazer por Clara também.

Mas Iris não vai consertar a barra da saia a não ser que Clara prometa tentar enfiar a linha na agulha e depois praticar a costura que Iris vai lhe mostrar. Clara protesta, faz beicinho, caçoa do jeito mandão de Iris, tenta espetá-la com uma agulha, mas no fim aprende a consertar uma barra de saia e parece se sentir um pouco mais feliz por causa disso.

Chega o dia da véspera do casamento, e Margarethe está fazendo a prova final das roupas. Iris pede para ter alguns minutos para si mesma e Margarethe se recusa. Há muita coisa a fazer. Mas Van den Meer soube por Margarethe que ela não convidou Luykas Schoonmaker para a festa.

— Foi por medo do que as pessoas possam comentar? — pergunta ele. — Porque você foi governanta na casa dele antes de vir para cá? Não há nada a fazer em relação a isso. É o mesmo que fechar o poço depois que o bezerro se afogou. Todo mundo já sabe a respeito. Schoonmaker é o pintor da Jovem com Tulipas e as pessoas vão ver aquela pintura de novo. Ele deveria estar aqui. Mande Iris à sua casa para convidá-lo.

— E Caspar também? — diz Iris.

Van den Meer olha para ela como se nunca a tivesse visto antes.

— Claro que não — diz ele. — Por que o convidaríamos?

— Tem peste lá fora — diz Margarethe. — Hesito em permitir que Iris...

— *Margarethe* — diz Van den Meer.

Ela cede então, demonstrando submissão conjugal, contanto que Iris prometa não se aproximar do asilo de pobres ou do canal, ou de qualquer outro local onde haja ameaça de peste.

Iris promete. Sai em silêncio sem alertar Ruth de suas intenções. No início Iris caminha com dignidade, cabeça baixa, mãos enfiadas no laço da cintura do seu vestido para mantê-las aquecidas. Mas, assim que dobrou a esquina e está fora de vista da alta casa de Van den Meer, liberta as mãos para correr mais facilmente. É o paraíso botar os pés nas pedras redondas do calçamento, quebrar lâminas de gelo que se formaram nas depressões da rua, espalhar a água fria que se juntou nas poças. É o paraíso saber que ainda é possível correr, embora ela não saiba do que está correndo, nem por quê.

O Mestre mal parece surpreso em vê-la.

— Então o grande dia vai chegar, amanhã — diz ele. — Eu gostaria de comparecer.

— E vai comparecer — diz Iris. — Vim aqui para dizer que será bem-vindo.

— E Caspar? — pergunta o Mestre.

— Não foi convidado. É um aprendiz, dizem que não ficaria bem — fala Iris. — Onde está ele?

— Saiu para trazer suprimentos. Não se preocupe, vai voltar. Sei que gosta mais dele e que tem de me aturar, e finge que veio realmente falar comigo. É triste para você.

Mas o Mestre sorri ao dizer isso e Iris não se dá nem ao trabalho de fingir que ficou chocada. Ela está crescendo, percebe.

Talvez o Mestre saiba o que está sentindo, pois continua num tom mais sério.

— Você terá alguma melhoria de vida com este belo casamento que sua mãe soube arranjar para si mesma? — diz ele. — Sei que ela vai ficar mais segura do que jamais eu a deixaria, mas como vai ser para você? Ela permitirá que venha ao estúdio?

— Não sei como melhorar a minha sorte, a não ser que consiga uma pesada mantilha espanhola e esconda o meu rosto feio dos bons cidadãos de Haarlem por trás do véu — diz Iris.

— Caçoar de si mesma é uma coisa ainda mais feia do que qualquer rosto humano, Iris. Ninguém pode fingir que você seja uma garota bonita, mas é esperta e é bondosa. Não traia esses impulsos em si mesma. Não ridicularize a ausência de beleza física que, de todo modo, acaba desertando aqueles que a possuem e os torna tristes. Estou falando sobre como vai passar seus dias agora que sua mãe se casou numa situação melhor. Vai ser liberada das tarefas de empregada? Vai poder ser uma donzela ociosa?

— Não quero tanto descanso assim — diz Iris. — Parece-me que os holandeses não são muito afeitos ao descanso e, nesse aspecto, me sinto muito holandesa.

— Tenho observado. Agora sente-se por um minuto e ouça o que vou dizer. Quero saber se gostaria de vir aqui e se tornar uma aprendiz neste estúdio.

Iris estava examinando o esboço sobre uma superfície pintada em gesso. Sente o sangue subir-lhe ao rosto e seu olhar baixa ao chão por um momento.

— O Mestre não faria coisa tão terrível! — diz ela, mal ousando sentir esperança.

— Muitas esposas talentosas de Haarlem colocam seus dedos ágeis na criação de trabalhos de agulha ou de pintura sobre vidro — diz o Mestre. — Não é um passo tão ousado partir da agulha para o pincel.

— O senhor não tem nenhuma idéia das minhas habilidades.

— Sei que você é capaz de olhar. Sei que sabe como olhar.

Ela se dispõe então a virar-se e olhar para *ele*. Colocou o pincel na margem de uma prancha. Uma mancha de verde terroso é pincelada ao longo de uma bochecha. Ele parece paciente, cansado e caridoso. Sorri para ela.

— Nunca desenhei uma linha em minha vida — diz Iris numa voz miúda.

— Houve um momento em minha vida em que o mesmo valia para mim — replica o Mestre.

— O que as pessoas vão dizer?

— Que ao lado de sua mãe esperta você estava subindo no mundo. Alguns zombariam de você e outros a saudariam. Pensar no que as outras pessoas possam dizer não chega a ser uma boa razão para agir ou desistir. Você tem sua própria vida para viver, Iris, e no fim a única opinião que conta alguma coisa é aquela concedida por Deus.

— Mas uma mulher pintando!

— Haarlem aprendeu a tolerar Judith Leyster, que trabalhou no estúdio de Franz Hals até recentemente. Agora ela tem seus próprios aprendizes. Talvez preferisse ir aprender com ela. — Ele não está provocando, está falando a ela como um bom amigo.

— Mas — (é Quaresma, afinal, e não pode deixar de fazer a pergunta) — acha realmente que Deus sorri para uma donzela ousada o bastante para pintar?

— Pode negar isso? Se pode, então com que autoridade?

Iris começa a sorrir diante do ridículo da situação.

— Está brincando comigo, Mestre! E não pela primeira vez. Tomou emprestado meu rosto para provar seu talento para Van den Meer e fez da minha aparência uma troça. Agora está fazendo uma troça de um desejo secreto que eu possuo.

— Uma pintura está no olho de quem a vê — diz o Mestre. — Você poderia olhar para a pintura de Iris com as flores silvestres e perguntar a si mesma isto: o Mestre me viu com repugnância ou me viu com minha própria beleza?

Mas a idéia de Iris possuir qualquer beleza própria é demais e ela cai na gargalhada, ri até que as lágrimas lhe assomam aos olhos e tem de esconder o rosto com o avental.

— Não tem pressa — diz o Mestre, voltando ao seu trabalho. — Não preciso de uma resposta em breve. Mas vinha esperando que você mesma me fizesse esta pergunta e está se mostrando obtusa e lenta em relação a isso. E — ele acrescenta — não estou sendo inteiramente desinteressado. Você poderia ser uma grande ajuda para mim, especialmente se ocorrer que, como suspeito, tenha um pequeno talento para esse tipo de trabalho. A pintura da Jovem com Tulipas fez para a minha reputação o que muitas tentativas com temas sacros e profanos não fizeram. Haarlem agora lembra que eu existo e minhas encomendas de trabalho vêm aumentando. Logo vou ter mais trabalho do que posso dar conta, a não ser que tenha um assistente para me ajudar e ajudar a Caspar.

Como respondendo a uma deixa, Caspar retorna da sua expedição, os braços cheios de rolos de tela, legumes, uma botija de cerveja e uma galinha recém-sangrada para a panela.

— Bem, Iris! Você voltou sã e salva dos campos gelados. Patinou até Moscóvia? — Sorri para ela e sacode os cabelos para longe dos olhos. — Entendo que amanhã eu e você teremos de ser apresentados de novo. Iris van den Meer, ainda não havia tido o prazer!

— Como vai o senhor? — diz Iris. — Vai precisar de ajuda para depenar aquela galinha, meu bom senhor.

— Se ficar até que ela tenha sido cozida, será bem-vinda para mordiscar da sua carcaça. Vamos deixar o velho com o seu trabalho — diz Caspar —, e poderá me contar tudo o que se passa no seu coração a respeito do casamento de amanhã. Suspeito que o nosso Van den Meer vai realmente explorar a bruxa. Se investir algum dinheiro para uma festa, vai receber em retorno mais boa vontade e mais investidores. Venha trocar uns mexericos comigo.

O Mestre reassume uma expressão dignificada no rosto, e Iris acompanha Caspar até a cozinha. Agora que Margarethe não reside mais na casa, o lugar está uma confusão geral — conchas de ostras no chão, restos de abóbora, uma porção de feijões secos num canto e fezes de camundongos por toda parte.

— O Mestre quer que eu venha trabalhar como aprendiz — fala Iris —, mas acho que ele e você precisam de mais ajuda no departamento doméstico.

— Ele lhe falou a respeito, então? — diz Caspar. — Oh, Iris, venha! Diga que vem. Não pode morar aqui, naturalmente; não seria adequado. Mas pode vir durante o dia, tantas vezes quantas quiser, e começar a pegar um pouco do trabalho dele. Não vamos lhe pedir para colocar a cozinha em ordem. Na verdade, não vamos deixar. Nunca terá permissão de colocar o pé na cozinha. Não é esta a questão. Eu poderia manter este lugar limpo se isso fosse importante.

— Não há nenhuma residência em Haarlem que aprovaria esta proposta — diz Iris.

— Aprovação é uma coisa valorizada demais — diz Caspar, papagueando seu professor. — Aprovação e desaprovação, ambas só satisfazem àqueles que as impõem mais do que àqueles que as recebem. Não me importo com aprovação e não me importo de ir levando sem ela.

Joga a galinha sobre a mesa e vira-se, com súbita exultação, e segura os pulsos de Iris em suas mãos.

— Diga que vem — fala. — Vai ser divertido. Seria como uma irmã para mim aqui. Ele é capaz de ser velho e infeliz quando o trabalho vai mal, ou velho e pomposo quando vai bem, mas de qualquer maneira vai ser sempre velho, e mais velho a cada minuto. Precisa de você por sua ajuda, mas eu preciso de você por sua companhia. Tente de qualquer maneira. Tente, Iris. Diga que vai tentar.

Ela se vê apanhada então, apanhada em suas mãos, como um pássaro que pousou num peitoril de janela, procurando uma migalha. Embora só segure os seus pulsos, eles parecem, neste momento, a única parte do seu ser que está verdadeiramente viva. Ela está latejando ao longo dos antebraços e suas mãos estão amortecidas. Seus pulsos doem com intensidade. A pele nas palmas das mãos dele é macia e quente, a coisa mais quente que ela já sentiu; suas palmas são como almofadas, seus dedos são juntas ornadas de intenção. Se ele apertar as mãos, os pulsos dela vão se romper e sua vida se esvair do coração através das veias abertas.

— Não posso — diz ela subitamente —, não posso de modo algum, nunca vou poder, não.

— Claro que pode! — diz ele.

— Não posso, não posso, não está vendo? — diz ela, e se vira e foge. Deixa o estúdio para trás e corre em direção do seu pequeno futuro e do casamento de sua mãe. Não pode passar anos, meses, semanas ali com Caspar; não pode passar um dia, uma hora. Não pode suportar outro minuto. Caspar não vê como ela arde por ele. Ela corre para deixá-lo para trás. Não se vira ao som de sua voz à porta. Ouve, em vez disso, a batida dos seus tamancos de madeira nas pedras redondas, uma pontuação ruidosa, sue única resposta à sugestão adorável, impossível: *Não não, não não, não não.*

Uma luz brilhante numa mesa cheia

O casamento. O pregador é um pouco pomposo e atormentado por um resfriado. Seus espirros ruidosos distraem a atenção da noiva e do noivo. Mas então, pensa Iris, que importa, pois mesmo em seu garbo nupcial Margarethe vale a pena ser admirada? Seu maxilar está levemente recuado e os dentes superiores se projetam numa mordida. Sua pele foi esfregada, sem dúvida, mas ainda que ela nunca mais atravesse um portal ensolarado em sua vida, ainda é irremediavelmente marrom como um ovo. Seu rosto é duro, até mesmo numa celebração, até mesmo num momento de triunfo.

Quanto a Van den Meer — ou Papai Cornelius, como se espera que Iris passe a chamá-lo —, parece mais deprimido do que outra coisa. Talvez Caspar esteja certo, e o casamento de Van den Meer com sua governanta seja um terrível erro. Embora a estirpe de Margarethe, duas gerações atrás, seja solidamente burguesa, e a memória do seu avô ainda acalentada em Haarlem... Lá está Van den Meer, o empresário, à porta de sua casa, cumprimentando os convidados que vieram para se banquetear, e o queixo caído no peito como se não viesse dormindo bem há dias. Estaria meramente atendendo à moralidade através desse casamento? Ou existe algum sentimento genuíno por Margarethe? É difícil dizer.

Assim como foi a festa matrimonial, começam as semanas do seu casamento: uma celebração no mais frio dos tempos, a primavera apenas uma esperança remota. Margarethe assume a sua cama conjugal sem nenhum comentário para as filhas. Isso deixa mais espaço para Ruth e Iris junto à lareira; podem ficar mais aquecidas. Mas em outras maneiras mais, além dessa, elas ficam distanciadas de Margarethe. Sua mãe decidiu que pode supervisionar o trabalho de casa e desempenhar muitas das tarefas ela mesma, mas uma cozinheira é necessária para preparar as refeições e manter a cozinha em ordem. Não demora, e ela contrata uma garota sem graça da Frísia cujas únicas virtudes, até onde Iris pode perceber, são uma aplicação incansável a qualquer tarefa que lhe é atribuída e uma timidez que a impede de fazer objeções. Seu nome é Rebekka e ela não se lava com freqüência. Cheira a batatas velhas.

Iris é designada para ser a ajudante de Rebekka de tempos em tempos, uma situação que ela abomina. Rebekka é tão desprovida de expressão! Além do mais, não tem opinião sobre os diabetes, dragões e gigantes do mundo. É verdade que se mostra bondosa para com Ruth, de uma maneira ausente, mas trata Clara e Iris como lamentáveis acessórios entre seus apetrechos de cozinha. Não olha para pinturas nem pensa sobre elas. Se tem lembranças de seu lar na Frísia, não se dá ao trabalho de as compartilhar.

— É muito fechada — diz Iris.

— Admita: ela é tão grossa como uma caçarola preta — diz Clara amargamente. — É uma tola e cheira mal.

— Palavras ferinas! Você critica todo mundo — observa Iris.

— Oh, não todo mundo — diz Clara de uma maneira precipitada. — Só todo mundo que está vivo, bem como a maioria das pessoas que estão mortas. Sinto-me bastante neutra em relação a qualquer pessoa que ainda não tenha nascido.

— Não gosto desse tipo de conversa. Desde o dia em que fomos ao moinho, você tem estado hostil. Sua companhia é desagradável.

— Não devia ter-me levado até lá. Era longe demais para patinar — diz Clara.

— Não sabia que ia ficar mal-humorada e estranha por causa disso. Onde está mamãe?

— Quer dizer Margarethe?

— Sabe a quem me refiro. Mamãe.

— Ela e Rebekka foram ao mercado comprar peixe e cebolas. Não é minha mamãe. — Clara planta as mãos nos quadris.

— É quase isso e nenhuma outra se qualifica melhor — diz Iris. — Não seja dura com ela ou vai descobrir como ela pode ser dura com você.

— Você está apaixonada por Caspar — diz Clara ociosamente. Apanha uma maçã e inspeciona a sua maciez marrom. — Acha que sou uma idiota porque sou mais jovem do que você. Mas não sou tão estúpida como Ruth. Posso lhe dizer isso.

— Tem muito mais bobagem na sua cabeça do que eu imaginava! — diz Iris. — Crianças-duendes, espíritos e teorias sobre romance! — Seu coração martela no peito. Aquilo a faz ficar de pé como uma mulher crescida, esfregando o avental para baixo com as mãos como se não suportasse a perda de tempo em mexerico inútil. — Não tem nada realmente melhor para fazer?

— Não tenho nada melhor para fazer — diz Clara. Sua voz começa a se alçar. — Quando foi que tive alguma coisa para fazer? Sou bonita demais para fazer outra coisa além de ser admirada! Mamãe me poupou da lama e da poeira, mamãe me afastou das pessoas comuns da rua, embora nossa família seja da robusta raça dos mercadores e nenhuma espécie de realeza. Agora Margarethe me protege da peste. Eu *apreciaria* a peste como uma mudança de rotina!

— Sshhh, isso é um pecado feio! — diz Iris. — E os cadáveres que vimos na rua estão apreciando sua mudança de rotina? Clara! Se está tão faminta de atividade, pegue a pá e tire as cinzas da lareira.

— Sou paparicada e adulada como uma flor, vou ser plantada no jardim de algum homem rico para que possa me admirar! — grita Clara. — Papai me acalenta por motivos estúpidos! Tudo o que é feito nesta casa repousa sobre mim! Por que acha que meu pai se casou com sua mãe? Para que não houvesse nenhuma mácula em minha reputação por ele ter uma velha harpia viúva na sua casa!

— Você é maligna — fala Iris com a voz entrecortada. — Como pode dizer tais coisas!

— Posso dizer muita coisa — fala Clara.

— É o que parece — diz Margarethe chegando na porta. Rebekka se oculta atrás dela.

Clara estava sentada numa banqueta. Ao ouvir as palavras de Margarethe, levanta-se lentamente e a encara. Clara mantém as mãos do lado do corpo num gesto formal. Não pede desculpas. Não pestaneja.

— Não sei se devo me sentir ofendida ou divertida — diz Margarethe. — Rebekka, coloque o peixe numa bacia d'água por enquanto e vá cuidar dos assoalhos e das camas no andar de cima. Não está batendo nas roupas de cama muito bem; os percevejos estão vicejando.

Rebekka, que parece desinteressada da tensão na cozinha, faz o que lhe mandam com o peixe e então desaparece pela escada dos fundos. Esse tempo todo Clara está em posição de sentido, e Iris, com um temor crescente, descobre que se sente responsável pelo impasse entre sua mãe e a nova meia-irmã.

— Iris — diz Margarethe —, vá procurar Ruth. Ela precisa de ajuda para se lavar de novo, eu acho. Está padecendo do mal das mulheres e se preocupa com isso.

— Mamãe — diz Iris numa voz cuidadosa —, não leve as palavras de Clara a sério. Ela ainda está sofrendo e aprendendo a ser uma filha numa nova família.

— Conheço Clara bem — diz Margarethe. — Conheço o seu tipo e sei como ela se desvia do seu tipo. Você não tem nada a temer de mim, Iris, nem Clara. — Ela sorri de uma maneira truncada. — Tudo o que interfere com a harmonia em casa é uma atenção insuficiente para com o Quarto Mandamento.

— Mas eu honro meu pai e minha mãe — diz Clara. — Honro a memória de minha mãe e o que ela me deu. E você não é minha mãe.

— O mandamento pede que você me obedeça como obedecia a ela — diz Margarethe. — Não posso exigir o seu coração, Clara, e não desejo isso. Mas seu comportamento deve refletir sua compreensão do meu lugar nesta casa. Não tolerarei seu abuso. Está entendido?

— Eu entendo — diz Clara — que não vai tolerá-lo.

— E vai orientar o seu comportamento de acordo com o seu entendimento?

— Eu entendo — diz a menina — que não vai tolerar abuso. Meu comportamento é uma coisa que muda de hora a hora, de dia a dia. Vamos ter de ver, não é? Pois existem coisas que eu não tolerarei também. — Ela começa a se afastar da cadeira.

Margarethe não bate em Clara por insolência nem a consola com um abraço. Simplesmente diz num tom calmo:

— Rebekka está se sentindo mal hoje e acabei de saber que vamos ter convidados para o jantar. Seu pai convidou Mestre Schoonmaker e seu aprendiz. Vamos precisar preparar o salão para os convidados. Vou requerer a sua ajuda.

— Requeira o que quiser — diz Clara, e deixa o aposento.

Margarethe respira pesadamente, mas só por um momento. Então, ignorando Iris, começa a arranjar os implementos para uma tarde de cozinha.

— Mamãe — diz Iris —, deve sentir como Clara ainda está infeliz com a morte da mãe.

— Eu vejo como você ficou abalada com a morte do seu pai, minha boa filha — diz Margarethe. — Você é o meu padrão para julgar o comportamento de Clara, Iris.

— Eu sou mais velha — diz Iris.

— Quase nada — diz Margarethe. — E não teve ninguém com quem pudesse aprender. Ruth poderia dar-lhe um exemplo?

— Bem — disse Iris, surpreendendo-se de certo modo —, na verdade Ruth me deu um exemplo. Ruth foi muito corajosa quando papai morreu. E nós todas escapamos, daquele jeito, como pássaros negros voando à noite...

— Ruth não sabe ser corajosa ou covarde mais do que um pedaço de pão — diz Margarethe rispidamente. — Não a mandei ir vê-la? Me deixe em paz.

No galpão, debaixo de uma mesa de ferramentas e vasos, Ruth está deitada com as mãos entre as pernas.

— Ora, venha — diz Iris —, não é tão terrível assim, Ruth! Venha comigo e vou ajudá-la a lavar-se e envolvê-la num pano limpo.

E pensa consigo mesma: não há um fim para o que temos de suportar, até mesmo nós, cujas vidas estão relativamente a salvo?

Quando termina de ajudar a irmã, sobe furtivamente as escadas dos fundos para encontrar Clara e a consolar. A menina está sentada numa cadeira de espaldar reto olhando pela janela para a rua lá embaixo.

— Ela pode ser a esposa do meu pai — diz Clara com uma clareza fria em sua voz —, mas *não* é a dona desta família. Não da família a que pertenço. Lamento que papai não tenha deixado isto claro para ela. É um erro.

— Você não é suficientemente velha para ser a dona da casa do seu pai! — diz Iris com franqueza. — E pense em todo o trabalho que cairia sobre os seus ombros se fosse!

— Estou começando a pensar que apreciaria a responsabilidade de um bom dia de trabalho — diz Clara. — Que mais tenho eu? Não quero sair de novo, nunca mais. Mas também não quero morrer de tédio.

— Tenha cuidado com o que exige da vida — diz Iris. — Se o que quer é trabalhar, então desça comigo e me ajude a arrumar a mesa para os convidados.

— Faça você mesma — diz Clara. — Estou ocupada me aborrecendo.

— E aborrecimento é coisa que você sabe fazer muito bem — diz Iris, um tanto maldosamente. Deixa a menina sozinha. Iris pensa: é meu papel na vida promover a paz entre todas as partes? E por que deveria ser assim?

A comoção na cozinha oportunamente desvia os problemas. Há pães a ser retirados do forno, frutas a ser escolhidas, queijos a ser liberados de suas cascas e taças a ser retiradas do guarda-louças. Só quando se ouve uma batida na porta ela percebe que vinha evitando o fato mais óbvio: Caspar vem para jantar, assim como o Mestre.

— Não posso atender à porta, meus cabelos estão saindo da touca — diz ela.

— Vá e esqueça os cabelos. Quem vai se preocupar com os *seus* cabelos? — diz Margarethe.

— Rebekka, vá você — diz Iris, mas Rebekka está sentada diante do fogo com mais do que a sua costumeira apatia e não presta atenção a Iris.

— Faça o que mandei — diz Margarethe para a filha, bruscamente, quando a batida à porta se repete.

Então Iris vai e escolta Caspar e o Mestre até o salão principal, onde Van den Meer está sentado inalando o fumo apagado no fornilho do seu cachimbo.

— Cidreira, macis e alecrim — diz Van den Meer ao Mestre. — Não sustento que possa curá-lo de vermes, mas delicia as narinas. Prove um pouco.

— Vim para trabalhar — diz o Mestre —, se está lembrado. Uma hora de esboços enquanto sua família come.

Caspar fala de lado para Iris:

— Você está para desaparecer na cozinha, mas não faça isso. Não precisa fazê-lo agora. Esta é sua casa. Você mora aqui. Não pode sentar-se e conversar comigo um pouquinho?

— Nossa cozinheira está passando mal — diz Iris, observando o chão como se fosse um lago congelado prestes a romper-se debaixo dos seus pés. — Preciso ajudar mamãe com os preparativos. Vamos ter tempo de sobra para conversar quando o trabalho estiver terminado.

— Então *vou* aceitar um pouco de tabaco, senhor — diz Caspar a Van den Meer.

— Não o ofereci a você, rapaz — diz o anfitrião, e Iris nota o rosto de Caspar cair enquanto deixa a sala para voltar ao trabalho do lado de sua mãe.

— Estão aqui como convidados de Papai Cornelius ou como artistas? — diz Iris.

— O Mestre pediu um favor — diz Margarethe. — Está trabalhando numa encomenda para uma família de Amsterdã, pelo que sei, para pintá-los agrupados em casa. Quer mostrar-lhes alguns esboços de uma família à mesa e veio estudar-nos e desenhar-nos enquanto comemos nossa refeição. Penso que Schoonmaker deveria comprar os suprimentos para esta refeição, já que vai se beneficiar de nos ver comendo. Papai Cornelius discorda. Papai Cornelius ficará arruinado se não cuidar de cada centavo.

Margarethe deposita o peixe reluzente numa prancha envernizada e indica a Iris que deveria levá-lo à mesa.

— Agora — continua sua mãe — devemos desempenhar o papel da família feliz para honrar o pedido que nos faz Papai Cornelius. Clara — chama —, Ruth, venham à mesa, para que possamos dar graças e provar nosso merecimento a Deus e recebermos estas bênçãos.

Ruth junta-se aos outros na mesa. Clara se recusa.

— Iris — diz Margarethe numa voz um tanto pública —, por favor avise a sua nova meia-irmã que ela deve vir para a mesa imediatamente.

— Mamãe — diz Iris ao voltar —, ela diz que não tem fome e que não vem.

— Iris — diz Margarethe, sorrindo enquanto serve os convidados —, queira dizer a sua nova meia-irmã que, se não vier imediatamente, ela não vai comer esta noite e não vai comer amanhã também.

— Margarethe — diz Van den Meer —, isso é necessário?

Mas Margarethe o fuzila com um olhar.

— Vou comportar-me como achar apropriado. Pediu-me para fazê-lo e confiou-me a autoridade — diz Margarethe. — Iris, faça o que mandei.

Iris volta com uma Clara sorumbática e corada.

— Sente-se à minha esquerda, onde posso tê-la à mão se precisar corrigi-la — diz Margarethe.

— Meu lugar é ao lado do meu pai — diz Clara.

— Seu lugar é onde eu digo — fala Margarethe.

— Deixe a menina colocar o traseiro onde quiser — diz o Mestre, tomando um grande gole de cerveja preta, mas Margarethe lança um olhar glacial e ele silencia.

— Papai — diz Clara. — Papai.

Cornelius van den Meer ergue o olhar para o teto. Estuda os candelabros enquanto diz:

— Meu império de negócios exige de mim que lide com investidores exigentes, ratos e esquilos que roem os bulbos de nossas flores, a inconstância do público comprador, a ameaça de hostilidades aceleradas com a Espanha. As querelas de uma mesa de jantar não são minha preocupação e agradeço a Deus por isso. Desposei uma mulher para organizar os afazeres dentro destas paredes e, Clara, você vai obedecer a ela ou vai obedecer a ela; é tudo o que tenho a dizer.

Clara ocupa o assento à esquerda de Margarethe. Seu doce rosto parece vazio e tenso. Margarethe se levanta e movimenta-se ao redor da mesa, praguejando levemente que Rebekka parece muito indisposta para desempenhar seus deveres. Com orgulho maldisfarçado, Margarethe serve na melhor porcelana chinesa Ming. Leva porções de comida aos convidados e ao seu marido. Coloca então dois pratos cheios diante de Ruth e de Iris.

— Mas eu não quero comer isto — diz o Mestre, beliscando um pedaço de comida e pondo-se de pé de novo. — Estou aqui meramente para fazer esboços com um giz vermelho. Passe isto adiante.

— Ainda não tenho um prato — diz Clara. — Vou ficar com este.

— Você vai se sentar quando for mandada e comer quando eu lhe der permissão — diz Margarethe. Oferece seu sorriso mais doce ao Mestre. — Deixe seu prato onde está. Certamente vê como a luz da vela cai belamente sobre ele; poderá desenhar com mais precisão nesta luz brilhante.

— Precisa menos para ser desenhado do que para ser comido — diz o Mestre com uma jovialidade forçada. — Passe o prato para Clara, por mim está bem.

— Aqui não há suficiente? Eu não preciso comer — diz Caspar, erguendo seu prato e passando-o adiante.

— Vocês todos estão decididos a me sabotar? — diz Margarethe. Levanta-se e bate na mesa com um colherão de prata. — Eu sou a mãe aqui! E nenhum de vocês está disposto a reconhecer a minha posição?

No silêncio, Iris vê que até Papai Cornelius parece ligeiramente alarmado, um alarme que ele consegue disfarçar quando seus olhos se encontram brevemente com os de Iris.

— Fazemos o que você manda — diz Van den Meer com uma voz fraca mas firme — ou não comemos nesta mesa.

— Bem, aparentemente não estou comendo nesta mesa, de qualquer modo, então o que isso significa para mim? — diz Clara.

— Não vou desenhar aqui se minha presença vai deixar alguém com fome — diz o Mestre.

Não fica muito claro o que vai acontecer a seguir; o salão caiu no silêncio. Iris olha de uma pessoa para outra, e Ruth esconde o rosto no avental. Clara senta-se ereta e não é mais uma criança, mas um jovem adulto, com o desprezo exacerbado que esse tipo de criatura tem para com a autoridade. Seu lábio inferior pára de tremer e suas sobrancelhas se juntam. Parece que vai levantar-se da mesa e jogar algo sobre Margarethe.

Antes que possa fazê-lo, um som da cozinha leva todas as cabeças a se virarem. Margarethe não se mexe e Iris está intrigada demais pela dinâmica da discussão para deixar o seu banco. Então é Ruth quem segue em seus passos incertos e cautelosos até a porta da cozinha para ver o que criou tamanha confusão.

Parando, Ruth volta à mesa. Um pânico branco tomou conta do seu rosto. Ela treme e, para espanto de todos, assume uma expressão no rosto que todos podem ler. Agarra seu próprio pescoço e esbugalha os olhos. O gargarejo em sua garganta pouco educada completa a mensagem. Rebekka está doente, doente ou foi golpeada, ou está desmaiada, ou morta.

Vento e maré

— O diabrete de novo! — diz Iris; ela não pode se conter. Mas na comoção ninguém lhe dá ouvidos, e ela reprime a ânsia de repetir o alerta, caso um diabinho dentuço de pêlos ruivos esteja agachado debaixo da arca ou esgueirando-se por entre as cinzas, à escuta. A fúria no rosto de Margarethe é tempestade interior e sobre o telhado e contra as janelas o vento se levantou. A casa está sitiada.

Margarethe empurra Ruth para o lado e olha mais de perto Rebekka.

— Vá buscar o médico, Caspar — rosna. — E vocês, meninas, saiam, fora daqui. Todas vocês.

Caspar está na porta, enrolando sua capa até o queixo, quando há uma batida forte. Ele se assusta e também Iris e Ruth, que estão com ele nas sombras do vestíbulo, mexericando e preocupando-se com Rebekka. Caspar começa a abrir a porta lentamente, espiando por trás dela para ver quem poderia estar chegando a esta hora. Mas o vento golpeia quando ele abre a tranca e a porta é arremessada para dentro com um ruído.

— Vento forte, é apenas isso — diz Caspar para Ruth, que se encosta na parede como se mais espíritos estivessem lá fora no escuro galopando em seus corcéis espectrais no ar barulhento. Galhos estalam e no viveiro ouve-se o ruído talvez de uma mesa tombando subitamente, ou seria mais maldade em ação? E ali, na porta, um homem corpulento numa capa verde pesada, uma mão no ar prestes a bater na porta de novo.

— Traz este vento com o senhor, cavalheiro? — grita Caspar no que até Iris pode ver que é uma voz de falsa coragem. Mas é um gesto bondoso destinado a consolar Ruth, cujos olhos a esta altura estão despejando lágrimas até o queixo, que ela segura em seus punhos crispados.

— Não use palavras jocosas comigo — grunhe o forasteiro. Sua voz é áspera e desafinada, como se estivesse rouco de tanto gritar ao vento. — Deixe o canalha do Van den Meer vir ouvir as notícias ele mesmo, quero só ver a sua cara.

— Não é hora para isso — diz Caspar, aprumando-se, ofendido com o tom do forasteiro. — Ele está ocupado por uma crise doméstica.

— Chame o homem ou vou empurrar você e trazê-lo eu mesmo — diz o estranho. Sem pensar, Iris coloca sua mão no ombro de Caspar, uma quieta desculpa pela rudeza do homem, e ela sente o aprendiz tremer.

Que ela seja capaz de fazer tremer um jovem rapaz!

Mas o jovem rapaz, o seu jovem rapaz, Caspar, não é páreo para o visitante, que usa seu peito largo para empurrá-lo de lado como um touro demoliria um cão importuno.

— Van den Meer — grasna o visitante —, há notícias das dunas e das ruas. Venha ouvi-las de mim antes de ouvi-las de outros!

É Clara quem aparece primeiro, não para encontrar um estranho; ela estava subindo as escadas correndo para fora da cozinha. Ao som da voz do estranho, ela pára na porta. O homem olha para ela com interesse. Subitamente Iris o reconhece: o estranho bondoso no cemitério que apoiou o queixo de Clara na sua mão.

Ele abaixa a cabeça e grita de novo:

— Van den Meer!

Clara não sobe os degraus no vestíbulo. Ela se vira e volta para a cozinha e sai pela porta dos fundos no vento e na noite, a caminho do viveiro, provavelmente.

Van den Meer deixa cair um trapo ensangüentado na soleira da porta da cozinha.

— Não foi buscar o médico ainda, está maluco? — grita para Caspar. — O que está esperando, seu retardado?

Ruth estremece, como sempre, quando esta palavra é usada.

Iris diz, numa voz que não usou anteriormente para Papai Cornelius.

— Ele está atendendo a quem bateu na porta. Não o critique por demonstrar cortesia...

— Iris — geme Caspar —, por favor!

E com isso ele se lança na escuridão e desaparece de vista.

— Que novo dissabor é este, então, Nicolaes van Stolk? — diz Van den Meer.

— Pegue sua capa e coloque sapatos resistentes se quiser ver sua fortuna crescer ou sumir diante de seus olhos — diz Van Stolk, irritado —, pois ao mesmo tempo que uma tempestade com ventos atravessa o oceano, jogando baleias e espalhando cardumes de arenque como flocos de areia das dunas, na verdade jogando as próprias dunas aos ares e formulando de novo aquela margem nada substancial que impede o dilúvio de Noé de punir os especuladores...

— Deus prometeu não nos punir de novo com o dilúvio, lembre-se das suas Escrituras — diz Van den Meer duramente. — Pena que quando Ele estava ocupado em afogar espécies inúteis não tenha incluído os mexeriqueiros de língua florida entre eles. Diga-me o que tem a dizer, você que ama as notícias mais funestas. E depois pode ir embora.

— Não está me ouvindo — diz Van Stolk. — Os mares estão encrespados e os ventos com força de vendaval e a maioria da população de Haarlem está nas areias à espreita de baleias...

— Que me importam as baleias? — diz Van den Meer ofegante. — Tenho uma empregada que está botando sangue do estômago e pode ser a peste...

— A peste — diz Iris —, não!...

— ...seus concidadãos estão de vigília e divisaram finalmente o navio que traz o seu carregamento fazendo pequenos progressos na tempestade. *O navio*, Van den Meer. Metade deles investiu na sua mercadoria, são investidores principais ou então teriam vendido suas ações para almas mais cobiçosas. Muitos dos seus amigos e vizinhos estão entre eles e têm mais a perder num carregamento naufragado até mesmo do que você. Você que se refestela na gordura da fortuna de outros. O mínimo que pode oferecer, seu aproveitador, é unir-se aos ansiosos e ficar de olho na sua mercadoria sobre as águas e ver como a mão de Deus trata aquele que prospera com a cobiça dos outros...

— Pare com a sua pregação — diz Van den Meer. — Irei lá porque é meu dever, mas se ficar perto de mim tagarelando eu vou afogá-lo na primeira onda que se apresentar.

O Mestre aparece na porta da cozinha para ver qual é a confusão.

— Seguramente — diz ele —, não vai sair quando sua cozinheira está perdendo sangue...

— É uma empregada nova — diz Van den Meer —, e, como Margarethe se casou comigo a fim de ter uma casa para administrar, isso faz parte da tarefa. Não permitirei... — diz ele, e repete numa voz mais forte. — Não permitirei que dois visitantes me passem sermão, um de cada lado do meu próprio vestíbulo!

Van den Meer e Van Stolk saem cambaleando na noite tempestuosa, na qual, apesar das nuvens e dos ventos crescentes, uma réstia de luz vespertina ainda se arrasta através do céu. O Mestre volta à cozinha, onde Margarethe pode ser ouvida fervendo um caldeirão d'água e pedindo que cortem limões em fatias. Caspar se foi há muito e Clara também. Mas Clara não pode ter-se aventurado muito longe. Não há lugar muito distante aonde possa ir.

Iris e Ruth olham uma para a outra. Ruth não gosta quando dois gatos da cozinha jogam as garras um contra o outro. Gosta menos ainda quando sua família briga. Fica sentada sobre suas ancas, anáguas e saias para todos os lados, o rosto sujo de tanto choramingar. Iris prende a respiração e estende uma mão para se apoiar na arca escura de carvalho.

— Ruth — diz Iris —, não deve se preocupar. Tudo vai acabar bem. O tempo está nas mãos de Deus e também o rumo da doença...

— Estão aí matraqueando como duas irmãs gansas quando preciso de sua ajuda? — grita Margarethe, para que as garotas venham assistir a mãe.

Rebekka é deitada sobre um pano perto do calor do fogo. Iris não pode se conter: ela estuda a cena em função da cor. O vermelho vivo do sangue vomitado há menos tempo, o marrom-tijolo do sangue mais antigo, salpicos mais secos, as escamas de peixe dourado da chaleira de cobre, as sombras marrons em que o Mestre trabalha preparando um cataplasma de alho e limões. O cheiro é feroz e até o gato parece ofendido e guarda distância.

— É a peste, como diz Papai Cornelius? — pergunta Iris.

— Não sou estudante de medicina. Estou meramente tentando ajudar a mulher a respirar — diz Margarethe. — Deus nos livre, a peste finalmente em nossa própria casa, para nos atingir justamente quando escapamos de todas as nossas vicissitudes. Eu devia botar esta moça numa carroça e largá-la na tempestade e deixar que Deus a apanhasse lá, se esta fosse a Sua vontade!

Mas ela não faz nenhum movimento para seguir seu próprio conselho, e Iris é mandada a buscar cobertores extras num armário do andar de cima, enquanto Rebekka parece inexplicavelmente enregelada, mesmo perto da lareira.

A cozinha é por demais assustadora para Ruth, e Clara ainda está sumida, por isso depois de um tempo Iris instala Ruth na cama de Clara e fica ao lado dela até que mergulhe num sono agitado. Iris cochila também. É tarde da noite quando o médico é finalmente localizado... nas dunas, com outras testemunhas do desastre que é inevitável... que poderia ser evitado... Esperem só...

A chegada do médico acorda Iris. Embora ela se agache na escadaria para poder escutar, não consegue ouvir seu relatório sussurrado a Margarethe. Mas, depois que o médico se vai, Iris se aventura, esfregando os olhos, fingindo que acabou de acordar.

— Papai Cornelius ainda se atormenta na praia, onde a tempestade assumiu maior fúria, segundo diz o doutor — fala Margarethe. — Não sei como os cidadãos desta cidade se entregaram a estes investimentos. Tulipas, sim, a paixão louca de investir, de ganhar dinheiro com a especulação? Se este carregamento for perdido, minha menina, estaremos em outra dificuldade. Por isso, se a peste tomar conta desta casa, poderíamos muito bem estar escapando a este triste dilema.

— Mamãe — diz Iris. Ela boceja. — São coisas adultas, e eu sou uma criança.

— Você é menos criança do que sua irmã mais velha e preciso de algum consolo esta noite — diz Margarethe. — O Mestre voltou ao seu estúdio, pois não há mais nada que possa fazer. Prepare-me um chá fraco enquanto continuo com este trabalho horrendo e Rebekka mais ou menos morre no meu colo.

— Clara saiu para o viveiro. Ela já voltou? — diz Iris.

— É problema dela, ou pelo menos foi o que me disseram — fala Margarethe.

— Mamãe — diz Iris. — Por favor. Ela é só uma criança...

— Vá encontrá-la e cuide dela você mesma — diz Margarethe —, depois que eu tomar minha tigela de chá para me acalmar e manter alerta. Papai Cornelius não vai ouvir sermões de seus visitantes e eu não vou ouvir sermões de minha filha. Não me importa nem se Clara pegar a peste...

— Mamãe — diz Iris.

— Se existe uma fortuna a ser herdada, caso o carregamento chegue a salvo — diz Margarethe —, você se beneficiaria mais se Clara estivesse na sua sepultura.

— Oh, a senhora não está com o pensamento em ordem! — diz Iris. Ela não sente vergonha, mas se preocupa, pois a mãe tem um olhar perturbado. — Descanse, mamãe, e deixe-me passar a esponja em Rebekka. Não parece coisa sua, não deve dizer tal coisa.

— Encontre Clara, então, e cumpra o dever da caridade — diz Margarethe —, mas só depois do meu chá. — Ela fecha os olhos por um momento e diz num sussurro. — Claro que eu não sinto essas coisas terríveis que disse, Iris. Claro que não.

Iris faz o chá o mais rápido possível e foge da cozinha transformada em enfermaria.

O galpão está escuro e frio e, no entanto, ainda quando ele range sob os açoites do vento e da chuva, há um cheiro de primavera, de solo e dos cabos úmidos das ferramentas.

Clara está deitada debaixo de uma mesa com bulbos de tulipa próximos do florescimento. Seus olhos rolaram para o alto da cabeça e por um instante Iris acha que Clara sucumbiu à peste também. Mas é apenas um cochilo sombrio do qual Clara desperta sobressaltada ao sentir Iris se aproximando.

— Quem está aí? — grita Clara.

— Sou só eu — diz Iris. — Por que está aqui fora, quando a comoção tomou conta da sua família lá dentro?

Clara se deixa abraçar e chora nos braços de Iris. Não responde à pergunta. Diz apenas, numa voz entorpecida, como para si mesma e sem expectativa de uma resposta de sua meia-irmã. — Oh, o que vai ser de mim?

A menina das cinzas

A morte de Rebekka é um estudo em contrastes com a morte, apenas seis semanas antes, de Henrika. Rebekka é enfaixada e levada de carroça imediatamente, e se há um culto para a coitada, ou se alguém tenta informar qualquer resquício de família que ela pudesse ter na Frísia, Iris nunca fica sabendo. Rebekka deixa a casa tão quieta e anônima quanto chegou. Talvez o diabrete da casa esteja enjaulado no corpo de Rebekka e tenha sido evacuado assim?

Talvez. A tempestade passou e, contra todas as expectativas, o navio trazendo o precioso carregamento de tulipas conseguiu subir o Saarne cheio de gelo, mas ainda navegável, e encostar na atracação. O navio não afundou, não houve Leviatãs lançados sobre a praia: no dia seguinte as pessoas se queixam de que perderam o sono em função de uma possibilidade apenas remota de desastre. Mas, Iris está percebendo, esta é a maneira que elas têm de minimizar sua própria ansiedade. Se o carregamento tivesse sido arruinado, um número de investidores de Haarlem teria sofrido sérias perdas.

Van den Meer se gaba de como recebeu o capitão e o escoltou até uma estalagem para um rum quente e uma gratificação extra de um pequeno saco de moedas de ouro. Um retorno triunfal! Van den Meer passa mais tempo longe de casa do que antes. Demora-se no bar onde o colegiado dos negociantes de tulipas se reúne. Discursa sobre arregimentar novos investidores para outro carregamento. Não parece notar que Margarethe está mais estrita e possessiva em relação à casa, ou, Iris se pergunta, seria este um dos motivos que o fazem passar tantas horas longe?

À medida que Margarethe passa menos tempo na cozinha e pode ser vista desfilando pelas ruas de Haarlem em roupas novas, Clara assume o posto ao lado da lareira-fogão. Abandonou a maneira juvenil de se vestir que Henrika preferia. Clara se veste com trajes simples, adequados a uma criada. Decidiu que não se importa em cumprir as tarefas, diz a Iris e Ruth. Na verdade, prefere aprender pequenos truques de culinária em vez de questões de gramática italiana ou passagens difíceis em exercícios de teclado.

— É um local privado, a cozinha — diz simplesmente, e com isso Iris suspeita que ela queira dizer: *Agora que Margarethe não está mais aqui.*

E de repente a estação da Páscoa cai sobre eles! Finalmente! Os céus clareando, o retorno do tempo quente, a hilaridade das crianças que já podem sair de casa, com roupas menos pesadas, com pernas mais compridas do que as que tinham na estação anterior. Iris quer correr com elas, errar pelos campos e campinas, mas, se Clara está se tornando uma jovem mulher, Iris também. Chega o dia em que é a vez de Iris de exsudar e ficar afetada como as mulheres ficam. Ruth deita-se com ela e coloca as mãos no estômago de Iris para confortá-la e Clara fica parada à porta com um ar repugnado.

— Seria possível imaginar pior provação? — diz Clara, tratando Iris como um horrível espécime numa aula prática de medicina. — Espero que tal problema nunca me atinja.

— Vá embora — diz Iris, que não consegue ser gentil enquanto suas partes inferiores apertam e doem.

As coisas se aquietam. Caspar chega com a palavra de que o Mestre espera ver Iris no seu estúdio, pronta para aprender a desenhar, pelo menos, e a ajudar quando o aprendizado a deixar preparada. Iris não vai sequer pedir a permissão de Margarethe, pois sabe qual seria a resposta. Além do mais, ela chegou à conclusão de que o que sente por Caspar é amor, puro e simples... bem, agora já não é velha o suficiente para saber o que é o amor? E ela não vai agüentar ficar tão perto dele todo dia sem se declarar. E não tem coragem para isso.

Ruth não demonstra muito interesse quando ouve sua irmã e sua meia-irmã conversando. Ruth começou a prestar mais atenção aos animais da casa — o gato, as galinhas, os camundongos que podem ser salvos do gato e mantidos numa pequena gaiola de arame até morrerem. Seria apenas que a família está ficando mais velha e existem mais diversões? Ou Ruth na verdade parece estar florescendo, talvez devido às ausências crescentes de Margarethe? Margarethe se recusa a contratar outra jovem da rua para fazer o trabalho da casa, por medo que a peste volte e finque o pé na casa como ainda não conseguiu fazer. Então Clara faz a maior parte das tarefas e Iris supervisiona e se entedia e sonha com Caspar, e Ruth fica com seus animaizinhos, com o porte mais ereto, e parece ver o mundo com um olhar mais seguro do que antes.

É Clara quem, com uma expressão um tanto oblíqua, finalmente diz a Iris:

— Só você está infeliz agora. O que está esperando?

— Não sei o que quer dizer — fala Iris, dobrando uma roupa lavada que tomava ar na luz revigorante de abril.

— Não há motivo para que não vá ao estúdio de Mestre Schoonmaker aprender algumas coisas sobre desenho, se quiser.

— O quê? E deixá-la para cuidar sozinha de toda a casa? — diz Iris. — Posso não gostar de supervisioná-la no trabalho doméstico, mas mal poderia pensar em abandoná-la aqui.

— Não se preocupe — diz Clara. — Isso me aproxima de minha mãe, fazer as coisas que ela fazia. Não me importa que Margarethe esteja se tornando o orgulho de Haarlem, fazendo amizades e gastando dinheiro. A casa fica mais quieta quando ela sai. Tenho um pouco do que quero. Por que você não deveria ter? Não deseja pintar?

— Não sei se é o momento apropriado para pintar — diz Iris.

— Pode não ser comum — diz Clara —, mas certamente não é nem impossível, nem ilegal. O Mestre não lhe diria se o fosse? E por que se preocupa com as aparências, de qualquer maneira?

Iris respira fundo.

— O Mestre já tem um estudante, Caspar — diz ela.

— E qual é o problema? Além do mais, não se interessa por ele? — diz Clara. Sua franqueza surpreende Iris. — Terá mais motivo ainda para passar um tempo com ele. Uma oportunidade de conhecê-lo melhor!

— Não seja ridícula — retruca Iris. — Você não quer ser enjaulada na concha de algum casamento estúpido, Clara, mas não se deixe enjaular por sua própria experiência limitada também. Deve ser capaz de enxergar a minha situação difícil. Não sou bonita como você, não estimulo interesse como você.

— Caspar é muito amigável com você — diz Clara numa voz calma, sem se ofender. — Você não é uma pessoa enfadonha, Iris, e, apesar de toda a sua falta de graça, é interessante de se olhar. Por que se trancar em sua própria jaula quando alguém está lhe oferecendo uma chave? Por que não aprender um ofício passando o tempo com pessoas que se importam com você? Diga apenas o que Margarethe diria: dê-me espaço suficiente para lançar o meu arpão e deixe que tudo o mais aconteça como acontecer.

Iris não preza muito esse sentimento. Ela retruca:

— Não posso deixá-la cuidando da cozinha sozinha, Clara.

— Ruth pode dar uma mãozinha quando eu precisar de ajuda — diz Clara. — Se não pedir a permissão de sua mãe, Iris, eu pedirei por você.

Iris lentamente coloca o rosto entre as mãos. Haverá algum sentido no que Clara está sugerindo?

— Você devia pelo menos saber — diz Clara. — E se estiver errada e Caspar puder se sentir apaixonado por você? O que seria se perdesse a oportunidade de saber?

Ouve-se um grunhido. Iris olha através dos seus olhos úmidos. Ruth chegou à porta e talvez tenha ouvido a conversa. Está acenando com a cabeça para Iris e sorrindo de um modo encorajador.

— Ruth vai me ajudar quando eu precisar, não vai, Ruth? — diz Clara.

Ruth concorda com a cabeça, coloca o gato no chão e arregaça as mangas como para começar a esfregar um assoalho.

— Tudo bem, então — diz Iris. — Vou ver se posso juntar a coragem para falar com mamãe.

— Faça isso — diz Clara. Ela larga a pequena vassoura da lareira e subitamente, com um riso abafado, mergulha as mãos nas cinzas. Esfrega as bochechas e a testa. — Não sou mais nenhuma beleza, sou uma simples garota de cozinha, uma menina das cinzas, feliz com a minha fuligem e o meu carvão.

— Não faça isso — diz Iris —, me faz estremecer. Na Inglaterra temos um jogo de crianças sobre flores e cinzas. Junte uma braçada cheia de rosas, um buquê de flores luminosas; cinzas, cinzas, cinzas, e para baixo vamos todos. É uma cançoneta simples para criancinhas brincarem, caminharem, tropeçarem e gritarem, mas alguém me disse certa vez que era uma brincadeira derivada do medo da peste e que as cinzas são aquelas em que nos transformamos se a peste tomar conta de nossas vidas. Por isso, não seja a menina das cinzas, nem mesmo de brincadeira. Você é muito boa.

Iris pensa na oferta de Clara e corrige seu comentário:

— Você é boa demais.

Clara morde o lábio.

— Não, *você* é que é boa, mas que simplória! Não vê que estou meramente cuidando de mim mesma, como de costume?

Iris não sabe se isso é estritamente verdade. Clara tem andado triste, amargamente afastada das possibilidades de sua vida, mas seria ela incapaz de bondade? Isso faria dela uma espécie de belo monstro.

Clara encolhe os ombros como se pudesse ver esses pensamentos no rosto de Iris. Ela continua:

— *Não* me importo se você é feliz ou não, de verdade. Mas, se sair de casa, fico mais segura na minha cozinha. Quanto mais necessária, mais à vontade no meu canto. Chame-me de Duende das Cinzas — diz Clara, ficando mais ereta por trás da sua máscara de cinzas. — Chame-me de Menina das Cinzas, Cinderela, não me importa. Estou a salvo na cozinha.

Garbo

— Tão rude cebola como eu pode ser levada a parecer-se com uma rosa — diz Margarethe com prazer. — Que acham de mim agora?

Ela desfila para cima e para baixo sobre o piso de lajes pretas e brancas em seu novo garbo. Iris aperta as mãos para evitar que elas se retorçam. Sua mãe parece menos uma rosa do que uma pilha de flores encalhadas num fim de feira, amontoadas sem nenhuma preocupação quanto ao efeito. Iris sempre pensou que Margarethe fosse dona de um bom gosto sóbrio. Agora ela percebe, com um susto, que foi a pobreza que manteve Margarethe em agradáveis tons marrons, pretos e brancos. Deixada a seus próprios critérios e provida de uma bolsa decente, Margarethe acabaria se parecendo mais com uma marafona.

Mas Margarethe não nota a reprovação de Iris. E Ruth bate palmas em apreciação e dá risinhos abafados diante da transformação. Clara, que veio da cozinha com uma cesta de nabos nos braços, diz meramente:

— Isso me enche de uma estranha alegria — e se afasta.

— Eu devia imaginar que sim — diz Margarethe, sem captar a ironia no tom de Clara.

— As cores — diz Iris, porque não pode pensar em outro comentário.

— E o acabamento... eu não ousaria usá-las nas ruas — diz Margarethe. Ela desenrola uma peça de tecido e tira um par de requintados sapatos brancos, num couro trabalhado tão macio a ponto de caber nos pés como uma pele. O couro tem um brilho oleoso que faz com que pareçam sapatos de porcelana ou de vidro fosco.

— Dificilmente úteis nas ruas de Haarlem — diz Iris, sem poder se conter. — Por mais que os holandeses limpem a si mesmos e aos seus cavalos.

— São para serem usados quando eu sair de carruagem, de uma porta a outra. Ouvi alguma reprovação em sua voz? — diz Margarethe. — Por que não deveria me mostrar bem apresentável?

— Por favor — diz Iris —, não quis ser rude. São macios como luvas, não são? Onde vai usá-los?

— Estes sapatos abrirão portas que ainda estão fechadas para nós — diz Margarethe.

— Seria um espetáculo e tanto — diz Iris. — Quer dizer que eles são capazes de abrir portas com um chute?

— Oh, os ares cômicos dos jovens — diz Margarethe, mas sem rancor. — Coloque-os no guarda-roupa e embrulhe os sapatos cuidadosamente de novo para protegê-los de marcas e sujeira. Não sabe do que sua mãe é capaz em seu favor.

— E em seu próprio favor — diz Iris numa voz calma.

— Numa família, o bem de um membro avança o bem de todos os membros.

— Bem — diz Iris —, então posso propor o bem deste membro pedindo-lhe permissão para assumir uma posição, somente por algumas semanas talvez, como associada no estúdio do Mestre? Ele acha que eu posso aprender os rudimentos do desenho, enquanto o ajudo na preparação das cores e dos vernizes e esticando as telas e os linhos...

— Acho que não — diz Margarethe, admirando-se no espelho na extremidade do salão. — Ele está enchendo sua cabeça de idéias e eu desaprovo.

— Não faz mal algum a uma garota aprender um ofício... — começa Iris.

— Não vou querer que seja assistente de ninguém — diz Margarethe. — Não quando podemos pagar para você aprender as coisas que as meninas mais ricas aprendem. Um pouco de francês, talvez, um pouco de italiano. É tão inteligente quanto Clara, embora não tenha começado tão cedo, e agora dispõe de tempo para se adiantar nos estudos. Clara pode cuidar da nossa Ruth.

— Quero ir ao estúdio — diz Iris — não só para assisti-lo, mas pelo que posso aprender ali. Estou sendo egoísta, mamãe. Desejo aprender algo que me interessa. Não quero tagarelar em francês.

Clara enuncia da cozinha, numa voz agradável, uma longa frase declarativa, em francês. Talvez ela saiba o que está fazendo, pois Margarethe ruboriza — incapaz de entender — e fica parada ali por um momento, perdida. Finalmente, numa resposta, e igualmente alta:

— Se Clara está disposta a executar as tarefas domésticas que vocês duas poderiam fazer juntas, talvez eu possa liberá-la.

— *Merci* — diz Clara, e todas entendem isso. E Iris vê que é beneficiária do desejo de Clara de ficar em casa, tenha Clara tencionado ajudá-la ou não.

No dia seguinte Iris se embrulha numa capa e pega uma cesta de pães e um pote de conservas e segue através das ruas molhadas, banhadas de sol. Haarlem está se arrumando com o costumeiro orgulho. Peitoris de janelas são espanados, bronzes polidos, janelas lavadas, jardins cuidados, pães postos a esfriar nos peitoris. Iris percebe que há um propósito nos seus passos, que tem algo a ver com o seu coração, mas também tem algo a ver com suas próprias mãos. Elas estão ansiosas e prontas para lidar com um pouco de giz vermelho, para tentar algumas linhas iniciais no papel.

O Mestre e Caspar estão ocupados ajeitando pinturas numa pilha inclinada, as pinturas menores mais perto da parede, as maiores encostadas cuidadosamente num ângulo sobre elas, cada uma a poucos centímetros de distância da outra, de modo que há um intervalo de ar protetor entre elas. O rosto de Caspar se ilumina ao ver Iris na porta, mas o Mestre está carrancudo e mal parece notar.

— Se é pão de presente, coloque-o na cozinha — diz ele. — Caspar, vamos pegar a Anunciação a seguir, aquela em dourados.

— Vim ao estúdio, não à cozinha — diz Iris.

— Então você e Caspar levantem estas pinturas maiores e me deixem voltar ao retrato do Burguês Barrigudo antes de acordar por completo da cerveja da noite passada. Me dá um nó no estômago pensar no tempo que passo glorificando pessoas insignificantes e só posso suportar isso quando estou parcialmente adormecido ou parcialmente bêbado e, no momento, estou ambas as coisas. E não falem comigo. Não estou com paciência para mexericos ociosos.

— Um mexerico por dia é o suficiente, não é? — diz Caspar, piscando para Iris.

Ela percebe que a piscada de olho, embora dirigida a ela e destinada a envolvê-la na atmosfera, é uma observação sobre o Mestre.

— Que mexerico seria este? — diz ela, largando a capa e a cesta e seguindo Caspar até uma sala lateral onde mais pinturas estão inclinadas no escuro.

— Um mexerico para pintores e carreiristas sociais também — diz Caspar.

— Felizmente não sou nem uma nem outra coisa, por isso posso ouvir a notícia sem excitar demais o meu coração — diz Iris, cujo coração já está bastante excitado, por se encontrar num espaço escuro e apertado com Caspar inclinando-se com um ar de conspiração para sussurrar-lhe algo.

— Numa festa na noite passada correu o rumor de que Maria de Medici vai passar duas semanas em Haarlem. É a viúva de Henrique IV e a rainha honorária de França. Instalou uma residência em Amsterdã recentemente, onde choca os comerciantes procurando-os diretamente e regateando os preços. É um velho touro.

— Imagino que até a realeza deva viajar às vezes — diz Iris. — Isso não chega a valer nenhum dissabor.

— Comenta-se que ela teria dois objetivos — diz Caspar. — Convocou uma exposição dos melhores pintores holandeses vivos para que possa escolher aquele que vai pintar o que ela considera seu último retrato; ela tem 65 anos de idade e encara o sombrio espectro da morte. Por isso os pintores estão agitados para selecionar seus dois ou três melhores trabalhos e submetê-los aos governadores de Haarlem. Todo mundo espera ser convidado para a mostra e talvez até conhecer a rainha. Ela promove um certame semelhante em Amsterdã e talvez de novo em Roterdã ou Utrecht, embora Roterdã não possua a capacidade nativa para a pintura que Haarlem possui.

— Daí... Anunciações? — adivinha Iris.

— Ela é de Florença, cidade muito católica — diz Caspar, tentando erguer a moldura de um imenso painel e gesticulando para que Iris faça o mesmo. — Não terá a mesma aversão a temas de devoção que nós, amigáveis calvinistas, temos. Mas não estaria o Mestre jogando fora suas chances de ser incluído na exposição ao submeter um trabalho tão fora de moda? Afinal, ele tem de ganhar a aprovação dos patriarcas de Haarlem em primeiro lugar.

— Seguramente eles levam em conta o gosto da rainha também — diz Iris. — Como anfitriões, vão querer deixá-la feliz.

— Ao contrário, como anfitriões, os patriarcas de Haarlem se orgulham de prosperar imensamente sem precisar muito de uma família real — diz Caspar. — Nós, holandeses, apenas acenamos com a cabeça para nosso Frederick Henry, o príncipe de Orange. Mas, como se propalou que a elefanta francesa estaria vindo, o Mestre se mostrou disposto a entrar no jogo. Deixem os juízes de Haarlem decidir. A melhor encomenda de trabalho de sua vida pode depender disso.

— Não pensei que o Mestre fosse um arrivista social — diz Iris.

— Os pintores não vibram necessariamente com esse aspecto da coisa — diz Caspar. — De qualquer modo, espalhou-se que a rainha tem um objetivo secundário. Ela vai oferecer um baile, ou talvez uma série deles, para apresentar um de seus parentes ou afilhados à sociedade holandesa. Ele poderá estar até em busca de uma noiva entre as hostes de moças reunidas.

— Certamente que não! — diz Iris. — Membros de famílias reais não escolhem noivas entre multidões que se juntam para admirá-los!

— Eu também pensava o mesmo — diz Caspar. — Mas aqueles que prestam atenção às fortunas das nações nos lembram que não existe nenhuma jovem disponível na Casa de Orange-Nassau. Suponha que a Holanda tenha uma longa e fértil existência como república. Para um nobre estrangeiro em ascensão, uma noiva da classe dos homens que governam a Holanda através destes anos prósperos poderia ser um curso de ação sábio.

— E quanto aos afetos do nobre jovem? — diz Iris. — Ele não teria alguma participação na escolha de uma noiva?

— Você me pergunta como essas coisas funcionam? — diz Caspar, piscando para ela de novo. — O que sabe de rapazes e seus afetos?

Não falam por algum tempo. Retiram oito das Anunciações do Mestre que estavam armazenadas. Assim que as pinturas são dispostas ao redor da sala, uma semelhança familiar pode ser notada entre elas, não só na temática, mas também na escolha das cores que o Mestre favorece. Quando ele finalmente joga longe os pincéis de raiva, xingando a raça dos Burgueses Barrigudos, vira-se para estudar as Anunciações.

— Porcaria — anuncia diante das duas primeiras. — As cores berram. Foram pintadas com merda e mijo. Leve-as embora.

— São pesadas para carregar — diz Caspar, ainda respirando pesadamente.

— Enlameiam a luz e fazem a sala cheirar mal. Levem-nas embora.

Iris e Caspar as levam de volta para o aposento lateral.

Das outras seis, o Mestre diz:

— Nesta aqui a Virgem aparece já grávida. Não é apropriada para a Anunciação. Leve-a embora.

— Não está grávida — diz Caspar. — Só está bem alimentada. O mesmo ocorre com Maria de Medici, segundo dizem.

— Levem-na embora, mas tomem cuidado com a moldura no batente da porta. Esta é uma das maiores.

— Isso é trabalho duro — diz Iris num sussurro. — Vou conseguir desenhar ainda hoje?

— Parem de sussurrar! Vocês me aborrecem e perturbam meu pensamento — grita o Mestre. — Como se eu não estivesse já bastante aborrecido com minha óbvia falta de talento. Se puderem encontrar uma faca, venham e cortem fora meus olhos, pois claramente eu não os uso muito na produção de pinturas, de qualquer maneira. No que estava eu pensando?

Existem, no fim, apenas duas telas consideradas dignas de serem levadas em conta. Iris admite que são belas pinturas e que se poderia falar tão bem de uma como de outra.

— Nenhuma decisão precisa ser tomada imediatamente — diz o Mestre. — Mas se tivessem de escolher uma em meu lugar, Caspar, Iris, porque acabei de cair numa vala e quebrei a cabeça, qual delas escolheriam, e por quê?

— Eu não mandaria uma Anunciação — diz Caspar, o que irrita tanto o Mestre que Caspar é obrigado a sair e se ocupar bem longe do alcance de seus punhos.

— Bem, diga-me você, então, Iris — fala o Mestre.

— Por um único motivo, eu prefiro o painel mais quadrado ao mais alto — diz Iris, pensando muito, mas exigindo de si mesma que seja tão sincera quanto é bondosa. — Neste a Virgem tem cabelos escuros e mais crespos, como imagino que sejam os cabelos das mulheres florentinas. Talvez isso fizesse Maria de Medici pensar em si mesma...

— Idéia idólatra! — diz o Mestre.

— Como a Virgem, a rainha honorária da França também se chama Maria, lembre-se — diz Iris.

— ...mas que idéia fascinante e pertinente, com toda a certeza — continuou ele. — Bem, vamos ver como esse pensamento se acostuma a nós por algum tempo. Não estou seguro...

— Presumo que não queira pensar nos seus retratos dos deformados, dos malignos, dos decaídos...

Ele nem chega a responder.

— Então existe uma outra possibilidade — diz Iris cautelosamente. — Sua melhor pintura é a Jovem com Tulipas. Por que não está pensando nela?

— O tema é trivial, por mais bonita que seja a modelo — diz o Mestre.

CONFISSÕES DE UMA IRMÃ DE CINDERELA

— A maneira como o pintou é superior, e sabe bem disso — fala Iris. — Até eu, que nada conheço de pintura, posso ver isso.

— Vai ofender a rainha ver uma jovem tão esplêndida em pleno viço e celebrada justamente por isso. Vai fazê-la perceber quanto tempo escoou em sua vida...

— Ela já não percebeu isso, e não é por esse motivo que está encomendando o retrato final?

O Mestre cofia a barba e com os dedos joga ociosamente ao chão algumas migalhas do café-da-manhã.

— Bem, vou aceitar o conselho e pensar nele com bastante tempo. Significaria ter de pedir emprestada a tela a Van den Meer. Por outro lado, pense nas pessoas que poderiam admirá-la! Sempre à caça de investidores como ele anda, pode se dar conta de que é a recepção mais pública que a pintura teria. E ainda que Maria de Medici não me dê a encomenda, muitos convidados ricos estariam presentes e veriam a pintura também. Coisas a serem estudadas. Hmmmm.

Ele pensa por algum tempo, pragueja, e então se lembra de Iris.

— Agora que aquele irritante Caspar se ausentou por alguns momentos, diga-me o que a trouxe aqui.

— Pediu-me que fosse sua assistente, não está lembrado? — diz Iris.

Diante disso o Mestre se vira e olha para ela como se pela primeira vez naquele dia.

— Existem *muitos* itens de mexerico hoje, então — diz ele com ternura. — Esta é uma notícia tão importante como o rumor de que uma rainha estrangeira vem dançar com seus pés antigos em nossos assoalhos republicanos. As primeiras coisas em primeiro lugar! Por que não me disse isso quando chegou? E não fez outra coisa senão carregar pinturas para lá e para cá!

— O que se espera que uma assistente faça? — pergunta ela avidamente.

— Carregar pinturas — diz ele. — Vá chamar Caspar lá fora e tirem essas pinturas da minha vista antes que eu sucumba à tentação de cobri-las com uma camada de óleo lamacento e apague todas as minhas esperanças de imortalidade. O trabalho vem em primeiro lugar e o desenho depois. Mas o desenho virá, minha Iris. Antes de sair daqui hoje, você vai desenhar.

Espinha e cavidade

E ela desenha.

Supõe que a habilidade vai guiar as pontas de seus dedos, que linhas bem formadas vão sair do lápis no momento em que começar. Certamente o talento é uma coisa enrolada bem no fundo da pessoa, esperando para ser exercitado e, ao mais leve convite, se desdobrará, se agitará, se fará conhecer?

O talento, ao que parece, não é tão insistente.

Ela bica o papel com pequenos traços. Apaga-os e começa de novo. Contém-se, esperando que o papel a instrua. Bate nele com a mão. Não vai atender às suas expectativas. Talvez não tenha nenhuma. O Mestre disse:

— Observe as pequenas coisas e as desenhe.

Ela esperava uma maçã, uma castanha, um ovo. Em vez disso, ele encontrou para ela uma concha de porcelana de alguma praia da África.

É evasiva, ao mesmo tempo esmaltada e porosa, uma superfície complicada por reflexos, profundezas, manchas. A concha está pousada num ângulo, como uma clava. Ela a odeia. Não pode captar sua ponta mais humilde, muito menos o modo como sobrecarrega o seu espaço com espinhos, costelas, volutas, uma haste ou espinha que se enrola como papel, um pequeno círculo de minúsculos pontos mais ornados do que qualquer tiara que a elefanta Maria de Medici pudesse usar num baile.

O Mestre não lhe presta nenhuma atenção, mas se desloca para o outro lado da sala, onde risca uma tela com amplos traços de carvão verde. Ela chora um pouco ao sentir o vigor do Mestre e o seu próprio medo. Quando enxerga Caspar mexendo-se na sala dos fundos, pendurando uma panela sobre a brasa para ferver alguma água e esmagar alguns tubérculos e raízes para transformá-los em sopa, ela enxuga as faces com o dorso da mão.

— Olhe só — diz Caspar, chegando logo depois. — Veja como borrou bonito as maçãs do rosto com aquele giz vermelho. Você tem um belo osso aqui e aqui...

Ele toca o seu rosto. Ela abaixa os olhos ao chão. O papel é uma selva de rabiscos indecisos, que em nada se parecem com uma concha. Parecendo apenas fracasso.

— E dão cor ao seu rosto também — diz Caspar, erguendo o queixo dela.

— Não estou aqui para pintar a mim mesma — diz ela, mais ferozmente do que pretendia. — Estou aqui para esboçar um irritante acidente da natureza. Veja como ele brande suas pontas para mim! Eu quero matá-lo.

— Não está vivo — diz Caspar. — Desenhe-o e vai fazê-lo viver.

— Deixe-a em paz — diz o Mestre num tom bem-humorado e distante.

— Você tem de olhar antes que possa erguer um *crayon* — diz Caspar. — Ele não lhe disse isso?

— Ela sabe olhar — diz o Mestre.

Caspar não lhe dá atenção. Puxa uma banqueta de três pernas e se empoleira nela. Seu ombro está poucos centímetros abaixo do de

Iris e rola na direção dela. A qualquer momento poderia tocá-la. Ela tem medo de que isso aconteça, poderia recuar, não de horror, mas do simples choque físico, assim como um invisível percevejo animado às vezes salta de uma pilha de roupa lavada limpa e ensolarada e estala nas pontas dos seus dedos. Ela deseja prestar atenção a suas palavras e não ao contorno dolorosamente suave do seu ombro, como ele se avoluma junto às cordas do seu pescoço esguio.

— É uma coisa bruta para se desenhar, com certeza — Caspar diz. — Pense com o que se assemelha a concha.

— Não se assemelha a nada que eu já tenha visto antes — diz Iris.

— Não se assemelha a nada na natureza, ou na casa ou no celeiro do homem?

— Não é como um gato, uma flor, uma mesa ou uma nuvem — diz Iris.

— Não é como um grande botão de flor — diz Caspar — arrancado de um caule grosso e colocado de lado?

— Nunca vi um botão grande e vistoso assim — diz Iris, e então, com um coração abatido, lembra-se da aparência da mãe em seu novo garbo naquela manhã.

— Não é como um carrinho de mão, então? — diz Caspar. — Equilibra-se numa ponta nesta extremidade e o seu volume repousa assim e se você pudesse imaginar duas hastes em vez de uma como os caibros no eixo...

— Nunca vi uma concha marinha com rodas e esta também não é assim — diz Iris.

Ele tenta de novo.

— Então não olhe para ela buscando uma semelhança. Eu retiro a sugestão. Olhe para ela por seu próprio conjunto de proporções. Aqui. Aperte os olhos quase até se fecharem. De modo que possa ver apenas um borrão de uma concha marinha. Consegue fazer isso?

Ela fecha seus olhos inteiramente e pensa em Caspar, mais rapaz do que borrão, pele mais de porcelana do que uma concha marinha, cabelos mais eriçados, voz mais calmante, rapsódica...

— Preste atenção — diz ele, um tanto impaciente. Ela obedece.

— Não pense em particularidades — diz ele. — Pense em formas genéricas. Se pudesse fazer dois gestos com sua mão através do papel e precisar investir esses movimentos nas linhas mais significativas desta forma borrada, que movimentos seriam?

Ela encolhe os ombros, mas consegue primeiro fechar o punho e depois abri-lo, para representar o grosso da cavidade da concha numa extremidade e a haste adelgaçada na outra.

— E aí você tem a sua primeira lição — diz ele. — Agora faça estas duas marcas, sem ter medo de como se relacionam uma com a outra ou com a concha diante de você. Simplesmente varra estas marcas na página, como se estivesse desenhando na farinha sobre a mesa de fazer pão.

— Não se esqueça de dizer a ela para respirar, piscar e engolir a saliva de vez em quando — diz o Mestre, zombando de leve.

— Ensinou-me tudo isso — diz Caspar ao Mestre, embora seus olhos não deixem as mãos de Iris sobre o papel. — Simplesmente não sabia que estava ensinando.

— Eu devia ter-lhe ensinado a se afogar na vala — diz o Mestre.

— Fique com o seu trabalho e nós ficaremos com o nosso — diz Caspar. Iris espera por uma resposta irada, mas o Mestre apenas abafa uma risada e, ela vê, se comporta.

Ela tem um calombo desajeitado e uma tentativa de esboço de uma espinha na página.

— Nada mau. Conversam um com o outro. Um dom natural para o apropriado peso no esboço — divaga Caspar. — Agora é simplesmente uma questão de olhar para os detalhes e ver o que você vê.

— Não sei como desenhar o outro lado da concha — diz ela.

— Não pode ser visto de onde está sentada — diz ele —, por isso não o leve em conta.

— Mas você pode vê-lo — diz ela. — Pode me dizer.

— Desenhar é a única honestidade — arrisca ele. — Não interprete. Simplesmente observe. Não pense sobre o que vê. Simplesmente veja.

Ela desenha a espinha, ela desenha a cavidade. Amaldiçoa o papel, o giz, seus dedos, a si mesma, a concha. Não pode amaldiçoar Caspar. Mas momentaneamente, de vez em quando, pode esquecê-lo. Lentamente a concha marinha toma forma. É uma piada de uma concha, uma abominação de uma concha, uma maldição de uma concha. Ainda assim, é uma concha.

Ela caminha para casa no crepúsculo. Muitas horas mais se escoaram além das que pretendia passar lá. As luzes estão acesas em sua casa, em seu lar. Ouve o miado dos gatos na cozinha. Não mais travessura, nada de uma volta a...

Ela pára. Tentou colocar de lado sua tendência fantasiosa. Tenta pensar em termos dos quais tenha certeza.

Nada mais de peste, pensa Iris, apressando-se.

Mas não é a peste.

Colapsos

— Não fique assim, me conte o que é! — diz Iris jogando de lado a capa.

Papai Cornelius está afundado num banco. Um ombro ergue-se mais do que o outro; no início, Iris acha que ele está chorando. Mas seu rosto está pálido e os olhos aparentemente secos de lágrimas, e sua expressão parece mais vazia do que qualquer outra coisa.

— Estamos arruinados — diz —, a maldição da nossa cobiça foi a nossa ruína.

— Não fique sentado aí se lamuriando — grita Margarethe. — Existem avenidas a explorar, certamente; existem tolos crédulos além do alcance da informação que você possui! Vá vender suas ações enquanto pode, em vez de ficar aí tremendo como um palerma!

— Não posso tirar vantagem dos meus vizinhos e concidadãos assim...

— Claro que pode, o que mais pretendia fazer? — diz Margarethe. — Seus escrúpulos não o impediram de importar um novo estoque de tulipas para bulir com o mercado! Por que este súbito acesso de consciência agora?

— A qualquer momento podemos ser atingidos pela peste, quando não pela insolvência — diz Van den Meer. — Não vou colocar minha alma imortal em perigo...

— Em vez disso, vai colocar em risco os corpos mortais de sua filha e de sua nova mulher e de sua família adotada? Quando nada mais tivermos para comer, nós lhe agradeceremos por ter salvado nossas *almas*?

— Não blasfeme, Margarethe — diz ele —, não é bonito você fazer isso.

— O que aconteceu? — diz Iris. — Pelo amor de Deus, me contem!

— É a cobiça dela — diz Van den Meer. Ele andou bebendo a sua cerveja. — Ela é a mulher do pescador: sempre querendo mais alguma coisa, e mais depois desta, e então ainda mais.

— Quem me ensinou a cobiça? — diz Margarethe. — Quem é o meu tentador e tutor?

— Pare — ruge ele —, não lhe ensinei nada!

— Pois bem, vou lhe ensinar coragem na adversidade e você vai marchar lá para fora...

Mas ele não está aceitando lições da mulher. Não está com nenhuma vontade de marchar. Coloca a cabeça nas mãos e resmunga alguma história sobre investimentos.

— Não posso entender isso — diz Iris, virando-se para a mãe, olhando rapidamente para Ruth e Clara, que estão encolhidas, uma abraçando a cintura da outra, na porta da sala da frente. — Não me poupem! Não sou mais tão jovem e ignorante quanto costumava ser.

— A primavera chegou, a idéia de uma monarca visitante se espalhou — diz Margarethe, com um brilho nos olhos que mostra a coragem que nasce do desespero. — Nos últimos anos o valor da variedade mais nova de tulipa aumentou e aumentou, e na rua e nos salões as mesmas quantidades de bulbos eram vendidas repetidas vezes a preços cada vez mais altos, onda após onda de lucro. Todo mundo sabe disso, todo mundo investiu. Só eu não vi isso, pois o que sei eu de dinheiro além da moeda isolada que uma mulher esperta pode esconder no seu sapato? Mas esse é o jogo que Papai Cornelius vem jogando com o dote de Henrika, investindo em ações sobre as quais outros podem especular.

— Esta não é a desgraça! — diz Van Den Meer. — Isto é meramente comércio, suprindo o que está em demanda!

Margarethe continua:

— Um homem poderia pagar uma fortuna pelo valor futuro da safra de bulbos e virar-se e vender sua parcela por duas fortunas uma hora depois. Os homens compravam não para possuir as tulipas, mas para vendê-las de novo ao comprador mais agressivo. E o valor do lote de tulipas, com o qual nos preocupamos esses meses todos, aumentou oito vezes desde que chegou ao porto! Um homem que nunca investiu nelas, nunca as viu, nunca suou sobre sua possível perda nas tempestades em alto-mar, nunca caminhou pelas dunas em vigília e, rezando, poderia ganhar oito vezes em uma hora o que o *marido* ganhou em seis meses! Por que deveríamos ser privadas de uma renda como esta? É o nosso berço humilde que nos torna inelegíveis?

— Nascidos na alta ou na baixa classe, estamos em baixa agora — geme ele.

— Então eu lhe disse para fazer o mesmo que os seus vizinhos — diz Margarethe sombriamente —, não apenas importar os bulbos e vendê-los, mas arriscar um palpite de que haveria compradores para gastar ainda mais no lote do que ele podia! Então eu lhe disse para comprar de volta sua parcela e vendê-la de novo pouco depois, e reforçar nossos cofres, e fazer-nos convidados condignos ao baile! Então eu lhe disse para se sair melhor no meu tempo do que jamais se saíra no tempo de Henrika, por mais baixa que eu seja!

— E o que aconteceu com as tulipas? Elas queimaram? Estão infestadas por vermes? — diz Iris, começando a entender.

— As tulipas são as mesmas tulipas que sempre foram — diz Margarethe —, nem mais, nem menos bonitas. Simplesmente menos desejáveis. Quem sabe por quê. Justamente quando ele se preparava, tendo pagado a maior quantia já oferecida, para negociar a sua venda por uma quantia ainda maior, notícias sobre doença no lado mais remoto da cidade começaram a ser filtradas. Um dos compradores, que tem uma fazenda naquela região, pediu desculpas, deixou o leilão e foi verificar a sorte dos seus parentes. Outro comerciante afagou o queixo e disse que não podia se dar ao luxo de fazer um lance. E subitamente a atmosfera mudou e um a um os burgueses e os comerciantes começaram a oferecer seus próprios lotes à venda. Os bulbos haviam, por um instante, se tornado menos valiosos, embora ainda sejam os mesmos bulbos, ainda prontos para o plantio, ainda oferecendo a mesma quantidade de beleza. E o valor futuro, evaporado como fumaça. As tulipas não oferecem a mesma quantia de retorno e, como um vento subitamente soprando do leste quando mal acabou de soprar do oeste, o apetite para investir em bulbos de tulipa se tornou, em uma tarde, um desejo frenético de se livrar deles, de vendê-los a qualquer preço que possam alcançar. Os preços caíram precipitosamente o dia inteiro.

— Certamente irão subir de novo amanhã — diz Iris, embora com dúvida.

— Já as vendi por trinta vezes menos do que havia pagado — diz Van den Meer. — Fui obrigado. Amanhã podem estar valendo noventa vezes menos do que paguei por elas.

— Então foram vendidas — diz Iris. — O que significa isso para nós?

— Significa — diz Van den Meer friamente — que eu devo em dinheiro e em instrumentos financeiros muitas, muitas vezes mais do que vale o meu patrimônio. Estou falido e não tenho recursos. Significa que vamos mergulhar na pobreza.

— Significa que vamos encontrar para nós uma oportunidade de ser ousados, de resgatar a nós mesmos e a nossa fortuna — diz Margarethe.

— Não temos um ponto de apoio — diz Van den Meer.

— Temos um convite para um dos bailes — diz Margarethe. Ela retira da sua manga um pedaço dobrado de papel creme. — Talvez você tivesse vendido com uma falta de esperteza pouco característica, Cornelius. Mas a chegada a salvo do seu carregamento no mês passado deve ter sido levada aos ouvidos da casa de Maria de Medici. Damas de destaque na corte do seu filho, dizem, usam arranjos de tulipas em seus peitos. Quanto mais rara a flor, mais deliciosa a mulher. O velho cavalo de batalha pode estar rompido com o filho, mas ela não é insensível a questões de estilo; é uma rainha-mãe. Sua notoriedade como um importador de relevo chamou atenção para você junto aos Pruyns, ou seja lá quem for que está preparando a lista de convidados. Ninguém vai voltar atrás neste convite. Vamos comparecer ao grande salão e vamos nos encontrar com a rainha honorária da França e com o seu afilhado. Vamos simplesmente oferecer nossas mercadorias numa praça diferente. Agora, vamos, tire o seu queixo salgado das mãos e pare com as suas lamúrias. Há muita coisa a ser feita e pouquíssimo tempo para fazê-la! Dêem-me espaço para lançar o meu arpão e vejam só o que vai acontecer.

4

A GALERIA DOS ERROS DE DEUS

Campanhas

Papai Cornelius virou um boneco flácido, um títere de trapo sem uma mão por dentro que o manipule. Está caído num banco debaixo de uma manta. Não mostra nenhum interesse em voltar à taverna onde o colegiado que supervisiona a compra e venda de futuras tulipas se reunia, bebia e prosperava. Margarethe se ocupa dele com tisanas confiáveis. Suas habilidades fracassam. Ela chama o médico.

— Um caso crítico de humores, nada mais — define o sujeito depois de um exame mecânico. — Tenho horror a doentes fingidos. Desperdiçam o meu tempo. Esta é uma casa que teve mais do que a sua cota de infortúnio este ano. Daria quase para imaginar que estaria assombrada.

— E o que está sugerindo? — diz Margarethe num tom gélido. Ele sacode a cabeça e muda de assunto.

— A moléstia seguirá o seu próprio curso. Não há nada a ser feito. Pelo menos, não é a peste, nem — o médico tranqüiliza Margarethe — é contagioso.

Enquanto Van den Meer mergulha cada vez mais na lassitude — às vezes não chega sequer a abrir os olhos e a responder às perguntas feitas por sua mulher —, Margarethe fica decidida a não se deixar dobrar sob pressão.

— Vou organizar esta casa e vou recuperar nossas fortunas — diz ela a Iris. — Ele me culpa, mas foi ele quem aprontou a confusão. Tivesse comprado de volta o lote de tulipas uma semana antes, quando lhe propus, ele o teria vendido muito anteriormente ao craque. Não assumo responsabilidade por sua covardia. Assumo responsabilidade apenas pelo futuro, não pelo passado. O passado não consegue machucar a gente da maneira como o futuro pode.

— Não se você sobreviveu até aqui — diz Iris sombriamente.

Margarethe e Iris caminham de volta do poço no Grotemarkt com bacias d'água.

— Seja justa comigo e escute — diz Margarethe. — O colapso do mercado de tulipas parece ter acontecido em vários lugares ao mesmo tempo. Se Papai Cornelius estivesse menos mergulhado na cerveja, ele poderia ter ouvido as notícias, aparentemente uma queda no mercado das tulipas havia ocorrido em Amsterdã poucos dias antes.

Como são terríveis estes tempos, pensa Iris. Ela vê muitos cidadãos sóbrios arruinados. Algumas famílias desaparecem sob o manto da escuridão, deixando suas casas inteiras e muito do mobiliário pesado como pagamento dos seus débitos. Inevitavelmente, é apenas uma pequena parcela do que os desafortunados investidores estariam devendo. Correm rumores de suicídios. Vergonha! Escândalo! Governadores e regentes se reúnem para ver se haveria uma maneira de impor uma escala de pagamentos, uma maneira de conter a maré que se avoluma. Margarethe relata o que ouve na rua para Iris. Embora Iris acompanhe pouco daquilo, ela ouve tão atentamente quanto pode.

Quando Iris havia passado apenas duas semanas no estúdio, Margarethe a chamou na saleta usada antigamente por Henrika para gerir os afazeres domésticos. Um livro contábil está aberto. Uma vela derreteu quase toda. Moscas mortas em bandos compactos salpicam o peitoril da janela.

— Esta não é a ocasião para *hobbies* requintados — diz sua mãe. — Seu padrasto está adoentado, sua irmã é um estorvo e sua mãe exaurida está tentando vestir a si mesma e a suas filhas adequadamente para o baile de Maria de Medici e do seu afilhado casadouro que se aproxima. Sua meia-irmã se refugiou na cozinha e se recusa a atender quando batem à porta. Coisa fraca. Nada posso fazer com ela. Preciso de você, para falar com os credores quando baterem à porta, para ser ao mesmo tempo aduladora e dissimulada. Está à altura da tarefa?

— Não — diz Iris claramente.

E não está mesmo. Vem tentando, com um lápis, ser honesta e desembaraçada. Além do mais, seu tempo com Caspar está se tornando, pelo menos temporariamente, adorável. Ele é cheio de uma espécie de vasta alegria caseira, do tipo abundante nas uvas maduras, nos alaúdes bojudos. Pela manhã, quando ela se aproxima do estúdio do Mestre, Caspar a ouve chegando à porta e corre, ansioso como um cãozinho filhote, para encontrá-la vários metros diante do prédio, como se quisesse fazer seus primeiros cumprimentos longe dos ouvidos do Mestre. Caspar é o tipo de homem simples — seria verdade dizer isso? Simples, sim, e também firme e sólido. Simples não quer dizer superficial.

— Não posso deixar o estúdio — diz Iris. — Mamãe, como eu poderia? Agora?

— Que eu tenha feito a frase como uma interrogação é apenas mera cortesia — diz Margarethe. — Se tudo correr bem, você terá tempo suficiente para desenhar pelo resto dos seus dias. Deve obedecer-me agora. Não tenho tempo para discutir.

— Tudo é uma campanha com a senhora — diz Iris amargamente. — Já amou alguma coisa sem a necessidade de subjugá-la?

— Nunca — diz Margarethe, com uma medida de orgulho.

— Vou obedecer, naturalmente — diz Iris, um tanto envergonhada. — Mas não posso imaginar, depois de apenas estes poucos dias, como conseguirei viver sem a tentativa de desenhar. E ainda não ergui sequer um pincel!

— Deve erguer antes um esfregão — diz Margarethe. — Quero que o salão da frente brilhe como ouro. Vou ter uma entrevista com o fornecedor de roupas esta tarde, Van Antum, que confeccionou meu vestido de casamento. Nós, as Van den Meer, devemos parecer adequadas, como se recheadas de moedas escondidas. Devemos ter tulipas, até mesmo em casa, como se elas não nos dessem engulhos — Margarethe aponta para o vaso de tulipas de Henrika, um pilar de porcelana que se eleva a sessenta centímetros e se afunila como um modelo de flecha de igreja. — Cada bico deve conter um botão perfeito. Somos orgulhosas, Iris, e o orgulho nos fará sair deste labirinto do Diabo. Você me entende?

Então Iris parte para o trabalho. Enche o vaso de tulipas com flores de botões alaranjados. Passa uma vassoura no chão em vez de um bastão de carvão através de um rolo de papel. Esfrega água com flocos de sabão através dos tijolos e observa como a lixívia cinzenta vai secando segundo certas padronagens. Ela admira essas imagens antes de enxaguá-las. É o melhor que pode esperar.

Mas de repente não consegue reconstituir a forma de Caspar na sua cabeça, não consegue lembrar como ele é. Lágrimas intensas caem como gotas de chá recém-preparado; surpreende-se com o calor delas.

Clara às vezes se recusa a subir o degrau da cozinha. Iris tem de mudar os baldes d'água de tempos em tempos e encontrar outros suprimentos. Ao entrar na cozinha, Iris observa Clara virar um ombro para ela.

— Certamente você não se proibiu de olhar para mim também — diz Iris, zangada.

— Estou ocupada com o cozido — diz Clara, embora nada mais haja além de água sendo submetida a uma portentosa fervura.

— Estou trabalhando duro para ajudar mamãe a restaurar nossas fortunas — diz Iris.

— Ela fez o bastante para arruiná-las — diz Clara. — Pode realmente considerá-la capaz de algo além de uma incapacidade tão colossal que beira a maldade? — Clara agita um colherão no ar, imitando uma bruxa trabalhando sobre uma poção maligna.

Iris fica horrorizada.

— Acha que ela foi maldosa no conselho que deu a seu pai?

— Acho — diz Clara — que a sua ganância a cega.

— Ela tornou-se sua mãe — diz Iris —, quando você não tinha nenhuma.

— Certa vez eu tive uma mãe — diz Clara. — Agora não tenho mãe, nem mesmo uma madrasta. Tenho um grande e embaraçoso corvo que fala inglês e holandês e que, como um corvo, arrebata toda coisa brilhante à sua frente, uma após a outra. Até que a acumulação do brilho engraçada, na melhor das hipóteses, e um escândalo horrendo, na pior.

— Vamos deixar este tópico. Você está perturbada e eu estou exausta — diz Iris. — O negociante de roupas estará aqui em breve e preciso terminar a limpeza do salão. Mamãe está tentando tomar vestidos emprestados para que todas nós possamos ir ao baile.

— Eu — diz Clara — não estou indo a nenhum *baile*.

Embora Iris não conheça realmente os planos de sua mãe, ela diz com firmeza:

— O convite é dirigido a toda a família Van den Meer. Se ela disser que você tem de ir, você irá.

— Bobagem! — diz Clara. — Olhe só para mim! Meus cabelos estão caídos, minhas costas doendo e meus joelhos em carne viva. Minhas mãos estão rachadas e feias. Tenho um pai para cuidar e uma cozinha para limpar. É tudo o que quero. Nada do lado de fora, por favor. Especialmente não me exibir como uma rameira.

— Você não pode ser tão perversa assim — diz Iris. — Até eu estou disposta a me vexar, a me mortificar com roupas requintadas e me abalar indo a um evento horroroso, se isso pudesse melhorar a nossa condição aqui. Eu, a monstruosamente feia dentre nós...

— Oh — diz Clara —, por favor, não há nada monstruosamente feio em você. Ruth pode ser desagradável, mas você é meramente sem graça. Se existe algo em tudo isso, é a minha beleza que é monstruosa, pois ela varre para longe qualquer outro aspecto do meu caráter. E por que está tão segura de que Margarethe quer que eu compareça? Ouça, agora, uma batida à porta.

— Faça-o entrar enquanto eu termino o tapete do corredor! — murmura Iris.

Clara fala asperamente, ainda que meio sussurrado:

— *Eu não vou.* Não vou atender à porta, não vou entrar no salão, não vou me mostrar a ninguém, nunca mais, nem mesmo na privacidade desta casa.

Não *na privacidade de minha própria casa*, nota Iris, mas *nesta casa*. É como se Clara não morasse mais aqui.

— Você é tão egoísta!, recusar meu pedido de ajuda! — replica Iris e abandona o seu trabalho para correr até a porta.

Van Antum, o negociante de roupas, entra, um homem que Iris reconhece da rua. Conforme planejado, Margarethe está sentada numa sala dos fundos, fazendo-o esperar.

— Por favor, fique a vontade — diz Iris. — Tem tabaco, se desejar fumar, e posso trazer um copo de alguma bebida para refrescá-lo.

— Não gostaria de nada, não, por favor — diz Van Antum. É gorducho e agitado e cheira a limões e cerveja derramada.

Margarethe entra desfilando no salão. Tomou emprestado um conjunto do guarda-roupa de Henrika. É mais encorpada do que Henrika era e o olho detalhista de Iris vê o tecido da saia esticado nas costuras em torno da cintura. Mas Margarethe desenvolveu um jeito alvoroçado de coquete que desvia os olhos de tais minúcias.

— Que bom o senhor ter vindo — diz Margarethe num ar afetado, quase como se tivesse um duque em sua sala de estar, em vez de um negociante. — Não devia recebê-lo sozinha, pois não é adequado, mas meu marido está... — ela faz uma pausa bonita, teatral — indisposto. Iris, antes de sair para cuidar de sua irmã, queira, por favor...?

Faz um gesto com a mão. Iris obedece, embora isso a faça sentir-se tola. Vira-se como uma criança sendo submetida a uma inspeção de limpeza. Faz então uma mesura para o velho senhor pançudo e sai da sala com tanta dignidade quanto consegue juntar.

— É o tamanho padrão para uma jovem menina. Talvez um pouco mais como um varapau do que a maioria — Margarethe está dizendo. — E sua irmã é o oposto, um verdadeiro boi. Um adorável boi, mas um boi de qualquer maneira. Pode ajudar-nos? — Sua voz se eleva provocantemente no final, quase numa maneira francesa. Iris tem de se agarrar à beira da parede saindo da sala para se impedir de chorar de revolta. Palavrões que ouviu pronunciados pelo Mestre e por Caspar sobem-lhe aos lábios; é um esforço não botá-los para fora. — Estou certa de que o senhor vai saber adornar duas belas jovens. A recompensa — sua mãe está dizendo — poderia vir a ser considerável.

Que recompensa é essa? Não há moedas suficientes na casa para cobrir o fundo de uma panela.

— Clara? — chama Margarethe. — Pode vir por um momento à porta?

No início Iris pensa que Margarethe quer que Van Antum tome as medidas, mentalmente, da bela forma de Clara, a fim de preparar uma roupa para o baile a que Clara se declina com firmeza a comparecer. Mas quando, depois de vários pedidos de Margarethe, Clara finalmente aparece, soturna e coberta de cinzas, Iris coloca a mão sobre a boca, percebendo um pensamento tão horroroso que sente vergonha dele.

— Ela não é realmente um tesouro? — diz Margarethe.

A boca de Van Antum manifesta sua aprovação em sílabas de bebê sem palavras. Passa uma mão sobre a outra como se as estivesse lavando.

— Estou seguro de que posso fazer algo que a agrade, algo que lhe dê satisfação — ele consegue, finalmente, dizer.

— Algo muito melhor do que aquilo que estou vestindo agora — diz Margarethe. — Algo muito imponente se faz necessário.

— Algo muito imponente de fato — diz o negociante de roupas, os olhos colados em Clara até que ela desliza de volta para as sombras. Seu queixo começa a tremer. — Acho que a coisa mais imponente de que eu for capaz.

A galeria dos erros de Deus

Todo dia Margarethe volta do mercado com mais histórias sobre a rainha honorária de França, Maria de Medici. Parece que a maioria do Haarlem alivia sua preocupação com o pânico financeiro através de mexericos sobre a grande elefanta. Iris se apega a cada retalho de opinião e notícia.

A rainha honorária é velha, talvez tenha 65 anos de idade. É pastosa, rubicunda e estúpida, bem como altamente interessada pelas coisas e dotada de estilo. As pessoas sussurram que o seu marido, Henrique IV, tinha uma concubina diferente reservada para cada dia do ano.

— Eu o teria envenenado por isso — diz Margarethe brandamente. — Mas não admira que ela se dedique aos negócios de Estado.

A grande Maria exerceu anos de serviço como regente durante a infância do seu filho. Então, quando o pequeno Luís XIII ficou grande o bastante para abraçar sua mãe com uma faca na mão, Maria ergueu exércitos contra ele. O cardeal Richelieu — a quem ela considerava não mais do que um *domestique* promovido — falou publicamente contra ela. Com frustrante regularidade ele conseguiu escapar às tentativas de assassinato empreendidas pela rainha.

— Quão aborrecido para ela — diz Margarethe. Agora Maria está na sua senilidade, exilada em segurança nos Países Baixos espanhóis, embora a reputem como gozando de uma espécie de doce reconciliação com o filho.

Como se as intrigas da corte fossem tão comuns às línguas de Haarlem como arenques, as velhas comadres sussurram que nos seus últimos anos ela se cansou dos afazeres do governo. Começou a se afeiçoar, em vez disso, aos trabalhos de cortesãos, primos e sicofantas. O Fim a está olhando de frente e ela tenciona mexer com o mundo tanto quanto possível antes que a Morte tenha a ousadia de a estrangular. Mexer com o mundo e deixar um registro disso.

— Por que os gansos caminham descalços? Porque o fazem; é por isso que os gansos caminham descalços — dizem as comadres de Haarlem sabiamente. Por que a rainha honorária de França se mete nos afazeres do seu afilhado? Ora, para que mais servem os afilhados? O que mais existe de bom na vida?

Os orgulhosos estóicos da Holanda acham as histórias dos feitos de Maria tolas e fascinantes. Embora riam dela como se fosse uma tola, ainda assim é uma tola poderosa e cativante. Os holandeses podem ser carrancudamente tolerantes para com sua própria Casa de Orange em Haia, mas realeza de uma diferente índole, seja a dos Stuart, a dos Bourbon ou a dos Habsburgo, goza de um prestígio diferente. Rubens já não fixou a memória de Maria de Medici no Palácio de Luxemburgo como uma figura da História, alguém grandioso como Carlos Magno ou Joana d'Arc? E ainda assim a rainha-mãe persiste no palco do mundo, estridente, conivente, orquestrando seus passatempos, bulindo com o material disponível.

— Ela não é diferente do seu Schoonmaker — diz Margarethe a certa altura para Iris, cujos olhos se arregalam diante dos relatos de tais intrigas. — Ela pinta com vidas de verdade em vez de pintar com pincéis e cores vívidas. Não vamos viver para ver outra igual.

— Conte sobre o príncipe — diz Iris. — Aquele que ela espera encaminhar para o casamento.

— É um primo distante, ou o filho de um primo distante — diz Margarethe, vagamente. — É isso mesmo, um afilhado. Não consegui saber muito a seu respeito, pois é parte regular da corte e pouco se sabe dele. Chama-se Philippe de Marsillac. Talvez seja um dos últimos elos que a rainha tenha com seu filho, pois se comenta que Philippe se movimenta livremente entre a corte de Luís XIII e a corte no exílio da rainha honorária. Talvez ela queira casar seu afilhado com alguém que acintosamente não pertença a qualquer família real da Europa para impedir qualquer possível uso dele como um agente contra si mesma. Quem pode saber como as cabeças coroadas administram suas vidas domésticas? Mas seu objetivo é claro. Ela não é nem mais nem menos uma agente matrimonial para este jovem, do mesmo modo que qualquer tia conivente ou comadre faladeira ao lado da lareira.

— Ela parece não ter coração — diz Iris. — Sem coração e monstruosa.

— Aprecio o seu zelo — diz Margarethe suavemente. — Por que não deveria organizar o mundo para o seu contentamento? Não é o que todos nós faríamos, se pudéssemos?

— O que a senhora não faria para o seu contentamento? — diz Iris.

— Muito pouca coisa — diz Margarethe, erguendo o queixo.

É o que eu receio, diz Iris, mas para si mesma.

Seus receios se confirmam uma tarde quando Margarethe vai até o estúdio do Mestre. Insiste em que Iris a acompanhe; talvez Margarethe queira se certificar de que nenhuma impropriedade seja relatada por vizinhos curiosos. Ela pretende abordar o Mestre em busca de um empréstimo.

— Aquela pintura da Jovem com Tulipas restaurou suas fortunas — raciocina com Iris enquanto caminham apressadamente. — Cornelius e Henrika reativaram a carreira de Schoonmaker. Ele lhes deve algo. Deve algo a mim.

— Não lhe devo nada — diz o Mestre, quando perguntado. — Além do mais, não faria diferença se eu devesse. Vocês não são os únicos em dificuldades no momento.

— *Você* investiu em futuros de tulipas? — grita Margarethe.

— Oh, eu, não — responde ele. — Quando é que tenho tempo de deixar meu estúdio? Embora outros pintores o tenham, e sofreram com isso. Caspar, meu espião em todas as áreas, contou-me que Franz Hals perdeu uma fortuna e que o jovem Rembrandt em Amsterdã, de quem todo mundo fala sem parar, também está em má situação.

Ele sufoca um risinho maldoso.

— Eu teria perdido o dinheiro se pudesse ter-me concentrado em fazê-lo. Mas do jeito que as coisas vão, já que todos os meus patronos estão mergulhados em dívidas, terei sorte se for pago pelas encomendas já existentes, sem pensar em garantir novas encomendas de trabalho para breve. Por isso é de extrema importância que eu exponha meu trabalho para a grande Maria.

— Mas eu queria tomar algum dinheiro seu emprestado — diz Margarethe de novo, mal acreditando.

— Não tenho o mundo nas minhas mãos. Simplesmente querer não vai levá-la a lugar algum.

Ele está à procura de um esboço enquanto fala, colocando de lado velhas pinturas. O lugar tem andado uma grande confusão desde que Margarethe saiu para a casa dos Van den Meer. Por força do hábito, Iris vai ajudá-lo e até Margarethe lhe dá uma mão, como se a sua generosidade levasse o Mestre a se lembrar de alguma pilha escondida de florins.

— Não sabe como estamos habituadas a sofrer — diz ela.

— O sofrimento fortalece as pessoas — diz o Mestre. — Vejam o que fez por mim.

— Não pode vender algo daqui que ainda não tenha vendido? — Margarethe cerra os lábios diante das três Fugas para o Egito, onde a santa mãe Maria está alternadamente recatada, corajosa e sonolenta, mas sempre um modelo da forma humana perfeita. Margarethe olhando para Maria é como uma cegonha olhando carrancuda para um cisne, pensa Iris.

— Sabe que o mercado para pintura religiosa está em baixa — diz o Mestre.

— Pode vender a Menina Feia com Flores Silvestres e nos dar metade do preço?

— Eu pintei em cima da tela — diz o Mestre —, uma vez que ela deixava Iris triste.

— E quanto a estas outras? — Margarethe nunca demonstrou interesse pelo catálogo de aberrações do Mestre, mas está desesperada. — Os temperamentos andam sombrios! Talvez tenha até uma avalanche de ofertas...

— Quer ver estas? — As sobrancelhas do Mestre se levantam. — Julgue por si mesma se vão atrair os compradores potenciais. Vou mostrar-lhe se quiser. Mas você, Iris? Depois de todo esse tempo?

— Eu vi a peste levar embora Rebekka — diz Iris —, foi mais horrível do que se possa imaginar.

Mas Iris quer ver se ele pintou o diabrete da casa de Van den Meer. Não tem certeza de acreditar em tal coisa agora, mas ela a reconheceria se a visse. Não reconheceria?

Com uma chave pesada o Mestre descerra a porta da galeria dos erros de Deus. É outro aposento de pé-direito alto, originalmente talvez um galpão para armazenar ferramentas agrícolas. Uma parede é de pedra e três foram emboçadas com reboco de lama e caiadas. O Mestre puxa a ponta esfarrapada de uma cortina que cobre uma janela alta. A luz jorra para dentro do espaço mofado. Das pinturas penduradas bem no alto perto dos caibros do telhado, das pinturas pousadas à altura da cintura sobre estrados de madeira bruta que as protegem do chão úmido, rostos piscam ou parecem piscar. Elas voltam à luz de novo.

Relutantes, fazendo caretas, patéticas e bestiais.

— Misericórdia! — diz Margarethe, a mão sobre o coração.

Iris enfia os dedos nos cordões do avental.

— Eu penso neles como amigos — diz o Mestre —, pois não somos todos machucados assim?

O anão que Iris conheceu, lá está ele, capturado na tela. O Mestre o *havia* pintado, afinal, ou ela o teria inventado?

— Deus criou esses erros — diz o Mestre, como se lendo seus pensamentos. — Eu simplesmente fiz o Seu ditado.

Apesar de toda a bravata que o anão demonstrara, ele parece desconfiado de ser visto. Mantém uma mão bem aberta sobre o sexo, embora sua outra mão erga de lado a túnica para mostrar uma cicatriz misteriosa pintada no seu torso, uma mancha vermelha no formato de uma âncora de navio.

— Um dragão! — diz Margarethe, olhando mais adiante.

— Uma ovelha com um ventre expelido — diz o Mestre. — Olhe mais cuidadosamente. Já estava morta quando a vi.

— Seguramente isto é um dragão!

— Se você tem certeza — diz o Mestre.

Uma criança com o rosto de um papagaio. Outro anão, e um terceiro anão — toda uma série familiar deles. Há a Menina-Menino de Roterdã, pintada nua, todos os seus revoltantes castigos à mostra. Um cachorro com uma papeira que parece um pão. Um par de irmãs sentadas tão próximas que só uma pele é necessária para cobrir a ambas, uma aflição do tipo que Iris e Ruth imitaram quando da brincadeira da Menina-Veado da Campina.

As irmãs grudadas olham para Iris e pedem desculpas. A Menina-Menino olha para Iris e diz: não sei por que sou assim, mas me perdoe. A criança com cara de papagaio é jovem demais para falar, mas guincha e berra pedindo piedade.

— A Rainha das Ciganas de Queixo Barbudo — diz Iris, encontrando-a.

— A Velha Senhora Goos se chamava assim? — diz o Mestre, divertido. — Para você? Às vezes ela diz que é tão velha que é Bertha, a mãe de Carlos Magno. Ela é a Rainha de Sabá. É capaz até de se gabar, blasfemando, de que é a própria avó de Deus.

A Rainha das Ciganas de Queixo Barbudo fixa o seu olhar sobre Iris. Seu ar não é nem de remorso, nem de raiva. Ela é mais feia do que Ruth ou Iris jamais poderiam ser, enrugada e pustulenta, com mãos calosas e dentes marrons. Apóia-se sobre suas bengalas como se estivesse caminhando pela mesma rua nesses últimos mil anos. Ela diz para Iris: e o que vai fazer de si mesma?

Mas, antes que Iris possa responder, Margarethe interrompe seus pensamentos. Margarethe já se fartou. Está recuando, afastando-se dos patas-de-rãs, das bestas e dos amaldiçoados.

— Você é um *demônio*, Luykas, para estudar estes pecadores assim — diz ela. — Olhe para o seu trabalho! Numa sala, a santidade tão perfeitamente retratada que beira a idolatria, na outra, a maldade venenosa reencarnada e caminhando entre nós. Você pinta o belo e o feio, mas e quanto ao que está no meio deles?

Ela está se procurando numa pintura, como todos fazemos, pensa Iris. Margarethe está tentando se localizar no mundo. Ela ficou terrivelmente apavorada.

— A Jovem com Tulipas está no meio — diz o Mestre —, o aqui, o agora. Clara, uma menina real da Holanda, retratada com fidelidade.

— Qual é o uso da beleza? Qual é a conseqüência disso? — diz Margarethe.

Iris pensa: uma vez na vida, Margarethe esqueceu-se da sua meta. Ela veio olhar essas pinturas para observar o seu interesse para os compradores. Mas foi enredada pelas idéias contidas nas pinturas.

Margarethe prossegue com ímpeto.

— A beleza das flores, a beleza das meninas, até mesmo a beleza da pintura, este é o tema do seu trabalho. E quanto à beleza da bondade? Quanto ao ato esplêndido? A questão de Parsifal, o gesto do samaritano na estrada? E quanto à viúva que dá o seu único vintém?

O Mestre diz, em voz baixa e em tom de desafio:

— E o que saberia você dessas coisas?

No tribunal dos demônios, na galeria dos erros de Deus, Margarethe endireita os ombros e responde a ele.

— Só aquele com o pé defeituoso conhece plenamente a beleza de correr. Só aquele com o ouvido prejudicado pode apreender como deve soar a música mais suave. Nossos males nos completam. Que nós, em nossas almas pecadoras, possamos sequer imaginar a caridade... — Ela não consegue prosseguir, por um momento. — Podemos nem sempre ter condições de praticar a caridade, mas que neste mundo nós a consigamos sequer imaginar! *Aquele* ato de ousadia requer o maior talento, maior do que o Mestre possa possuir...

O Mestre se sente humilde diante da estridente Margarethe.

— Como queira — diz ele — Que seja assim. Todos nós fazemos o que podemos. Meu trabalho é ver e testemunhar.

A umidade da sala se torna aparente. Não há nenhum diabrete aqui, por mais que Iris procure.

— O que pode tê-lo levado a uma obsessão tão perversa como tudo isto que vemos aqui! — diz Margarethe.

— Eu olho com arrependimento, não com lubricidade — diz o Mestre acaloradamente. — E não sou o primeiro a fazê-lo.

Ele remexe num guarda-roupa descaído encostado num canto e tira um pequeno painel.

— Este é o ponto de partida. Não é meu, apresso-me em dizer. Estranho painel de mistérios e misérias, não é? Feito por um dos artistas flamengos. Eu o comprei do estúdio de Arentsz quando era aprendiz em Amsterdã. Um dos Bosch, eu acho. Um estudo, incompleto na parte superior esquerda. Leve-o para a luz se quiser dar uma olhada.

— Não creio que queira — diz Margarethe. — Quem desejaria?

— É fabuloso e inquietador. Um retrato de um mundo mágico. Evito olhar para ele às vezes durante anos, e então, de vez em quando, eu o examino como se nunca o tivesse visto antes.

— Faz meus olhos doerem — diz Margarethe.

Mas ela e Iris arrastam o painel até uma mesa e o colocam à luz da primavera.

— Não tenho certeza de que essas coisas sejam adequadas para você ver — diz Margarethe numa voz apática, mas está tão curiosa em relação à pintura que se esquece de empurrar Iris para longe, e então as duas examinam o painel. Se isto é o mundo mágico!, ou se é um sonho, ou uma profecia de algum tipo? A paisagem é rosa e azul, entrecortada por estranhas montanhas no formato de torres.

Mas cada parte da paisagem está igualmente próxima, e cada parte abriga criaturas, pássaros, flores e seres humanos, numa conjunção ridícula e chocante.

Uma mulher nua com a cabeça de um pássaro está aprisionada numa bolha de vidro. Dois homens sem roupas sopram trombetas cujas campanas desaparecem nos seus respectivos traseiros macios. Uma menina olha para fora dos lábios de um imenso girassol, presa nele. Um homem defeca moedas de ouro numa fatia de pão que uma mulher está ocupada tentando enfiar na boca. Um bebê com uma mitra de bispo empurra um homem de costas para dentro de um poço. Demônios cabriolam carnalmente com homens, mulheres, filhotes de ursos e plantas. Uma doce menina apoiada nas mãos e nos joelhos parece ter uma vinha nascendo do meio de suas pernas e da vinha pendem uma pêra, uma maçã e um violino.

— Isto é uma pintura feita pelo próprio Diabo — diz Margarethe.

— Olhe, mamãe — diz Iris. — Aqui em cima neste canto.

Há um homem morto flutuando num amplo campo d'água. Está nu, cinzento como a pele de peixe velho. Acima dele um pássaro negro paira de asas abertas. O pássaro arrancou os olhos do cadáver. Podem-se ver os dois olhos no bico do pássaro, um ao lado do outro, olhando do insignificante canto da tela diretamente para o espectador. Entre todas as dúzias de criaturas em situações de desgraça ou talvez de deleite desenfreado — é difícil dizer —, estes são os únicos olhos que espiam o espectador.

— Não posso olhar mais para isso, meus olhos doem — diz Margarethe. — Eles fervem com pequenos fantasmas. O que no mundo estamos nós fazendo aqui, afinal?

— Você veio para entender que eu não tenho dinheiro para emprestar — diz o Mestre. — E nada desta galeria interessaria ao chefe

CONFISSÕES DE UMA IRMÃ DE CINDERELA

de família de Haarlem. — Ele não parece feliz em recusar o pedido dela, nem parece desolado. — Ponha a pintura de volta onde a encontrou.

— Não vou tocar nesta coisa vil — diz Margarethe. — Sou uma boa cristã.

— Oh, estou vendo — diz o Mestre. — Pois bem, deixe-a aí então. Caspar a devolverá ao devido lugar quando voltar.

— Caspar — diz Margarethe. — Suponho que lhe deu todo o dinheiro que poderia ter dado a mim.

— Ele é meu aprendiz, não o meu banqueiro — diz o Mestre. — Vai tentar me perturbar para que eu lhe empreste dinheiro? Não há nenhum para ser emprestado. Tenho os meus próprios problemas. Talvez devesse ir embora.

Ele começa a acenar para que saiam, como arrependido de ter baixado a guarda.

— Pensei que poderia aprender alguma simpatia. Mas é aquela velha história: os desafortunados do mundo existem apenas para nos levar a aumentar a nossa própria auto-estima.

— Seu tolo pomposo, deixe o julgamento de Deus cair sobre nós dois para ver como é que nos saímos! — grita Margarethe. — Iris, venha.

A caminho de casa Margarethe esfrega os olhos.

— Desgraça! Estes olhos estão enfeitiçados. Caspar, e pinturas como aquelas na casa! Deviam ser queimadas. Arruinar um jovem desta maneira. Que provavelmente merece ser arruinado. Oh, eu vejo como Caspar olhou para você. Não se deixe enganar. Suas atenções são todas para nos desviar de suas verdadeiras preferências. Não sou nenhuma boba neste mundo, acha que não sei?

Ainda mais do que o catálogo dos erros de Deus feito pelo Mestre, a velha e arranhada pintura de pessoas num mundo mágico alarmou Margarethe.

— Mamãe, esta é uma ocasião difícil para a senhora — diz Iris —, não quero falar sobre Caspar. Vamos apenas nos preocupar com o baile, se é que realmente vamos comparecer. Já não há o bastante nas nossas cabeças sem termos de censurar as outras pessoas?

— A beleza não tem nenhuma utilidade — diz Margarethe, seguindo seus próprios pensamentos. — Ela não tem conseqüência. Não oferece nada ao mundo. Você está muito melhor sem ela, minha pobre filha.

Cinderela

Até mesmo no seu aconchegante canto, Clara está se voltando cada vez mais para dentro de si. Vira sempre a cabeça para longe das salas da frente, desvia o olhar quando Margarethe chega à porta para se queixar, exigir ou, de vez em quando, manifestar apreciação. Iris observa, primeiro com o olho de um artista, e então com o coração ressentido de uma irmã. Poderia uma beleza como Clara ser, apesar de tudo, um dos erros de Deus?

— Clara — diz ela um dia —, você está se tornando uma freira diante de meus olhos.

Clara ergue o olhar da sua batedeira de manteiga. Seu rosto está branco e vidrado com o esforço, mas ela não cede a tarefa para que Iris possa ajudá-la.

— Pode me chamar de irmã Cinderela — diz. — Ficaria feliz em fazer os votos e viver sob a promessa de silêncio, se me fosse permitida a solidão.

— Ainda não começamos a passar fome, não há necessidade disso — diz Iris com um horror adequado.

— Que escolhas temos nós, com papai em seu colapso e uma louca no leme da casa? — diz Clara.

— Não fale tais coisas — diz Iris, e então, a contragosto, é forçada a esclarecer, acrescentando: — Estou segura de que Papai Cornelius vai se restabelecer.

— Então você não contesta a loucura de sua mãe — diz Clara. Seu tom ácido contradiz a posição suplicante dos ombros e a cabeça abaixada sobre a batedeira.

— Não me peça semelhante traição — diz Iris. — Por favor!

— Ela está louca — diz Clara. — Pequenos passos em direção ao asilo de loucos ainda nos farão chegar lá.

— Asilo de loucos ou asilo de pobres, qual é a sua escolha? — diz Iris, mas não é capaz de colocar a cabeça na discussão e não sabe por que está defendendo a mãe.

Clara apenas ergue os olhos.

— Não estou sugerindo que o caminho de uma pessoa nesta vida seja fácil — diz ela. — Por que discutimos, Iris? Você e Ruth são tudo o que restou de minha antiga vida, a vida que aparentemente só viria a ser complicada por um excesso de felicidade.

— Seu pai vai se recuperar — diz Iris, com um pouco mais de bondade. Ela procura farinha na despensa para que possa preparar alguma massa de pão, mas só há alguns vestígios de pó de farinha no pote de cerâmica. Ela volta e pergunta a Clara onde foi parar a farinha do dia, se a massa do pão já foi colocada para crescer, mas esquece a tarefa quando vê os ombros de Clara sacudindo. — Oh, querida irmã — diz Iris, atravessando o aposento até ela —, seu pai vai se recuperar!

— Ele mal me reconhece! — diz Clara. — Toda a sua vida foi varrida para longe. É como se os seus olhos tivessem sangrado suas memórias e olhassem sem ver!

— Eu sei como é — diz Iris. Ela se esforça para escolher o que vai dizer a seguir. — Sofrimento e preocupação assumem muitas formas. É simplesmente uma espécie de doença, mas ao contrário da peste ou da pústula, não é fatal. Ele vai se recuperar. Vai mesmo! Você vai ver! E deve fazer o que puder para ajudá-lo.

Clara pestaneja para ela. Em sua vida nunca lhe pediram muito para ajudar. É uma proposta que parece não compreender. Vai além dela. Enxuga os olhos.

— Ele está ali mas parece que se foi. Seu corpo está quente e guarda o seu cheiro, mas não mais do que uma pilha de vestimentas retém o aroma e o calor do corpo quando se afasta delas para se banhar. Ele não lhe deu muita atenção ou muito tempo, então como poderia saber, mas eu sei: ele não é o homem que era. Dificilmente chega a ser um homem, é apenas uma coleção de hábitos corporais, alimentação, respiração, necessidades fisiológicas, gemidos durante o sono. Não vê como foi reduzido a nada?

— Isso é uma indulgência, essa piedade e horror — diz Iris friamente. — Você sabe o que tem de ser feito e ele vai voltar para você. É um bom homem e está alquebrado pela preocupação, mas não está morto, Clara. Não do modo como meu pai morreu.

Iris pára, o pensamento do homem flutuando na água, seus olhos no bico do pássaro...

...e continua.

— Dê-lhe tempo para repousar e tudo ficará bem.

— Você é mais velha do que eu, Iris, e viu tristeza no seu tempo, mas não sabe tudo a respeito do mundo. Deixe-me com a minha dor.

— Vou encontrar a maior chave que puder e trancá-la no seu claustro, se quiser — diz Iris. — Enquanto você se lamuria, pelo menos a louca está trabalhando, arduamente como sempre, para resolver o dilema em que todos nos encontramos! Se fosse menos crítica, poderia ajudar mais!

Clara perde a paciência finalmente e grita:

— Ruth? Você está aí, Ruth? Venha cantar para mim como sabe cantar tão bonito? Ruth? Tem um mosquito borrachudo irritante na cozinha dizendo coisas que não entendo. Preciso de distração. Ruth, venha cantar para mim.

Ruth aparece de alguma tarefa no jardim que lhe foi dada, à altura da sua atenção e de suas habilidades manuais. Sorri para Iris e ajoelha-se diante da batedeira de manteiga. Cantarola uma série de sílabas sem sentido, longos sons oceânicos livres dos estalidos e baques com que as palavras de verdade começam e terminam. Apesar disso, o som desfocado é, de uma certa maneira vaga, musical, e Clara começa a bater a manteiga de novo, ritmadamente.

Iris tenta dizer:

— E quanto a mim, quanto àquilo que estou sacrificando, agora que recebi a ordem de abandonar o estúdio?

Mas o início de sua frase se perde entre os ruídos de Ruth e ela não pode acabá-la, pois seu pensamento é tão cheio de autocomiseração quanto qualquer dos pensamentos expressados por Clara, e Iris sente vergonha.

Van Stolk e Van Antum

— C arreguem-nos! Carreguem o lote todo! Que bons ventos os levem!

Credores chegam e levam em carroças todo o estoque de bulbos de tulipas, sacos e sacos de bulbos, cada bulbo farfalhando como se dentro de seu próprio invólucro de papel. Os credores também levam aquelas flores plantadas em fileiras de uma dúzia e de vinte em cada cuba. Margarethe queixa-se de feridas nos olhos — "Desde que vi aquela pintura do mundo mágico feita pelo Diabo, todas aquelas bestas e flores imorais!" — e leva as mãos aos olhos em frustração como para limpá-los de uma película, de uma crosta. Ainda assim, supervisiona os procedimentos. Observa com uma boca amarga e ordena a Iris que faça um registro de cada negócio no papel. A linguagem em que se faz o comércio é salgada ou obsequiosa, mas Margarethe nunca abaixa o queixo ou a voz. Seguramente Papai Cornelius, lentamente calcificando em seu estupor na cama, consegue ouvir através das cortinas como Margarethe está desmantelando a sua propriedade. Se entende o que está ouvindo é, naturalmente, outra questão. Ele fala pouco ou quase nem fala.

Mas um dia ele emerge, vestido pela metade e com um ar desmazelado, ao som da voz rouca de Nicolaes van Stolk. É o homem que abordou Clara no enterro da sua mãe, o cidadão com peito de barril que berrou as más notícias na noite em que a tempestade ameaçava o carregamento dos bulbos de tulipa. Van Stolk chegou com quatro rapazes espadaúdos para passear pela casa de Van den Meer e vistoriar o mobiliário. Parece que Van Stolk pagou o empréstimo feito pelos cervejeiros aos Van den Meer e agora estes estão em débito com ele. Tenciona fazer uma proposta a Margarethe relativa ao que poderia levar em troca do que lhe é devido.

— Tiraria até mesmo os ossos de nossa pele, não é? — silva Margarethe.

— Não me adiantariam muito, pois não poderia revendê-los com lucro — diz Van Stolk jovialmente. — Bom-dia, Van den Meer. Momentos difíceis chegam para todos nós.

Não demonstra nenhuma aparência de que momentos difíceis tenham chegado para ele nos últimos tempos.

— Não precisa se incomodar com este visitante cansativo — diz Margarethe ao marido, no que passa por caridade, mas é realmente uma tentativa de apressar sua negociação sem interferência. — Volte à sua cama e mandarei Ruth ou Iris levar algo quente para você beber.

As meninas tentam fazer com que Van den Meer se afaste.

— Por que está passeando dentro da minha casa? — diz Van den Meer a Van Stolk.

— Gostaria de algumas das pinturas — diz Van Stolk. — Não são todas do mais alto calibre, e as pinturas perderam o seu valor nesta época em que o mercado foi inundado por elas. Mas vou oferecer-lhe um preço justo por poucos itens adoráveis e deduzir a soma da quantia que me deve.

— Pinturas — diz Margarethe, interrompendo o que poderiam ser as objeções do seu marido —, elas vão e vêm tão rapidamente quanto os estilos das roupas e o gosto por pregadores. É melhor abrirmos espaço para trabalho de melhor qualidade, que em breve poderemos adquirir. Por que não nos desfazermos de bens de menor qualidade enquanto podemos...

— Silêncio, sua harpia — diz o marido. — Saia da minha casa, Van Stolk, antes que tenha de forçá-lo com meus próprios punhos!

— Vou dar uma olhada na pintura da Jovem com Tulipas — diz Van Stolk calmamente, ignorando-o. — Na minha opinião, é a única peça boa aqui.

— Não vai sequer olhar para ela! — Van den Meer dá um passo à frente e o passo se transforma em corrida. Até Margarethe se encolhe diante do choque esperado de dois corpos masculinos bem crescidos. Mas os quatro rapazes usam seus braços e retêm Van den Meer para trás enquanto Van Stolk atravessa o vestíbulo e abre a porta como se fosse o dono do edifício.

— Aqui está, uma obra maior por um artista menor — grita. — Esplêndida como eu me lembrava dela. O tema inspirou o artista a píncaros de realização que ele nunca mais atingirá. É difícil distinguir o que é mais magnífico, a beleza da garota ou a sensível habilidade do trabalho, mas suponho que isso não tenha importância. Isto é o que a arte faz, confunde os sentidos para magnificar a apreciação do coração. — Ele examina a tela, carinhosa e avaramente. — Aquelas jóias que a menina está usando não são de Henrika? Alcançariam um belo preço.

— Creio que foi enterrada com elas — diz Margarethe. — Não pense que eu não revistei as gavetas e os armários. Se quiser se dar ao trabalho de desenterrar o seu corpo, será bem-vindo, contanto que nossas contas ganhem o devido crédito.

Van Stolk ri, quase admiravelmente.

— Você *é* diabólica. Vamos, rapazes, subam nesta mesa e retirem o quadro da parede.

— É a peça mais valiosa na casa — diz Margarethe estridente-mente, repetindo pela qüinquagésima vez a frase com que conduziu todos os visitantes recentes através da casa.

— Como a casa foi desnudada da maioria dos objetos mais pre-ciosos do seu marido, não está dizendo muito quando fala isso — observa Van Stolk.

— Não vou aceitar isto! — ruge Van den Meer.

Clara vem da cozinha por causa de todo o barulho. Aperta as mãos nas faces. Sua primeira reação é de alegria, ao ver seu pai dirigir-se a um visitante, mas quando vê quem é o visitante, e como seu pai ficou agitado, ela arremete contra ele.

— Deixe a pintura ir embora desta casa, papai — murmura Clara. — Deixe-o levá-la, ele é apenas um abutre. Além do mais, detestei o quadro. É uma pintura de esperanças vãs e não faz justiça a mim.

— Você já mudou em relação à menina na pintura — grita o pai. — Olhe só para você! Uma garota de cozinha! Margarethe, o que está fazendo com minha filha?

— Venha comigo — diz Clara —, venha embora, papai, quase nem está vestido.

— Minha Clara — diz o pai, mas quando estende as mãos é para a menina bonita e sorridente na pintura, não para a versão mais pá-lida da mesma filha que agora o envolve com os seus braços. — Clara, não me deixe como Henrika o fez!

Ele começa a soluçar.

— Já tenho um comprador potencial para esta peça — diz Van Stolk ao orientar o deslocamento da pintura porta afora para o sol da primavera.

Mas Van den Meer recuperou suas forças. Dá um passo diante da tela e diz:

— Vou decidir se a vendo para você dentro de poucas semanas, se eu precisar. Criticou-me por me entregar à especulação e vejo que é um dos primeiros a lucrar neste declínio. Não me considere tolo a ponto de não notar isso. Mas a pintura não é minha para que possa dar a você neste exato momento. Se a tirar de minha casa sem a devida permissão, a lei o acusará de roubo. Eu o estou informando disso em alto e bom som na presença de testemunhas.

— Do que está falando? — diz Van Stolk.

— Luykas Schoonmaker, o pintor, procurou-me na semana passada e pediu-me permissão para levar emprestada a pintura a fim de mostrá-la na exposição para a rainha visitante.

— Nunca me contou isso! — diz Margarethe.

— Você tinha saído atrás de algum esquema. Ele bateu à porta e Clara o levou ao meu quarto — diz Van den Meer. — É minha casa, Margarethe, e minha filha, e minha pintura, e concordei com os termos do empréstimo.

— Que termos são esses? O que ele está pagando? — diz Margarethe. — Iris, anote aí.

— Não está pagando nada. Estes são os termos — diz Van den Meer. — A caridade não exige menos e, quando desistimos da caridade, desistimos de nossas almas. Acha que não aprendi nada neste ano difícil? Pronto, já disse o que tinha a dizer. Retire a pintura à força destes aposentos, Van Stolk, e estará violando a lei. Mandarei o xerife e seus suplentes atrás de você imediatamente.

Van den Meer não fica para ver o que acontece, mas se vira e sobe as escadas. Clara o segue, dando-lhe uma mão de apoio. Van Stolk resmunga para Margarethe.

— Eu poderia requisitar o prédio inteiro se quisesse. Não me provoque, senhora Van den Meer, pois não há nada em sua maneira que suscite uma reação calorosa, até mesmo no peito mais generoso da cidade, que visivelmente não é o meu.

Não faz uma hora que Van Stolk saiu e outra batida na porta convoca Margarethe. É o negociante de roupas de novo, Gerard van Antum, com algumas amostras de rendas e o primeiro corte de anáguas e saias para provar nos quadris ossudos de Margarethe. Iris o encaminha até o salão que dá para a rua.

— Eu aceitaria um *sherry* — admite ele enquanto se ocupa ao redor de Margarethe com alfinetes e olhares técnicos, tomando fôlego. Sua obesidade não o ajuda na profissão. É como uma imensa almofada de alfinetes ambulante, superacolchoado.

— Creio que estamos sem *sherry* — diz Margarethe. Ela inventa um acesso de tosse para omitir a informação seguinte, de que não há nada no guarda-louça para substituir o *sherry*. Dentro de alguns dias, neste ritmo, não haverá mais nem guarda-louça.

— Deixe-me dar uma olhada na bela menina, então — diz Gerard van Antum.

— Não até que eu tenha uma roupa terminada — diz Margarethe.

— A senhora se esquece — diz o negociante de roupas —, eu ainda estou com os alfinetes nas minhas mãos.

— E quando os colocar em mim, terá sacrificado suas armas e então será a minha vez — diz Margarethe com uma risada alegre forçada. — Em vez de *sherry* vou oferecer-lhe uma taça de chocolate e reforçá-la com um sabor capaz de fazê-lo arrotar o fígado pela goela.

Ele deixa cair as mãos; seus alfinetes esparramam-se pelo chão.

— Aprenda comigo, Iris, sei conduzir uma conversa espirituosa, não? — diz Margarethe. — Estou praticando para quando me encontrar com a rainha honorária de França.

— O tecido que escolheu cai muito bem — diz Van Antum numa voz humilde.

— Fico deleitada ao saber que aprecia meu gosto — diz Margarethe. Lança um olhar severo através da janela. — A gente ouve o mexerico que cada língua de mulher faz nas melhores ruas da cidade. Por que realmente veio Maria de Medici exibir o seu afilhado aqui?

— Ele tem a reputação de possuir um bom olho para a pintura — diz Van Antum. — Ela conta com o seu gosto na seleção do seu último retratista. E existem outras razões.

— Por favor, diga.

Mas Van Antum cerra a boca afetadamente na direção de Iris. Margarethe suspira e tenta outra abordagem.

— Clara? — chama.

Ruth atravanca a porta da cozinha.

— Eu queria Clara — diz Margarethe.

— Menina das Cinzas — diz Ruth.

Margarethe assusta-se ao ouvir sílabas compreensíveis da boca de Ruth.

— Menina das Cinzas? — diz ela. Não está tanto questionando as palavras de Ruth, como o fato de que puderam ser pronunciadas. Sua voz sobe de registro, como se enraivecida. — *Menina das Cinzas?*

Clara aparece então, empurrando Ruth para trás, para dentro da cozinha, a fim de aplacar a maré de aparente reprovação de Margarethe.

— O que foi? — diz ela com cansaço.

— Desde quando Ruth consegue chamá-la de Menina das Cinzas? — diz Margarethe.

— Ela aprendeu a cantar algumas palavras — diz Clara. — Não tenho a menor idéia de como conseguiu.

— Não sabe como, Menina das Cinzas? — diz Margarethe. — Menina da Fuligem, Pé de Cinza, você não tem a menor *idéia*?

— Passamos muito tempo na cozinha — diz Clara —, cantando e contando histórias. Ela está ficando com mais idade também e ouve bem.

O negociante de roupas não se interessa pela melhora na fala de Ruth. Suas mãos caíram até a barra da saia de Margarethe e ele a agarra como para se impedir de vacilar nos joelhos diretamente para o chão. Só viu Clara uma vez antes, e daquela vez ela desaparecera sem uma palavra.

— Apresente-me — murmura ele a Margarethe e a toca de leve no tornozelo para chamar sua atenção. — Apresente-me, por favor?

— Ora, muito bem — diz Margarethe. — Já nos decidimos quanto ao tamanho do rufo, e sobre o senhor me arranjar um par de gotas de pérolas para pendurar em minhas orelhas? Não consigo localizar os brincos de diamante de Henrika. Vou desenterrar o seu caixão, se for preciso...

Van Antum está paralisado demais para responder a essa cômica fanfarronada.

— Alô — murmura —, alô, alô.

— Estamos de acordo, então —continua Margarethe. — Sim, pois bem, vou lhe dizer: esta é a minha enteada, Clara van den Meer. Não ligue para a sua sujeira. Não há nada que lhe agrade mais do que fingir que é uma empregada. Nós a chamamos de Cinderela de brincadeira. Cinderela — diz Margarethe, como que para comprovar —, Cinderela, não fique parada aí tão sorumbática. Cumprimente o nosso bom Gerard van Antum e então, se puder fazer a gentileza, prepare para ele uma bela caneca de chocolate quente. Iris, vá ajudá-la. E então, meu caro senhor, pode me contar mais a respeito de Philippe de Marsillac e por que ele precisa de ajuda para encontrar uma noiva.

A noite antes do baile

— Vai ser o acontecimento mais elegante realizado em toda a Holanda Protestante este ano! E tanto excesso e tantos gastos pecaminosos!

Existem muitas ocasiões para que os cidadãos de Haarlem reprovem, Iris observa, mas não muitas pessoas que recebem os preciosos convites chegam a recusá-los. Melhor observar em primeira mão, toda a família vai querer saber sobre os excessos. É a atitude da maioria das pessoas. E elas mantêm os sapateiros ocupados com as novas encomendas inspiradas nos últimos modelos importados de Paris.

Muitos consideram uma boa ocasião para um baile. A maioria daqueles que sofreram no colapso do mercado das tulipas vendeu tudo o que tinha e foi embora, ou então, como Margarethe, está tentando corajosamente continuar como se as melhores perspectivas estivessem à sua frente. E quem pode dizer que isso não é verdade? Na família das nações, a Holanda ainda é uma ave recém-nascida no ninho... Nascido de uma algaravia de pequenos fazendeiros e pescadores, um punhado de províncias se tornou uma nação de comerciantes internacionais que compartilham um sentimento crescente de destino. A brava conversa de mercado confirma justamente isso.

"Aqueles que caíram vão se levantar."

"A Holanda não recebe o melhor ar do oceano todo dia e respira os pensamentos mais novos? Não é o próprio oceano nossa grande estrada a ser galopada em corcéis de madeira e velas de pano?"

Quem se importa que as velhas e os pregadores, usando vocabulário diferente uns dos outros, murmurem jeremiadas de que otimismo em excesso faz mal à alma e atrai talvez mais atenção de Deus do que, estritamente falando, é desejável?

Mas Maria de Medici está singrando a cidade como um galeão, com seu afilhado, dotado de uma beleza profunda e de uma bela posição social, Philippe de Marsillac. Dizem que tem um bom olho para a pintura e que sua madrinha confia na sua opinião. Mas como é *possível* que ele não esteja equipado para selecionar uma esposa para si mesmo? Um olho para a pintura também sugere um olho para a beleza feminina, certamente? Ou será um retardado?

Apesar de tudo, ele foi visto, e ela também; Haarlem não é tão grande que uma pessoa possa se esconder facilmente, ou esconder o seu sobrinho. E ela é grosseira e inconveniente, e ele o oposto dela em todos os sentidos.

À medida que o grande dia se aproxima, Iris e Ruth sucumbem às várias provas que o modista insiste ser necessárias. Iris pode ver que Van Antum está abalado diante do esplendor de Clara van den Meer, e que Margarethe limita o aparecimento de Clara a uns poucos momentos depois de cada sessão. Mesmo com seus olhos continuando a doer e a falhar, Margarethe dirige tais ocasiões com fineza. Ela chama "Cinderela!" e então faz Clara parar quando se aproxima, dizendo:

— Não se mexa, deixei cair um alfinete e você vai pisar nele.

E assim Clara, iluminada por trás pela luz do sol que penetra na porta da cozinha e se reflete nos azulejos recém-lavados, paira como um anjo católico, seus cabelos louros escapando da touca num nimbo, sua própria curvatura imobilizada para evitar alfinetes caídos, dando-lhe um ar de alguém que acabou de ter descido do céu.

Margarethe manipula Clara ainda mais tortuosamente quando Nicolaes van Stolk visita a casa. Ficou claro que o seu interesse pela pintura da Jovem com Tulipas é simplesmente uma máscara para o seu interesse pela modelo. Primeiro Margarethe manda Ruth subir para sentar-se ao lado de Papai Cornelius e garantir que ele não saia da cama. Então Iris é chamada em função do recato. Margarethe fecha as portas do salão da frente para que Papai Cornelius não possa ouvir.

— Nossa Duende das Cinzas? A coitadinha foi derrubada por um resfriado. Não pode ouvi-la espirrando no canto da lareira?

— Não posso — diz Van Stolk irritado.

— É a coisa mais estranha. À medida que meus olhos falham, minha audição melhora — diz Margarethe. — Posso ouvi-la até enxugando os olhos, pois ela gostaria de vir e apresentar-se pessoalmente ao senhor, mas se encontra num estado deplorável e não gostaria que a visse tão trêmula e vulnerável.

Van Stolk tosse e se ajeita na cadeira.

— Eu seria capaz de tolerar isso — concede ele.

— Bobagem — diz Margarethe. — Eu não ousaria. A teoria do contágio tem alguma validade e eu jamais me perdoaria se o senhor fosse assolado ainda que por uma simples coriza logo antes do baile.

— Não tenho nenhuma intenção de prestar homenagem à rainha honorária de França! — diz Van Stolk, aprumando o corpo.

— Não, claro que não — diz Margarethe em tom apaziguador. — O senhor não tem uma filha disponível para desfilar diante do cobiçável Philippe de Marsillac, nem tem uma esposa que o obrigue a ir para que possa comparecer levada pelo seu braço. Deve ser muito solitário às vezes.

Ela sorri, mas, Iris nota, sem a sua velha habilidade de flertar. À medida que sua visão deteriora, o mesmo ocorre com seu status de coquete; sua atração existe agora somente nas filhas que está criando.

— Mais cerveja para o cavalheiro — diz Margarethe para Iris, que se adianta e serve. — Eu bem que poderia arranjar algum dinheiro para comprar um novo par de sapatos — Margarethe continua. — Os maravilhosos sapatos de pelica que mandei fazer para mim vão ser inadequados, receio. Com meu passo vacilante, tenho a tendência de bater no chão e nas quinas de paredes ou de móveis e as marcas no couro branco são ofensivas. Mas o sapateiro não quer me dar mais nenhum crédito. Poderia aborrecê-lo com o pedido de um pequeno empréstimo?

— Eu esperaria alguma caução — diz Van Stolk.

— Ouvi nossa Cinderela envolvendo o seu peito com o xale — diz Margarethe suavemente. — Sente frio e precisa se aquecer. Que coisa desgastante para ela. Nem a cozinha com o calor de suas chamas consegue satisfazê-la. Eu a colocaria na cama num instante se achasse que ela concordaria com isso. Na cama ela ficaria aquecida.

Van Stolk cede diante das campanhas de Margarethe e lhe dá algumas moedas para um novo par de sapatos. O sapateiro é convocado na hora e Margarethe exige um par de sapatos escuros elegantes com a fivela mais brilhante e maior que o pé de uma senhora possa sensatamente suportar. Ou talvez rosetas de sapatos?

— Você ou Ruth podem ficar com os sapatos brancos — diz Margarethe.

Mas os pés enormes e espalmados de Ruth são grandes demais e os pés de Iris estreitos demais. Os belos sapatos brancos, quase sapatilhas de balé, têm um corte muito baixo. Mesmo que Iris coloque um bocado de enchimento, não vai poder impedir os sapatos de escorregarem fora dos seus pés e de matraquearem os saltos no chão enquanto caminha.

— Quando minha vista melhorar — diz Margarethe —, vou conseguir manobrar naquelas sapatilhas de novo. Guarde-as, Iris, e vamos pensar na questão dos seus cabelos.

Estudam os cabelos de Iris. Estão flácidos e sem brilho. Margarethe os lava com ovos e estende mechas sob a luz.

— Minha vista está ficando pior — grasna — ou os seus cabelos ficaram com uma cor ainda menos agradável do que a de costume?

— Não posso mudar a cor dos meus cabelos à vontade — diz Iris.

— De que adianta ser uma pintora se não é capaz de pintar a si mesma? — diz Margarethe.

Ruth é ainda mais difícil de lidar. Seus cabelos têm toda a energia e abundância que falta a Iris. O problema é domar aquela exuberância. Mesmo presos com laços e toucas, os cabelos de Ruth parecem ter poderes miraculosos de escape. A única solução é cortar uma boa parte deles e esperar que Ruth possa manter sua touca na cabeça. Mas e se o estilo francês exigir que as mulheres retirem suas toucas num baile? Este é o tipo de detalhe que atormenta Margarethe e que aborrece Iris. Quanto a Ruth, ela corre de volta à cozinha assim que lhe permitem. Roupas esplêndidas, sapatos novos e inovações no seu escalpo! Iris pode ver que o baile vai aterrorizar a sua irmã. Estará Clara lá para acalmar Ruth? Iris ainda não está segura.

A casa foi despojada pela metade do seu mobiliário. Todos os luxos de Henrika se foram, mas algumas cadeiras, mesas e guarda-roupas permanecem. Involuntariamente, Iris vê como a luz cai diferentemente em aposentos mais vazios. É uma luz de primavera, há um toque de verde nela, que chega quando o sol se filtra através das folhas tenras das tílias. Iris nunca esperou viver num prédio tão bonito, por isso a idéia de deixá-lo em breve parece apenas um retorno ao modo normal de vida difícil. Mas ela sabe que será um tormento para Clara, que a esta altura evita até se aproximar de uma janela ou parar diante de uma porta aberta, caso Van Stolk esteja do outro lado.

Iris está na cozinha, tentando ajudar Clara a preparar uma refeição com o que lhes sobrou na despensa, quando Margarethe chega estrepitosamente, para revistar os armários de novo na esperança de achar colheres de prata ou jóias sumidas que ela possa penhorar. É uma tarefa infrutífera, mas Margarethe está obcecada com a idéia de que a riqueza de Henrika era ilimitada.

— Não nos resta muito para comer — Clara diz a Margarethe. — Estamos reduzidos a quase nada. Vamos pedir ajuda aos regentes do orfanato do Espírito Santo em breve.

— Falaram-me que não aceitam mais crianças acima dos sete anos de idade — diz Margarethe. — Mas não se preocupem.

— Van Stolk vem reclamar a posse da casa no dia seguinte ao do baile! — diz Clara. — O que vai fazer? Quer dizer que papai ficou tão arruinado por esta crise que se qualifica para o asilo dos velhos, onde pode tomar sol no pátio com os outros indigentes desdentados?

— Você se preocupa à toa — diz Margarethe. — Passei pelo Oudemannenhuis muitas vezes. Os regentes o administram bem. Todo mundo é mantido limpo e quieto.

— E o resto de nós — indaga Clara, com desprezo. — Suas filhas e eu nos qualificamos como solteironas para sermos acolhidas numa das *hofjes*?

— Pena que nunca tenha aprendido a ser uma costureira — diz Margarethe. — Ainda há tempo.

— E você vai escapar sob o manto da noite e voar na sua vassoura para destruir a felicidade de outra família?

Clara falou com ardor e desdém, mas Iris se assusta e derruba a chaleira no chão de tijolos. Margarethe espia de uma para a outra o melhor que pode.

— Então Iris está inventando histórias, não é? — diz Margarethe friamente.

— Eu, nunca...! — grita Iris.

— Não, estou segura de que nunca o fez — diz Margarethe. — Clara, a enraizada, faminta de sol, simplesmente inventa uma história destas da sua própria cabeça. Maravilhoso, Iris. Obrigada. Agora vamos lembrar as tarefas centrais do dia e abandonar o interesse por tais mexericos? Precisamos comer. *Nós* já passamos fome antes, *Cinderela*, embora talvez a fome seja uma novidade para você.

— A fome nos emagrece, mas a peste pode nos fazer inchar e vicejar, durante uma hora antes de morrermos... — diz Iris.

— Não zombe de sua velha mãe cega — diz Margarethe, brandindo uma bengala. — Colocarei comida em suas bocas antes que se passem três dias, anotem o que estou dizendo. Vocês me consideram uma tola como meu marido incoerente, mas não entreguei os pontos ainda. Philippe de Marsillac vai ter você como sua noiva, Iris. Espere para ver.

— A senhora está *louca* — diz Iris. — Sua cegueira está escoando dos seus olhos para o seu cérebro. Esquece a aparência de sua filha e a aparência das outras ao nosso lado. Não somos dignas de ficar atrás de um canteiro de flores. Não somos aceitáveis para levar os patos até o açude. O que eu posso oferecer a um príncipe que qualquer outra mulher de Haarlem não possa?

— Você tem resistência — diz Margarethe duramente. — Você a herdou de mim.

— Toda a Holanda tem resistência, esta é a qualidade essencial da Holanda — grita Iris. — Está mentindo para si mesma porque não consegue encontrar outra saída!

— Posso encontrar outras saídas e posso enxergar mais do que você pensa — diz Margarethe. — Talvez a nuvem de escuridão nos meus olhos tenha amortecido o aspecto anguloso do mundo para mim, mas vejo outras coisas que não conseguia ver antes. Vejo como as pessoas se preocupam e como suas vidas estão limitadas e presas ao longo desta linha.

Ela estende a mão para uma faca; talvez vá tentar podar um pouco dos cabelos incríveis de Ruth. Meio cega como está.

— Não sei disso por mim mesma, com meu próprio terror da pobreza e da fome me corroendo noite e dia? Mas sou mais astuta do que a lua, minhas meninas, porque estou cega agora às aparências. Este jovem casadouro tem um olho para a pintura, é por isso que está aqui. Você é uma das únicas jovens mulheres de Hàarlem a tentar a mão na pintura...

— Fiz esboços uma ou duas vezes! Está enfeitiçada pela preocupação e infla minhas habilidades como uma bolha de sabão — diz Iris. — E todas as bolhas estouram.

— Sempre temos Cinderela para leiloar a quem oferecer o maior lance — diz Margarethe.

Não há nada de impróprio na sua observação. É direito e dever de uma mãe amplificar as fortunas da família. Mas Margarethe não disse isso com esta franqueza antes e a sala fica em silêncio.

— Não pretendo ir ao baile — diz Clara em voz baixa.

— Eu diria que não — fala Margarethe. — Uma vez pelo menos concordamos. Mas vou lhe dizer por quê. Por mais agradável que seja a sua aparência, você não é uma garota inteligente como Iris. E nada possui no seu rosto em matéria de bondade humana. Mas se fosse ao baile teria uma boa oportunidade de atrair a atenção de Philippe de Marsillac. Colocaria minhas filhas nas sombras. Se ele a achasse digna de conquista, você permitiria que isso acontecesse e nos largaria a todas. Desapareceria dentro de outra vida, e nós não ficaríamos em melhor situação do que antes. Na verdade ficaríamos pior, pois também tenho o seu pai para alimentar até que ele volte ao seu estado normal.

— Eu não abandonaria meu próprio pai! — diz Clara.

— Não, talvez não — concorda Margarethe com sagacidade —, mas não se ofereceu para apoiar sua madrasta e suas meias-irmãs com a mesma paixão. Se seu pai morrer, como bem poderia ocorrer, de um espírito partido ou de uma bolsa partida, seus laços com sua família madrasta estarão partidos também. Não tem nenhum sentimento de obrigação em relação a nós, e por que deveria ter?

— Mas você me casaria com o negociante de roupas ou com Van Stolk? — diz Clara.

— São homens locais, e em função do seu trabalho um homem precisa mostrar-se generoso com os parentes de sua esposa — diz Margarethe. — Se você se casar com Van Stolk, poderíamos todas ficar nesta casa.

— Eu preferiria morrer — diz Clara. — Ele é uma ave de rapina, um corvo.

— Mas que escolha tem você? Não quer nem sair de casa, e se Nicolaes van Stolk se tornar o dono desta casa e vier a possuí-la e morar aqui, ele terá de possuir você também...

— Irei para o mato. Seguirei a trilha de cavalo para Amsterdã ou Leiden. Encontrarei meu moinho e me enterrarei na sala da criançaduende. Me afogarei no Haarlemsmeer.

— Conversa, conversa. Você que é tímida em cada soleira de porta.

Margarethe parte ofegante, e a faca que ela empunha parece fazer vários comentários próprios ao retalhar o ar.

— Você não deseja ir ao baile? — diz Iris suavemente.

— Esta casa está para vir abaixo com todas as manobras dela — diz Clara. — Dentro de uma semana estaremos arruinados. Ela está vivendo na sua mente enlouquecida. Mas não vou me casar com Van Stolk, não depois de como ele tratou meu pai. Preferiria matar meu pai e a mim mesma.

— Você deveria ir — diz Iris. — Vamos ao baile!

— Pare com isso — diz Clara. — Estou levando este barrilete de água quente e mel lá em cima para papai. Ele se acalma ao me ver quando a tarde cai. Sem isso, fica agitado. Breve chegará o dia em que não poderei fazer mais isso.

Iris segue Clara pelas escadas dos fundos e ao longo do corredor até o quarto da frente. Van den Meer deixou a cama mas está sentado vestido pela metade, com um olhar vítreo.

— Papai, ajeite suas roupas, tem uma mulher de visita — diz Clara na porta, e Van den Meer fecha o roupão.

— É um jogo de *verkeer-spel*, não é? — resmunga. — O jogo das alternativas. Tudo pode acontecer.

Clara lhe oferece a mistura, que ele bebe sem aparente alívio.

— Todas as coisas mudam, papai. O senhor sabe.

— E você também, minha criança-duende.

— Como assim? — diz Iris. Não pode se conter. Clara parece mais velha, através de todo esse desastre; ela deveria ser capaz de responder agora. — Onde estava você antes de se tornar uma criança-duende?

Clara senta-se pesadamente numa banqueta e corre as mãos pelos azulejos pintados da parede, como se os seus desenhos azuis mostrassem imagens do seu passado, em vez de Caim e Abel, Noé e o dilúvio, Moisés com as tábuas da lei.

— Eu era uma criança boba e feia — diz Clara —, uma criança má que não gostava de minha mãe. Escapei da barra do seu avental e encontraram-me e me transformaram numa boa menina. Fizeram-me bonita e obediente e me deram beleza e dons musicais e de linguagem.

— Fizeram isso no moinho? — diz Iris. — Colocaram-na num buraco no moinho e lhe ensinaram música?

Clara encolhe os ombros e acena com a cabeça. Um fantasma daquele velho olhar, uma versão mais fina, transparente, flutua-lhe no rosto.

— Quem fez isso com você? — diz Iris. Não pode se conter. Vira-se para Van den Meer e pergunta: — Foi o senhor?

— Não fui eu — ele não fica sequer ofendido com a acusação. — Nunca soubemos quem foi.

— Foram os pássaros-espíritos que se juntam em bandos nas margens do Haarlemsmeer — diz Clara.

Van den Meer sacode o queixo com agrado e diz:

— Foram provavelmente malfeitores da Antuérpia passando pela cidade. Ou, quem sabe, as Ciganas de Queixo Barbudo.

— Papai! — diz Clara com rispidez.

— Conte-me — diz Iris, colocando seu ombro entre os rostos de Clara e do seu pai.

Um hábito de reticência de uma década abandona Van den Meer tão facilmente quanto o seu entusiasmo pelos negócios. Ele conta a Iris, enquanto Clara aspira o ar em pequenos goles, um-dois-três, um-dois-três.

— Henrika havia ido ao mercado trazer lagostas e limões. Clara tinha três ou quatro anos, uma criança ávida e ambiciosa, cheia de energia nas pernas e vento nos pulmões. Era difícil de cuidar e Henrika a perdeu de vista na multidão. Acho que foi no entardecer da véspera de um feriado. Clara era bem conhecida nas ruas na época, afável e despreocupada, e ficamos apavorados. Esperávamos que alguma alma boa a encontrasse e trouxesse para casa.

— Foram os espíritos que me acharam! — sussurrou Clara. — O pássaro.

— Mas veio a noite ainda sem nenhuma notícia. Henrika me fez chamar os guardas cívicos e o *schout*, o xerife, e seus homens também participaram da busca. Haarlem adora suas crianças. E adorava mais ainda Clara van den Meer, filha de Cornelius van den Meer e, mais importante ainda, filha de sua rica e importante esposa, Henrika Vinckboons! Cidadãos e milícia também se juntaram à busca, mas era aterrorizador, pois quanto mais lugares pensávamos em procurar, mais desolados ficávamos ao verificar que não estava lá. Receávamos que tivesse tropeçado e caído num canal e se afogado. Ou pior.

— Não foi nada assim — diz Clara. — Nada assim, nem remotamente. A longa viagem de barco ao outro mundo, onde eu seria modificada. Minha pequenina casa debaixo do assoalho. Era quente. Havia um cobertor. Havia doces gostosos e frutas e o espírito com voz de serrote cantava para mim quando eu chorava. — Clara balança um pouco, como se tivesse um bebê nos braços.

— Uma carta foi encontrada enfiada numa das venezianas da frente de nossa casa. Devolveriam Clara se Henrika lhes desse uma quantidade de florins dentro de uma arca. Era metade da fortuna dos Vinckboons. Rapidamente tivemos de nos organizar para vender as fazendas nos arredores da cidade que rendiam aluguel. Não sobrou muito além desta casa e o que havia dentro dela. Mas Henrika, mãe extremada, não queria saber de mais nada a não ser fornecer o que era pedido e ter Clara de volta.

— Não tinham uso para florins — diz Clara. — Queriam me transformar numa boa menina, era tudo. Consolaram-me e me mantiveram aquecida.

— Durante três dias — diz Van den Meer — açodei o *schout* e seus homens para se lançarem em buscas cada vez mais furiosas, oferecendo recompensas quase iguais à quantia pela qual Clara estava sendo resgatada. Alguns suspeitavam de uma manobra dos espanhóis, infiltrando-se em Haarlem e desmoralizando a cidade antes de um ataque. Alguns adivinharam que eram as bruxas querendo o sangue da criança para o seu sacrílego sabá.

— Eram bonitos — diz Clara. — Eram bondosos. Os espíritos da água.

— E Henrika ficou louca de medo. Então pagamos o dinheiro do resgate, deixando-o à noite no meio da floresta conforme nos orientaram. Nos escondemos e observamos durante muitas horas, até que uma carta chegou à nossa casa dizendo que o dinheiro não seria recolhido, nem Clara devolvida, enquanto não desistíssemos da nossa vigília. No fim, estávamos muito perturbados para fazer outra coisa além de ficar em casa e esperar. Uma carta foi entregue então na cervejaria onde eu estava habituado a almoçar, dizendo que Clara estava escondida num moinho ao sul da cidade.

— Quando fui transformada, eles me deixaram. Deram-me o moinho de brinquedo para me lembrar deles — diz Clara. — Aquele que Ruth tirou de mim e que mastigou em pedaços.

— Clara foi machucada? — diz Iris. Ela cai de joelhos e envolve os ombros de Clara por trás com seus braços. — Eles a machucaram?

— Nada fizeram do pior que se poderia imaginar — diz Van den Meer. — Não nos asseguramos disso imediatamente? Era dinheiro que queriam, não praticar alguma maldade.

— Sou uma criança-duende — diz Clara.

— Henrika lhe permitia dizer isso — fala Van den Meer —, e desde então Clara foi mantida em casa, até que com o tempo ela mesma escolheu ficar dentro destas paredes. É uma versão tão boa quanto outra qualquer, a da criança-duende. Quem sabe, talvez seja verdade. Mas os espíritos que a mudaram tinham grande apetite por dinheiro vivo.

Clara faz meia-volta na banqueta. Seu rosto está relaxado mas aberto. Os olhos perderam aquela aparência penetrante. Uma mão agarra o polegar da outra por um momento e depois cai, como extremamente exausta.

— E então, até Henrika morrer, você raramente voltou a sair de casa? — diz Iris.

— Minha mãe ficava apavorada por minha causa e aprendi o terror com ela. Mas ouvi falar de outras crianças-duendes, queria encontrar-me com elas — diz Clara. — Mas nunca consegui encontrar uma. As pessoas falam muitas coisas sobre crianças-duendes, mas são difíceis de encontrar. Quando a vi pela primeira vez, achei que Ruth fosse uma delas...

Há um ruído na porta. Ruth estava parada ali escutando e perdeu o equilíbrio.

A criança-duende

A casa toda dorme, com exceção de Clara e Iris.
Estão sentadas à luz bruxuleante das brasas, de mãos dadas.

— Não percebe? — diz Iris. — É uma maneira de evitar ter de se casar com Van Stolk e é uma maneira de salvar o seu pai. Você pode não ser capaz de salvar esta casa, mas não precisa dela. Você muda de novo, volta à pessoa que era quando tinha três ou quatro anos de idade. É forte e tem músculos bons e fôlego amplo. E um bom coração, Clara, um bom coração! Você é capaz deste ato de caridade!

— Não entendo o que está dizendo — fala Clara. Sua voz é baixa, mas não fraca.

— Veja o retrato que estou desenhando para você — diz Iris com firmeza. — Quer dizer, feche os olhos e veja. Eu o estou pintando para você. Lá está a pequena Clara no escuro. Não está assustada, não está ferida, está apenas tendo uma aventura, e os pássaros-espíritos estão sendo bons para ela, mas agora o teto está se abrindo. A luz está descendo. Ela estende os braços para cima e é levantada para o alto. É sua mãe. É Henrika. Ela está dizendo: "Venha, agora, Clara, venha, é tempo de crescer." E você sobe. Não é uma criança-duende. Ainda é você mesma. O buraco escuro agora é pequeno demais para você. Pode deixar seu pequeno cubículo, pode sair dele. Completamente.

— Mas eu sou uma criança-duende — diz Clara.

— Veja no que você pode se transformar então — diz Iris cautelosamente. Mal sabe se está em conluio com a mãe, para salvar as fortunas da família fazendo *uma* delas se casar com o príncipe, de qualquer modo, a mais viável, ou se está simplesmente tentando trazer a pobre Clara esquecida de volta ao mundo... a qualquer mundo, menos o da sua tristeza. Acha que nunca mais estará segura do motivo que a leva a fazer algo, mas parece a única coisa a fazer. Iris continua:

— Clara, ninguém discute que você é a mais esplêndida beleza da cidade. Uma jovem bonita e corajosa. Você *pode* sair às ruas. Ninguém a apanhará, seqüestrará ou esconderá. Compareça ao baile, Clara; venha à festa. Pelo menos, vamos ver como é.

— Não estou preparada para ser vista — diz Clara.

— Não — diz Iris —, mas, como eu, está pronta para olhar. Olhe para si mesma.

Clara fecha os olhos por um momento e curva a cabeça. Ao luar seus cabelos são da cor do alabastro. Quando ergue o olhar para Iris de novo, diz numa voz sóbria, não entravada por idéias.

— A verdade do que eu soube hoje não tem a ver com crianças-duendes. É que as dificuldades financeiras de minha família são em parte por minha culpa. Talvez totalmente por minha culpa. Se eu não tivesse me afastado de minha mãe, aqueles malfeitores não me teriam raptado. Minha família perdeu metade da sua riqueza para preservar minha vida e aquilo criou as condições para sua rigorosa privação dos seus recursos.

— Você não os fez prósperos, nem os fez cobiçosos — diz Iris com firmeza.

— Não — diz Clara —, mas eu os deixei pobres. Embora sem intenção e sem malícia. Portanto, talvez *seja* a hora de fazer a minha parte. Não vou me casar com Van Stolk, nem por todos os escrínios de pérolas que se possam importar do oceano Índico. Mas se puder ir disfarçada, coberta por uma capa como uma freira ou uma velha, eu me permitirei um encontro com esse príncipe. Uma coisa de cada vez. Vou deixar o buraco negro e sair, pelo menos, para dar uma olhada nele, como você diz. E então veremos o que vai acontecer.

Iris aperta as mãos de Clara de novo e então vai à procura de uma pena, um tinteiro, uma folha de papel, e sua capa.

Um pouco de mágica

No dia seguinte, quando há tanto para ser feito, Margarethe aparece com uma vermelhidão nas orlas dos olhos. Ela mesma conhece curas — a despensa se encheu de pequeno potes, frascos e saquinhos de ervas e de pós desde as primeiras semanas da sua chegada nesta casa estrita —, mas ela não tem nenhum bálsamo para olhos irritados. Decide correr até alguma enfermeira ervanária em busca de um ungüento. Não ousando pisar sozinha nas ruas, leva Ruth como forte braço de apoio. Quando sai, latindo por cima do ombro instruções sobre o café-da-manhã de Papai Cornelius para Iris e Clara, as meninas vão à cozinha. Lá, numa pequena pilha debaixo de um pires virado, há um traço vermelho de pimenta moída picante.

— Ruth trouxe para Margarethe sua poção matutina — observa Clara. — E Margarethe exige que seus olhos sejam enxugados por panos limpos toda manhã, pois a crosta da noite torna as coisas ainda piores... Você não acha que...?

— Ruth é a tola — diz Iris vivamente —, você não notou? Está sugerindo que Ruth irritou os olhos de minha mãe com pimenta-vermelha? Por que faria isso? Não pode considerá-la capaz de tamanha maldade.

— Sem dúvida as lágrimas de Margarethe acabarão tendo propriedades curativas — diz Clara. — Isto é, se Margarethe fosse capaz um dia de derramar uma lágrima por alguma coisa. Mas isso é intrigante. Você e Ruth estão tramando alguma coisa?

— Mamãe é a ervanária de talento — diz Iris. — Embora eu imagine que suas filhas tenham aprendido com ela alguma coisa sobre as propriedades das plantas. Mas não posso me preocupar com isso. Há muitas coisas mais para fazer, minha querida. — Ela sorri para Clara com a força da sua idéia secreta.

Elas preparam uma bandeja — uma fatia de pão duro amolecida ao ser colocada sobre uma chaleira fervente, uma xícara de chá —, e Clara leva ao seu pai no quarto dele. Enquanto Iris está revistando os guarda-roupas para ver se há algo que possa ser elegante o suficiente para servir de vestido para Clara, ela ouve uma voz na cozinha. Grita "Só um momento" e vai encontrar Caspar estirado num banco, as pernas estendidas em direção do fogo.

— Achou minha carta na porta — diz ela.

— Devia estar acordada muito cedo para entregá-la antes que tivéssemos acordado.

— E você foi bom o bastante para atender ao meu pedido de ajuda e aqui está, confortavelmente instalado.

— Por que não? — diz ele. — Sinto pelo cheiro que a bruxa está fora de casa.

— Oh, não seja cruel — diz Iris. — Ela é minha mãe, afinal.

— Não ligue para mim — diz ele. — Pelo que soube, vocês estão pobres agora?

— Não temos uma migalha de sobra — diz Iris, mas olhando para ele sente vontade de rir com todo o seu ser, como se pudesse rir não só com a boca, mas também com os olhos, o coração e os seus próprios membros.

— Sua mãe deveria ter-se casado com o Mestre quando ele a pediu — diz Caspar. — *Ele* não perdeu uma fortuna no grande colapso das tulipas.

— Foi o que nos contou, mas disse também que seus fregueses perderam, e isso significa que menos pessoas virão a ele para ter os seus retratos pintados.

— Tem razão — admite Caspar. — O que torna ainda mais desejável ganhar a encomenda da rainha honorária. Mas ele ainda tem muitas encomendas para terminar e, embora a comida à mesa seja simples, é farta.

— Bem, Margarethe pode ter-se casado com o homem errado — diz Iris —, mas não há como mudar isso agora. Ela vai fazer o que precisar fazer, na hora que precisar.

— Espero que você não se case com o homem errado — diz Caspar.

— É uma suposição agradável que você faz, a de que vou chegar a me casar! — diz Iris.

— Não sei se é agradável ou não — diz Caspar. — Depende da expectativa que você faz do casamento, eu acho. Mas simplesmente espero, se você se casar, que o faça por motivos outros que os de Margarethe.

— Margarethe casou-se para garantir a alimentação das filhas — diz Iris. — Não que seja da sua conta, mas por que não deveria ela fazer isto? Não é a sua responsabilidade como mãe?

— Não quero discutir — diz Caspar. Ele ri e ergue as mãos. — Fiquei contente em encontrar sua carta! Tive de sair do estúdio do Mestre hoje. Está me deixando louco. Vive numa preocupação frenética com esse baile. Aparando a barba! Escovando o casaco! Polindo as fivelas! Passando a ferro a faixa da cintura! Você nunca viu tanta agitação. Fico feliz em ser um pequeno verme desprezível e não estar envolvido nessa história.

— O que é isso agora — diz Iris, lançando um olhar divertido para ele —, acho que detecto que você gostaria de ir ao baile também.

— Qualquer coisa menos isso — grita ele. — Eu pisaria na cauda do vestido da rainha honorária de França e a arrastaria no chão, levando Luís o Último a conspirar com a Espanha e levantar armas contra os Países Baixos. Eu diria as coisas erradas às pessoas erradas e ofenderia todo mundo. Seria jogado na rua de costas ao chão e cairia numa poça de lama. Isso não é algo que desejasse.

— Bom — diz Iris —, pois existe apenas um milagre a ser feito num determinado dia e eu tenho meu trabalho delineado. Vai me ajudar?

Ele ergue uma sobrancelha.

Ela se senta numa banqueta e a aproxima dele. Não precisa falar tão baixo, pois apenas Clara e Papai Cornelius estão na casa e no andar de cima. Mas ela gosta de falar baixo, pois isso exige que fique mais perto. E então pode sentir o cheiro esplêndido dele, o odor vegetal de resina levemente úmido e algodoado. Ela conta o seu plano.

— Vai introduzir Clara num baile para o qual ela não tem convite? — diz ele.

— Temos convites para quatro pessoas — diz Iris —, mas Papai Cornelius está doente demais para comparecer. Vou dizer simplesmente ao porteiro que a quarta pessoa do nosso grupo virá depois.

— Mas sem a aprovação de sua mãe? Aquela megera astuta vai contra-atacar como uma víbora e abater Clara...

— Não acredito — diz Iris. — Você não tem estado por aqui o bastante para saber a que ponto a visão de Margarethe deteriorou. Acho possível que ela nem chegue a reconhecer Clara se não a espera ver por lá. Além do mais, se pudermos encontrar uma cobertura de cabeça com um véu no estilo espanhol, haverá mistério. Clara pode ocultar-se por trás do seu véu e ninguém a identificará, nem verá sua beleza a não ser que ela queira. Ela pode ficar pelos cantos e observar um pouco.

— Achei que ela não queria ir ao baile. O que a fez mudar de idéia? — diz Caspar, inclinando-se para a frente.

— Não perca seu tempo com isso. — Iris ainda está perplexa de que a sua conversa à meia-noite com Clara tenha surtido efeito. — Atenha-se aos assuntos imediatos.

— E espera encontrar um vestido adequado para ela... *hoje*? — diz Caspar. — Está assumindo este milagre de transformação para si mesma?

— Eu poderia contar com alguma ajuda — diz Iris.

— Você poderia contar com um pouco de mágica — diz Caspar —, mas não existe tal coisa na Holanda.

— Foi o que ouvi dizer — fala Iris, suspirando. — Na Inglaterra os pequeninos duendes vivem sob o solo e enfiados nos arbustos e saem para ajudar aqueles que merecem, para lançar sortilégios e recompensar os pobres.

— Clara é bonita — admite Caspar —, mas seria merecedora?

Com uma firmeza que oculta sua dúvida, Iris diz:

— Pelo menos, Clara deu alguma atenção a Ruth, e vem atendendo às necessidades do seu pai. Tem sido uma amiga para mim e lembra a mãe em suas orações toda noite. Não acha que ela merece a ajuda do mundo dos espíritos?

— Um pouco de mágica e tanto — diz Caspar. — Não me disse certa vez que havia um diabrete na residência? Não podia pedir ajuda a ele?

— Bobagem... a bobagem da minha tola juventude — diz Iris, enrubescendo. — Quando comecei a ver o mundo como ele *é*... Bem, o mundo invisível da minha fantasia parece menos divertido, ainda menos possível.

— Talvez seja, mas somos pintores, Iris. Devíamos ser capazes de alguma mágica juntos.

— Acho que sim! — diz Iris. — Não transformei Ruth e a mim na Menina-Veado da Campina? Posso fazer minha própria mágica! E você também. Pelo menos, mágica suficiente para encontrar um vestido, um par de sapatos, um acompanhante até a porta? Posso ajeitar Clara, beliscar suas faces para ficarem rosadas. Posso ficar de olho nela quando estivermos lá. Mas como vamos conseguir um vestido para ela?

— Posso pintar um vestido, mas não sou capaz de costurar um — diz Caspar.

Iris pensa na pintura do Mestre, com pinceladas amorosas, no vestido usado pela Jovem com Tulipas. Pintar tal vestido de novo... Incorporá-lo num golpe de mágica...

Numa voz baixa ela diz:

— Venho pensando nisso há algum tempo. Lembra-se das jóias que Clara usou para a Jovem com Tulipas?

— Sim. Eram gemas preciosas de Henrika, diamantes de Antuérpia, eu acho. E algumas fileiras de pérolas, não?

— E o Mestre não as levou de volta ao seu estúdio para que as pudesse estudar em busca de detalhes?

Caspar inclina a cabeça para um lado, encolhe os ombros e então assente com a cabeça.

— Nunca as coloquei na lista de nossos bens a serem vendidos. Margarethe presumiu que Henrika foi enterrada com elas. Mas eu acho que ainda podem estar no estúdio do Mestre, jogadas debaixo de alguma pilha de trapos de pintura ou de roupa de cama que precisa ser arejada. O lugar está tão desarrumado! Se ainda estão lá, se você puder encontrá-las, poderia usá-las para permutar por um vestido adequado? Pelo menos, como um caução para o empréstimo de um vestido?

— Você é ousada! — diz Caspar. — Foi uma boa medida que não a tenhamos deixado arrumar a casa quando veio para desenhar, ou provavelmente as teria desencavado. Escute, se as jóias estiverem lá, vou encontrá-las. E então? Há maneiras de se fazerem tais coisas. Deixe a meu cargo. O Mestre tem tido acesso a uma quantidade dos lares mais ricos nas semanas recentes. Conheço empregadas e cavalariços por toda a cidade. Mas preciso dar uma olhada em Clara antes.

— Você sabe como ela é — diz Iris. — Conhece a sua coloração.

— Preciso olhar com os olhos de um pintor — diz ele. — Preciso vê-la para medir suas formas, para que possa encontrar um vestido que caia bem nela e também combine com ela.

Iris diz, com um peso no coração que a surpreende:

— Bem, espero que seja capaz, pois aí vem ela.

Clara chega apressadamente à cozinha.

— Oh, o homem tolo está aqui — diz ela.

— Fique parada aí e deixe-me olhar para você — diz Caspar.

— Não gosto de ser olhada por pintores — diz Clara.

— Estou olhando para você para vesti-la em ouro — diz ele. — Não pense que não sou capaz de fazê-lo, Clara van den Meer.

Sua boca faz um beicinho desajeitado e seus olhos piscam primeiro para ele e depois para Iris, que encolhe os ombros. Clara ergue seus braços e a forma do seu corpo se delineia contra as paredes caiadas do canto da lareira.

Ela é uma visão maravilhosa. Iris se surpreende prendendo a respiração e Caspar aproxima-se mais um pouco. Seus olhos julgam as proporções. Ergue uma mão rapidamente para emoldurar as proporções. Memoriza sua forma. Caspar não é indecente e não se aproxima demais de Clara. Quando terminou, virou-se e disse às duas:

— Vou encontrar um vestido dourado para você até esta noite. Vou cuidar desta parte, podem ficar seguras. Gastem seu tempo resolvendo seus outros problemas.

Não sabem o que dizer. Ele corre para a porta e diz de novo:

— Confio em que não se casará com o homem errado.

Mas desta vez não fica claro com qual das duas está falando.

Tulipa e nabos

Margarethe está de volta antes que o sol tenha alcançado o seu ponto mediano. Seus olhos estão inchados das lavagens da enfermeira. Está com um humor do cão. Bate a porta com força atrás de si ao entrar em casa. Ruth esconde-se da mãe debaixo das escadas, num espaço de brincadeira que ela forrou com um cobertor extra, trapos velhos e algumas bonecas.

— O que eu tenho de aturar — ralha Margarethe —, o que é cobrado de mim! Que fiz para merecer indignidade após indignidade?

Iris e Clara trocam olhares. Clara desvia a cabeça para a panela, embora haja ali pouco além de água, um naco de manteiga, uma última cenoura, um punhado de velhas ervas poeirentas e aquela pimenta vermelha.

Iris toma fôlego, aperta os cordões do avental e sai apressadamente para o vestíbulo.

Margarethe está caminhando para lá e para cá sobre o piso de lajes pretas e brancas, estendendo as mãos para os lados para evitar bater nas paredes.

— Aqui pelo menos eu poderia abrir meu passo e não temer a risada e a zombaria dos meus vizinhos! — grita ela, batendo contra uma cômoda e golpeando-a com a palma da mão. — E existe uma argumentação plausível, então, para que a peste ataque os pobres, que não merecem viver e prosperar? Se é assim, que venha a mim, e imploro o privilégio das ínguas e das pústulas.

— Do que está falando? — diz Iris.

— Oh, é você, minha filha mais moça — diz Margarethe virando-se para Iris e erguendo o dorso da mão como para golpeá-la. — Aquela que tece intrigas e esquemas pelas minhas costas!

— Não faço tal coisa! — grita Iris. — O que está fazendo, batendo as asas aí como um corvo?

— Como um corvo cego — ameaça Margarethe —, mas não surdo. Eu ouço o que ouço, mesmo sendo conduzida pelas ruas de Haarlem como um porco para o matadouro.

— E o que ouviu? — diz Iris.

— Que foi você quem sugeriu que Luykas Schoonmaker mandasse a pintura da Jovem com Tulipas para o salão de exposições da casa dos Pruyns — diz Margarethe.

— É tudo? Claro que o fiz. Por que não? É o seu melhor trabalho — diz Iris. — É melhor do que as Madonas afáveis e os anjos de olhos turvos...

— Você vai minar toda a estratégia que eu empreender em seu favor, não vai? — ruge Margarethe. — Aproxime-se de mim, garota, para que eu possa bater em você à vontade!

— Não vai bater em mim — diz Iris. — O mundo não lhe pertence para moldá-lo segundo o seu capricho!

— Não me pertence, não me pertence — diz Margarethe rodopiando no meio do salão, como se em sua raiva não possa mais dizer de onde está vindo a voz de Iris. — Eu direi que não me pertence. Tudo e todo mundo se põe no meu caminho, eu que nada tenho a não ser as intenções mais humildes. Quem foi que me chamou de a mulher do pescador, cobiçosa para ser dona de casa, duquesa, rainha, imperatriz e deus? Uma mulher deseja as menores coisas na vida: um homem para cuidar de suas filhas, comida para suas bocas, um pouco de segurança, não mais do que um xale e um naco de pão, e tudo o que ela faz é visto como um escândalo, um testamento à avareza, um emblema da cobiça. E o mundo conspira contra ela para exibi-la, para agredi-la em cada esquina, para arranhá-la com as garras da sua opinião, até que o simples ar que ela respira é de ressentimento.

— A senhora precisa de um chá — diz Iris.

— Eu... vou... querer... algo... mais... do que... chá — acentua Margarethe. Avança para Iris e faz menção de a fuzilar com os seus olhos avermelhados. — Vou fazer o que eu quero, embora gente do meu próprio sangue tenha escolhido conspirar contra mim como um demônio barato de uma aldeiazinha dos arredores do inferno. Os diabretes que me apoquentam, os pequenos demônios como esquilos que se precipitam em fuga no meu caminho! Seu cérebro devia doer, sua réproba, sua vira-casaca, por ousar se meter em coisas que estão além do seu alcance! Não tem nenhuma idéia do fardo que é uma filha ingrata?

Iris recua até a porta. Apesar de sua raiva, o arrependimento a deixa tímida.

— Não tive nenhuma intenção ao dizer aquilo... de que vale a opinião de uma menina boba para um homem como o Mestre Schoonmaker?

— Você é a maior tola desta terra — diz Margarethe. — Não posso mais ter esperanças de me casar com um homem mais forte do que Van den Meer...

— ...mesmo porque ainda está casada com ele — replica Iris.

— ...mas você, a tola das tolas, não tem idéia do seu próprio valor. Vai ser apresentada a um nobre menor e, no entanto, por sua própria sugestão, a pintura de uma beleza rival vai estar pendurada na mesma casa! Não tem nenhum juízo?

— A senhora está claramente perturbada — diz Iris. — Sou jovem e estúpida, pois manteve-me assim, mal me ensinando a escrever, e vou ao baile para pasmar diante dos bem-nascidos, nada mais...

— Mãe alguma, por mais que se esforce, conseguirá convencer seus filhos do seu próprio valor — diz Margarethe. — Os filhos se voltam para duendes do mal em torno dos joelhos da própria mãe. Não vou tolerar isso. Vou cedo à casa dos Pruyns e vou exigir que a pintura seja retirada. Clara é a beldade mais esplêndida que a cidade tem a oferecer e qualquer tolo que vale o pão que come a buscaria baseado naquela pintura, ainda que fosse para saber a que distância da verdade deve ter-se aventurado o libidinoso pintor. Qualquer um que veja Clara em pessoa sabe que o velho Schoonmaker não chegou à altura da tarefa, ela é mais deslumbrante do que ele poderia captar. Você vai me boicotar em cada passo, mas quando se trata de um combate entre mãe e filha, minha pequena, lembre-se — aproxima-se de Iris e arreganha os dentes para ela —, as mães têm a vantagem de saber não só como e por que elas próprias se comportam assim, mas também como e por que as filhas se comportam assim. Pois as mães já foram filhas uma vez, mas as filhas levam tempo para aprender a ser mães...

Sua mão varre o ar e derruba uma tigela do aparador. Estilhaços se espalham. Um gemido vem do espaço debaixo das escadas: Ruth em aflição.

— Desculpe-nos por nossa invasão — diz Margarethe —, e saia do nosso caminho.

Há um banho, e uma pequena quantidade de pó a aplicar, e espartilhos a ser apertados, e saias a ser vestidas, e toucas a ser ajustadas.

Clara ajuda Margarethe primeiro, que chama numa voz rouca a carruagem alugada para que se aproxime da frente da casa. Ela vai mandá-la de volta para apanhar Iris e Ruth dentro de uma ou duas horas. Parte praguejando, zurrando e se contorcendo, sem a ajuda de uma assistente.

— Para o que preciso fazer eu tenho vista suficiente — resmunga. O bafejo de aprovação só se dissipa lentamente depois da sua partida.

— Ela é uma bruxa — diz Iris, mas não é bem o que ela pensa verdadeiramente; é apenas uma idéia para lançar ao ar e observar como tal frase soa. Será que falar uma coisa dúbia a torna mais verdadeira? Como as palavras são rasas, realmente. *Ela é uma bruxa.* Poderia muito bem ser dito: *Ela é uma mãe*, pensa Iris; isso cobre mais ou menos o mesmo terreno, não cobre?

É quase o final da tarde quando Caspar volta. Carrega um tecido escuro sobre o braço, uma espécie de longa capa, mas na luz oblíqua da sala de jantar ele a abre com cuidado. Dentro repousa um vestido de tamanha suntuosidade que Iris, Ruth e Clara ficam todas boquiabertas.

— Isto não é um vestido — diz Iris —, é uma cascata de moedas de ouro!

— Tolo! Eu não posso vestir tal coisa e esperar esconder meu rosto! — diz Clara. — Quero um manto de invisibilidade e você me trouxe uma fonte de luz!

— Mmmm — murmura Ruth, e acaricia a coisa como se fosse um imenso gato adormecido.

O rosto de Caspar está rubro de prazer.

— Não esperem me frustrar o prazer nesta questão — diz ele. — Passei o dia correndo de um lado para o outro, fazendo minhas barganhas, pagando os preços que precisavam ser pagos, a fim de conseguir isto para você, e agora me dizem que é fantástico demais para ser vestido! Exijo que o vista neste momento. Experimente-o, de qualquer maneira, e veja. Olhe só o rufo que escolhi. Vai destacar o seu queixo e suas faces sutis do mesmo modo como uma moldura dourada exibe uma obra-prima.

Iris vê o deleite de Caspar, vê como seu olho cai sobre Clara. Iris se torna não mais do que o manto marrom lançado de lado, que escorregou até o chão, uma poça de sombra, um espectro.

— Experimente — murmura Iris. Não tem a intenção de falar tão baixo. Precisa dizê-lo de novo e ergue a voz acima de um sussurro. — Vamos, Clara, pelo menos nos dê este algo novo para pensarmos.

— Vou sair da sala. Façam os ajustes que precisam ser feitos — diz Caspar. Está quase dando cambalhotas de satisfação. — Agora, pela primeira vez, eu gostaria de ter infernizado o Mestre para me conseguir um convite para o baile! Não posso suportar a idéia da expressão no rosto das pessoas. Talvez eu consiga encontrar alguma indumentária garbosa para penetrar na festa.

— Vamos — diz Iris —, desempenhe o papel. Você chegou até este ponto, Clara. Deve-lhe isso pelo menos.

Caspar sai num passo empertigado. Clara rola os olhos e diz:

— Isso está se tornando um terrível erro. Não vou chamar atenção sobre mim mesma. Mesmo Caspar, que pensei que entenderia, vai me transformar num joguete para os olhos.

— É um artista, o que poderia esperar dele? — diz Iris, contrariada. — Vá lavar bem as mãos para que não suje a coisa quando a colocarmos por sobre a sua cabeça.

— Você está aborrecida — diz Clara.

— Fiquei perplexa com o que está fazendo — diz Iris.

— Não — diz Clara —, você está aborrecida. Não gosta do jeito como Caspar olha para mim.

Não há nada que Iris possa dizer. Ela vai e acaricia o queixo de Ruth e pensa nos tempos em que só tinha uma irmã, e uma irmã feia e silenciosa. Por um momento, deseja que aqueles tempos pudessem voltar.

Um olhar de amor e devoção brota nos olhos de Ruth enquanto Clara começa a se transformar da menina das cinzas na dama dourada. Como numa revelação, as faces rosadas de Clara emergem depois de uma esfregada com sabão. Ali estão as pernas graciosas, as pernas de uma jovem mulher, embora tenham freqüentemente parecido os cambitos resistentes de uma menina. A cabeça de Clara se vira e, embora seus olhos sejam melancólicos, a luz neles é real e urgente. Claro que Ruth tem de sorrir. É um sorriso de irmã. Ela faz isso melhor do que eu, pensa Iris, e, movida pela culpa, corre para o lado de Clara, para ajudá-la a ajeitar-se dentro do admirável vestido.

— Não vou usar um rufo — diz Clara. — Deixe-o de lado. Vou cobrir minha cabeça com renda à maneira espanhola e deixar que pensem que sou uma espiã de Castela ou Aragão, se quiserem. Não posso exibir minha cabeça como um pernil de veado numa bandeja, para ser admirada e devorada. Vou esconder-me nas dobras de rendas com uma trama bem cerrada.

Clara aproxima-se da luz na janela. A cintura cai justa como se houvesse sido esculpida exatamente para ela. A abertura simples no colo, cortada com a expectativa de um rufo, abre-se com uma generosidade que beira o censurável. A saia é cheia e cai em cascatas até o chão numa seqüência de listras: ouro, bronze, preto, com um debrum de um vermelho-cobre ao longo das costuras de cada painel.

— Não há um artista na Holanda capaz de captar você — murmura Iris.

— Ninguém vai me captar — diz Clara num tom de desafio.

— Eu a peguei — diz Iris subitamente e bate onde seu coração está palpitando em seu peito. — Ocorre apenas que, admirando sua beleza, as lágrimas em meus olhos confundem minha memória e não vou conseguir retê-la. Mas pelo momento eu a peguei.

Sua voz vacila.

— Não tenha vergonha — diz Clara. — E não se alarme. Não vou tirar Caspar de você.

— Caspar não é meu — diz Iris ousadamente —, é do Mestre, pelo que sei.

Clara ergue uma sobrancelha. Iris não explica o que ouviu de Margarethe. Antes que Clara possa perguntar, Ruth está subitamente de joelhos diante da cômoda, remexendo em meio à roupa de cama e de mesa dobrada. Dá um grunhido de satisfação e retira da cômoda o par de sapatilhas brancas de pelica que Margarethe abandonou.

— Nunca irão caber em mim — diz Clara. Mas ela os experimenta e caem em seus pés como um sonho.

Vira-se e coloca um véu preto sobre a cabeça. Ajeita as dobras para se fecharem sobre seu rosto. Na luz do cair da tarde primaveril, os sapatos refulgem, parecendo de cristal, como deixando transparecer a pele de puro branco dos seus pés.

Sapatos brancos, vestido dourado, véu de renda negra e as feições perfeitas de Clara ainda mais admiráveis por trás do véu do que expostas a nu. Embora a esta altura Iris prefira omitir a observação, pois o véu é o dispositivo que permitirá a Clara deslocar-se de sua casa até o lar dos Pruyns em que as festividades começarão em breve.

— Você parece serena, distante e misteriosa — diz Iris. — Faz-nos parecer dois nabos, mas isso não é diferente. Somos nabos, e você é uma tulipa.

— Não sou reconhecível como Clara van den Meer? — diz ela.

— Aqueles que a viram mais recentemente a conhecem como Cinderela e você não é sequer Clara van den Meer. Você é Clarissa de Beaumont, eu diria.

— De Beaumont não é um nome espanhol. Eu sou Clarissa Santiago. Clarissa Santiago de Aragão.

Ela fica de pé, ela rodopia. Clarissa Santiago em seu véu escuro. É a primeira vez que Iris viu sua meia-irmã parecer, apenas por um momento, como se não se importasse de ser bonita.

— Posso ver? — grita Caspar do vestíbulo. — Você está decente?

Não lhe respondem diretamente. Tudo que cerca este momento paira, treme, todas as suas esperanças doces e irracionais à vista antes que algo corra o risco de sair errado. Uma meia-irmã rodopia sobre um piso de lajes pretas e brancas em sapatinhos de cristal e num vestido dourado, e duas meias-irmãs observam com admiração absoluta. A luz jorra para dentro da casa, reavivando seu tom dourado enquanto o sol mergulha e a noite se aproxima. Clara é tão sobrenatural quanto a Mulher-Jumento, a Menina-Menino. A beleza extrema é uma aflição...

5

O BAILE

O baile dos Medici

A grande noite chega finalmente.

As meninas na porta da casa, apanhadas numa corrente de ar ascendente que faz as sedas farfalharem. Ruth está ofegante de pânico antes mesmo que se tenha instalado na carruagem e fica enfiando o rosto entre as mãos e fungando.

— Coragem, e, se não coragem, então boas maneiras, Ruth! — diz Iris rispidamente. Mas ela não conhece as regras para se andar de carruagem, menos ainda as orientações. Fica feliz porque o cocheiro já fez várias excursões à opulenta propriedade da família Pruyn, onde o baile está para começar.

O vento que varre as folhas do último outono das sarjetas e das sebes vivas é um vento quente. As estrelas cintilam no seu grilhão e uma lua despeja um banho rosado sobre o mundo. As casas parecem deslizar pela carruagem à medida que ela passa, como se agachando por trás de suas janelas de venezianas fechadas. As ruas de Haarlem estão curiosamente vazias. Os cidadãos ou foram convidados para o baile e estão a caminho, ou não foram e por isso ficaram em casa desapontados ou até mesmo envergonhados.

Iris espia por trás da cortina. Como será que Margarethe pretende pagar por esta carruagem, por estas roupas? Está hipotecando o futuro delas, apostando tão ousadamente como levara Cornelius van den Meer a apostar, só que agora numa mercadoria diferente.

Iris recosta-se contra o espaldar. Margarethe é louca ao pensar que Iris pudesse ter a esperança de atrair a atenção do príncipe francês visitante. Seria esta a manobra de alguém que foi levada ao abismo por preocupação? Ou existem ainda correntes mais profundas de estratégia trabalhando em Margarethe? De qualquer maneira, um baile é algo que Iris pode estudar friamente, sem medo de ser notada ou esperança de ser assediada.

Iris se dá conta de que ela nota o jeito como as coisas parecem por fora — a silhueta dos telhados, os galhos trêmulos das árvores —, em vez de notar a si mesma e a sua irmã dentro desta carruagem, nesta que é uma das mais estranhas noites. Ela se obriga a prestar atenção. Como você vê aquela garota chamada Ruth, como você vê aquela garota chamada Iris? Olhe para elas como se fosse desenhar estas jovens meninas. Não aquilo que você sabe delas, como pensa que vão, e sim como elas aparecem. Caspar ensinou-lhe a lição do Mestre. Não aborde uma coisa para desenhá-la como se soubesse o que ela é; aborde-a como se nunca a tivesse experimentado antes. Apreenda-a pela surpresa. Surpreenda-a para que adquira vida.

Iris olha para Ruth e então, rapidamente, desvia o olhar. O que foi que ela viu? Um rosto sólido com uma expressão emaranhada. Não, não suponha que é uma expressão de estupidez. E se fosse um olhar de esforço genuíno? A testa se vinca. Se o seu nariz é um pouco fraco, o maxilar é forte. A paixão nos olhos que ainda reluzem com as últimas de suas lágrimas nervosas é, mesmo assim, paixão. Entre os obstinados holandeses a paixão é geralmente atribuída a um excesso de cerveja. Mas existem uns poucos que acham ser ela um elemento essencial nos humores de uma pessoa.

A pele de Ruth é macia, como se esticada ao máximo para cobrir a área que seus ossos grandes exigem. Veste as roupas desajeitadamente e seus cabelos são, usando meias palavras, rebeldes. Suas mãos se apertam sem muito conforto.

Ainda assim, suas roupas não deixam de ser um sucesso, um vestido generoso de dobras azuis, embalonado para ocultar a forma levemente arqueada de suas pernas, e uma blusa e um colete combinando com a saia.

E a própria Iris? Ah, o olho interior pisca e o espírito treme, sob o perigoso custo da pessoa ver a si mesma como ela é.

Ela só pode olhar por um minuto, com os olhos fechados, para Iris Fisher van den Meer. Ela se vê como numa lembrança, uma figura distante e imutável.

A garota estava sentada num canto da carruagem. Usava uma touca de linho engomado, branca com uma sugestão de azul, bem-aprumada e justa. Por baixo das bordas dobradas da touca seus cabelos apareciam em brevíssimos festões, três ou quatro cachos franjados num marrom de rato silvestre caídos contra as faces como as escamas papiráceas de um peixe. Embora seu nariz fosse comprido e incorrigível e os lábios finos, franzidos como a boca de um ministro, sua cor era boa. Suas bochechas estavam coradas... Bem, não estava ela a caminho do seu primeiro baile? Seus olhos estavam abaixados, talvez até fechados, e os cílios que os selavam eram finos demais para serem notados, e as sobrancelhas que se arqueavam sobre eles se voltavam para dentro, um gesto de contemplação. Portanto, talvez ela fosse uma coisa inteligente, apesar da falta de instrução.

Era magra e esguia, mais do que cheia; parecia-se mais com um menino do que com uma viçosa donzela holandesa. No entanto, suas roupas não eram inadequadas: um vestido em rutilante lavanda entrecortado com renda da cor de ovos batidos. Suas mãos não remexiam nas pregas que se juntavam na cintura do seu vestido. Parecia, se não em paz consigo mesma, pelo menos interessada em se aperfeiçoar, quem quer que fosse ela.

Isso é a coisa principal que interessa a pintores de retratos? A pessoa prestes a se tornar uma outra personalidade? Mudar não é apenas a província dos jovens, pensa Iris, imaginando Margarethe com o seu olho maluco — Papai Cornelius em seu estupor —, até mesmo Caspar, iluminado por uma beleza mais fervorosa do que Ruth ou ela possuem.

Ou Clara, que se tornou Cinderela, que se tornou Clarissa Santiago de Aragão, tornando-se alguém novo por turnos, escapando de algo, ou em direção a algo diferente.

Antes que Iris se afaste de si mesma, ela tem um último vislumbre e pensa: se eu fosse pintar a mim mesma, seria isso o que eu tentaria captar: uma pessoa interessada em ver, mesmo que aquilo que há para ser visto ainda não esteja plenamente compreendido.

A carruagem atravessa o portão da cidade e segue para o campo. A imponente residência dos Pruyn é considerada a única propriedade que rivaliza com os edifícios cívicos de Haarlem. Enquanto a carruagem roda ao longo de uma ampla avenida de olmos e as edificações começam a aparecer, Iris só é capaz de ficar boquiaberta. Nada igual a qualquer estrutura que tenha visto antes, não os toscos prédios de tijolos e madeira das terras baixas da Inglaterra, com suas pesadas sobrancelhas de sapê, nem como as residências mais retilíneas das ruas de Haarlem. Nada igual à casa dos Van den Meer, esvaziada do diabrete, de espaldar amplo e severa. Houve alguma escaramuça entre as famílias Pruyn, Coeyman e Beverwijck para saber qual delas seria a anfitriã da rainha honorária e de seu afilhado, mas os Pruyn venceram e ficaram com a honra, porque sua propriedade é a mais ampla e bucólica.

E lá está ela, enquanto a carruagem encosta numa entrada de coches sombreada por faias cor de cobre de cada lado. A carruagem passa por parede cobertas de heras e encimadas por urnas de pedra e entra num pátio através de um elegante portão.

— Veneziano e de calcário — murmura Iris para Ruth, papagueando o que ela ouviu. Mas ela gosta do triângulo acentuado do telhado do portão de entrada e do espaço amplo e plano da fachada.

Elas descem do coche com tanta graciosidade quanto são capazes de demonstrar.

— Conhece suas instruções — diz Iris firmemente ao cocheiro, que rola os olhos mas acena com a cabeça.

Ele está voltando à casa dos Van den Meer em Haarlem uma terceira vez, agora para apanhar Clarissa de Aragão. Em circunstâncias normais, dificilmente se poderia confiar nele, pensa Iris, por isso Margarethe deve ter sonhado com uma recompensa suficiente para que aceitasse o acréscimo em seus deveres. Ele estala as rédeas e parte rápido com a carruagem — há uma fila atrás dele —, e Iris e Ruth se viram para examinar de perto a mansão dos Pruyns.

A pedra é de um rosa dourado, iluminada por várias tochas bemaparadas que oferecem uma iluminação regular e ampla. Empregados vestidos num estilo francês estão postados de pé em duas fileiras, uma de cada lado da porta. Ruth tropeça nos degraus e late uma praga sem palavras, mas um empregado se adianta e a segura pelo ombro. Quando Ruth ergue a cabeça e sorri, ela já teve tempo para recolher as lágrimas da vergonha.

Como o ar está agradável e a multidão já considerável, as portas duplas da mansão Pruyn estão totalmente abertas. As melodias de uma pequena orquestra não conseguem embelezar a atmosfera tanto quanto Iris poderia ter esperado, pois a tagarelice nervosa que se esparrama do interior da casa abafa muito da música.

Iris e Ruth passam para o saguão e vêem que as mulheres estão entregando suas capas numa saleta que dá para o átrio. Tendo chegado sem capas, as meninas ficam de lado até que algumas pessoas da cidade com ar mais confiante se prepararam para entrar no salão de baile principal. Iris é tímida demais para anunciar seus nomes, por isso apenas cutuca Ruth nas costelas e elas navegam no rastro de um proeminente proprietário de terras da margem leste da cidade.

— Heer Ochtervelt e família — anuncia um empregado, e Iris e Ruth desempenham o papel de primas do campo dos Ochtervelt, seguindo-os como uma sombra nos três degraus que descem até o amplo salão de baile. Os Ochtervelt parecem tão aterrorizados como Ruth e nunca chegam a notar que o seu grupo foi acrescido de duas pessoas.

Iris procura Margarethe, mas ela não está à vista. Em vez disso, um jardim do diabo de flores: mulheres em cores vivas, faces flamejantes e vestidos, fantásticas combinações que brigam umas com as outras como os piores canteiros de ervas daninhas estivais. Todos os regentes da cidade: homens imponentes de preto com faixas coloridas e espadas cerimoniais e peitos cheios de fitas, medalhões e rendas. Os rufos são tão altos e engomados que os cavanhaques parecem prontos para a tosa.

O salão é o mais alto que Iris já viu, excetuando a Grotekerk de São Bavo. Estende-se por dois andares e meio com um balcão no nível superior sustentado por pilastras de mármore ao redor de todo o perímetro. Muitos dos convidados se refugiaram no relativo anonimato ao longo das margens do salão, debaixo do balcão. Amontoam-se como sardinhas em lata.

De cada lado do salão principal, portas conduzem a outros salões, nos quais a comida está arranjada sobre várias mesas. Pavões cozidos em crostas. Caranguejos aninhados nos braços uns dos outros. Camarões, perus, ostras e castanhas. Tortas, limões dourados, presuntos espetados com cravos. Feijões, cidra, cerveja. Toda uma mesa de queijos, marrons, brancos, amarelos. Peixe, veado, coelhos, bem como pão fermentado e pão sem fermento e potes de manteiga. Nenhum convidado ousou ainda se aproximar das mesas, embora crianças das áreas rurais estejam a postos com olhares vidrados e descrentes espantando as moscas.

Iris leva Ruth pela mão e elas abrem caminho entre a multidão, observando os convidados, que são tão coloridos como as comidas e quase tão deliciosos.

— Mestre Schoonmaker — diz Iris com sua voz mais cordial, e o Mestre se vira. Seu rosto se abre e se ilumina.

— Que surpresa, encontrar pessoas de verdade por aqui — diz o Mestre. — Pode adivinhar quantas pessoas perguntaram meus preços para pintar um retrato e depois foram contratar meus competidores?

— Sempre trabalhando — diz Iris. — Como vai ser esta noite, o senhor sabe?

— Nunca vi um décimo desse esplendor e espero nunca mais vê-lo de novo. Acho que temos cerca de uma hora de espera para que a grande elefanta chegue — diz o Mestre. — Sua majestade real está numa sala de recepções no andar de cima com os Pruyns e o outro convidado de honra, seu afilhado. Daqui a pouco alguém virá nos dizer que é hora de comermos e bebermos até cairmos num estupor. Então a música nos excitará num frenesi de antecipação até que ela se digne a nos dar a graça de sua presença. Quando se aproximar a meia-noite, a rainha honorária e seu afilhado serão escoltados ao salão seguinte, onde existem dezoito pinturas à mostra. Acredito que esperam que nós os acompanhemos em silêncio devocional e observemos as pinturas nós mesmos. Ela vai bocejar e escapar por uma porta lateral e acho que haverá um sinal para que todos nós sigamos em frente, afrouxando nossos cintos e arrotando confortavelmente de novo.

— Só dezoito? — diz Iris. — Pensei que fossem quarenta!

— A rainha honorária pediu aos Pruyn que fizessem uma seleção mais estreita. Ela é uma velha simplória e tem um apego romântico ao luar. Quer olhar as pinturas como aparecem sob a penumbra das lâmpadas. É a atmosfera em que apreciará mais seu retrato, pois alega muitas horas de insônia a seu crédito. Mas é também uma velha excêntrica e disse que se cansaria de pinturas se houvesse demais. Então, depois de toda aquela agitação, esta tarde sete pintores foram eliminados inteiramente e, dos que restaram, apenas uma pintura por artista foi permitida.

Ele está fluente e animado demais para ter sido rejeitado, adivinha Iris, embora mal ouse sugerir isso.

— A Jovem com Tulipas está na mostra, não está? — diz ela.

— Está — admite ele. — Você me ajudou a ser selecionado por seu sábio conselho, minha pequena.

Ele parece satisfeito, culpado e soturno, tudo ao mesmo tempo.

— É a pintura mais bonita do ano — diz ela.

— Hah! — replica ele. — Que sabe você de pinturas?

— O bastante — diz ela.

— Não o bastante — responde ele. — Só conhece a minha pintura. Pode ser o meu trabalho mais perfeito, mas não é necessariamente a melhor pintura do ano ou da exposição.

— Tenho confiança no senhor — diz Iris. Sorri para ele e ele ruboriza levemente e, naquele momento, ela percebe que está muito perto de se tornar uma adulta, pois ele precisa da sua aprovação tanto quanto ela precisa da aprovação dele.

— Meu amigo — diz ela, e estende a mão e segura a dele. — É uma noite importante para o senhor.

— É um acontecimento social, nada mais, e detesto acontecimentos sociais — diz ele.

— Está embaraçado, por isso evita o que estou dizendo. Sua pintura da Jovem com Tulipas vai ser vista por todo mundo esta noite. Se uma pequena agitação local não lhe é suficiente, quando a noite tiver terminado será reconhecido como um pintor importante por convidados da Holanda, de Utrecht, de locais tão remotos como a Gelderlândia.

— É verdade, todo mundo vai ver — geme ele, zombando levemente de si mesmo, mas de certo modo acreditando no que disse. — E então, o quê? Ou eu ganho a encomenda, ou não ganho. Se não ganhar, me tornarei ainda mais um fracasso público. Se ganhar, posso não ser capaz de superar a Jovem com Tulipas. Pode ser que o meu melhor trabalho tenha ficado já para trás. De certo modo, desejaria jamais tê-lo feito. Desejaria tê-lo arruinado e ainda acreditar que era capaz de fazer melhor. Agora não estou seguro de que possa fazer melhor algum dia. Olho para a pintura na parede e desejo que ela desapareça.

— É bobagem.

Ruth estende a mão e toca no ombro do Mestre. Ela nunca o tocou antes; na verdade, raramente toca em qualquer pessoa, só em animais. Iris diz:

— Veja, até Ruth sabe como o senhor está sendo tolo.

— Não espero que vocês me entendam — diz ele. — Se é uma espécie de loucura, ela cabe no trabalho da pintura. Gostaria que Caspar estivesse aqui.

Iris não fala de Caspar com o Mestre. Ela meramente diz:

— Viu Margarethe?

— Não. Vocês chegaram juntas? — diz o Mestre. Parece que está se controlando para não fazer uma outra observação e não consegue, pois continua: — Talvez Margarethe esteja se aliviando no lavatório externo. Ela não é mais a pessoa com quem eu gostaria de conversar numa noite de frivolidades.

— Ela é minha mãe — diz Iris com dignidade.

— De fato é, e bem-vinda seja — diz o Mestre.

— Está aborrecido porque ela não quis se casar com o senhor — diz Iris.

— Estou aliviado que não tenha querido se casar comigo — diz o Mestre. — Estou aborrecido porque acho que levou o seu marido à ruína.

— Ela não é responsável pelo colapso nos preços das tulipas — diz Iris.

— Por que a está defendendo? — diz o Mestre. — Porque é sua mãe? — Olha para ela como se a visse pela primeira vez e então abranda. — Ora, deixe estar, eu me esqueço. Você ainda é jovem. Venha, vamos falar de outra coisa. Que belezinha vai arrebatar o coração de Philippe de Marsillac?

— A mais rica, seja qual for a sua aparência.

Ele riu.

— Então você não é *tão* jovem assim, para ver o mundo em tais termos! — diz ele. — Então, se você fosse um homem, que mulher a atrairia em toda esta opulência e elegância?

— Como pode comparar uma beldade com outra? — diz Iris, a Feia.

— Boa pergunta. Se existe um valor relativo da beleza? É a evanescência, a fugacidade, um elemento necessário à coisa que mais nos comove? Uma estrela cadente comove mais que o sol. Uma criança cativa como um elfo, mas cresce e se torna uma gorda, um ogro, uma harpia. Uma flor desabrocha em cores, os lírios do campo!, mais valorizada do que qualquer pintura de uma flor. Mas de todas estas coisas, a graça da mulher, as estrelas cadentes, as flores e as pinturas, somente uma pintura permanece.

— Mas as palavras permanecem também — diz Iris. — O senhor cita os textos da Bíblia sobre os lírios do campo. Aqueles lírios sobre os quais o Cristo ensinou estão mortos há séculos, mas Suas palavras vivem. E quanto ao ato de generosidade, como minha mãe falou? Minha mãe o caranguejo, o irritante na ostra, o que julgar do que ela falou? O pequeno gesto de caridade? Não é aquele tipo de beleza mais belo do que qualquer outro?

— E igualmente evanescente — diz o Mestre —, pois pequenas caridades não podem emendar este mundo perverso. Mas talvez a caridade seja o tipo de beleza que entendemos melhor porque é do que mais sentimos falta.

Olham para o jardim ondulante de beldades, farfalhando suas sedas, pisando com seus sapatinhos, reluzindo com suas jóias, suando finamente no aperto da multidão. Procuram por caridade, coisa difícil de ver; encontram beleza em vez disso.

A música deixou de ser uma novidade para se tornar levemente repetitiva quando subitamente as cordas e as madeiras são aumentadas pelas notas altissonantes de algumas cornetas douradas. O ruído dos convidados se eleva por um momento e então se reduz a um murmúrio, quando as portas da outra extremidade do salão são totalmente abertas e lacaios de libré marcham para o aposento e depois ficam flanqueando a passagem.

A rainha honorária de França entra no braço do seu anfitrião, heer Pruyn. Parece entediada pela cerimônia e acena mal-humorada com a cabeça à esquerda e à direita. Heer Pruyn a escolta até uma cadeira — simples, porém apropriadamente ampla — e instala a convidada de honra nela. Há o som da madeira acolhendo algum peso, bem como mais do que um resmungo de queixa humana.

— Nunca ouviram falar em almofadas, será que imaginam que eu seja provida o suficiente com minhas próprias almofadas naturais? — ouvem-na zurrar. — Depois de todas estas décadas elas tendem a se desgastar, devem saber.

Almofadas são encontradas. Ela é elevada por vários dos empregados, almofadas são inseridas debaixo dela e é então recolocada na cadeira. Sorri palidamente, como se um pouco de conforto humano para o seu traseiro seja o melhor que pode esperar em sua idade provecta. Só quando é suprida com um leque oriental e uma mesinha suportando uma taça de cristal com vinho do Porto — do qual nunca tomará um gole a noite inteira — é que ela olha ao seu redor e diz "Philippe!" e se torna aparente que seu sobrinho ou afilhado ou seja o que for vinha se portando por trás dela com tato e discrição.

— O príncipe de Marsillac! — grita a rainha honorária de França, e levanta a taça. A boa gente de Haarlem fica congelada, pois desconhece o protocolo.

— Ao príncipe! — exorta Maria de Medici, agitando o braço direito num gesto entusiástico.

— Ao príncipe — replicam fracamente aqueles mais perto delas enquanto outros mais distantes dizem impetuosamente: — Ao príncipe!

Ele se adianta uns poucos centímetros, faz uma pequena mesura, que podia passar por uma estirada para ajudar a digestão de algum bocado mais pesado de empadão de porco. Todas as cabeças se esticam, inclusive a de Iris, para ver o prato do dia.

Possui uma aparência bastante forte, um pouco esguio na coxa, mas talvez seja devido ao esquisito corte francês das calças ou à tonalidade pouco masculina do tecido — ou será aquele verde uma espécie de cor real? Seu nariz tem o empinado e a consistência gauleses, como o leme de um barco. Seu lábio superior carnudo franze de um modo que provocará horas de discussão — alguns o consideram fraco, outros, encantador. Mas seus olhos compensam quaisquer outras deficiências; as íris são de um cinza pétreo e brilhante, como papel marmoreado iluminado por trás.

Heer Pruyn e sua esposa quietamente organizam uma amostra de feminilidade para Philippe de Marsillac. A senhora Pruyn seleciona uma jovem, como se estivesse selecionando uma maçã rubra ou um peixe odoroso na feira, e traz a peça escolhida à sua presença, quando heer Pruyn assume e faz as apresentações. O príncipe se posta como um verdadeiro cavalheiro, com uma mão virada elegantemente às suas costas com a palma para fora. A outra mão ele estende para tomar a mão da donzela apresentada, erguendo-a aos seus lábios para beijar e então devolvendo-a à dona. A multidão ao redor do príncipe está em silêncio, ouvindo os diálogos polidos e afetados, até que a rainha honorária arrota sem pedir desculpas e começa a tagarelar com aqueles ao seu redor, com o que os convidados reaprendem a conversar, a tagarelar e a mexericar, e deixam o príncipe e seu colar de possíveis noivas a sós.

— Estou preocupada com Margarethe — diz Iris depois de algum tempo. — Vamos sair à sua procura?

— Vá você — diz o Mestre. — Eu não quero encontrá-la.

— Venha, Ruth — diz Iris —, vamos dar um passeio e ver o que podemos fazer.

Coloca o braço entrelaçado com o de Ruth, o que conforta a menina mais velha imensamente. Começam a caminhar por trás da pequena orquestra, espiando por cima de ombros e além de penteados, à procura de sua mãe.

Mas, antes de a terem encontrado, a senhora Pruyn está subitamente do seu lado.

— Preciso de vocês duas — diz meio sem graça. — Serão perfeitas a seguir...

— Nós realmente não queremos conhecê-lo — diz Iris. — Não há necessidade. Estamos aqui só para observar...

— Oh, é o preço do ingresso, não sabiam? — diz a senhora Pruyn. — Estou fazendo o meu trabalho como anfitriã, por isso deixem-me agir, não pareçam tão alarmadas! Sei quem você é, a jovem que arruma o estúdio do Mestre Schoonmaker! Alguma pretensão de talento, dizem? Bem, eu sei ver cor e forma e a arranjo como num balé, e o contraste de você e de sua irmã é justamente o que eu preciso neste instante. Podem vir como um par, se quiserem, se sua irmã é tão desajeitada assim, mas devem vir, pois não aceito uma recusa.

— Por favor — diz Iris —, estamos procurando nossa mãe...

— A nova senhora Van den Meer, sim — diz a senhora Pruyn secamente. — Estava resmungando algo sobre seus olhos, e vendo diabretes e animaizinhos do inferno por toda parte onde olhasse. Mandei uma criada com ela ao andar de cima para colocar uma compressa fria na sua testa. Está descansando seus olhos doentes e, pelo que sei, está roncando pelo resto da festa. Não sou eu quem vai acordá-la. Há tempo de sobra para isso.

A senhora Pruyn não quer deixar Iris embromar, nem Ruth se afastar. Não há nada a ser feito a não ser seguir a anfitriã através do salão até onde Philippe de Marsillac está com um ar fatigado e a rainha honorária, atrás dele, está pegando nozes de uma bandeja.

— Endireitem a espinha, olhem-no nos olhos, falem quando se dirigir a vocês e façam uma mesura quando ele lhes der boa-noite —

murmura a senhora Pruyn. — O resto depende de vocês. Aposto que uma única frase é o que vão ganhar. Ele não é do tipo falastrão.

O alvoroço de sedas rosadas e de risadas flautadas à sua frente some e o salão se abre. Philippe de Marsillac tem a boa educação de não deixar cair o queixo ou recuar diante da visão de Iris ou Ruth, embora haja apenas uma leve contração num lado do seu rosto, um bocejo abafado é a noção mais generosa, mas talvez seja um riso contido.

— E, Sua Alteza, permita apresentar-lhe as irmãs Van den Meer — diz heer Pruyn. — Residindo há pouco na Holanda depois de terem passado a infância nas terras baixas da Inglaterra.

— Irmãs — diz o príncipe, como se nunca tivesse encontrado o conceito antes.

Iris acena brevemente com a cabeça, sem saber se ele está se dirigindo a Ruth e a ela ou se as está avaliando.

— Não ouvi seus nomes, senhoritas Van den Meer? — diz ele.

— Esta é minha irmã Ruth, senhor, e eu sou Iris.

Em inglês ele diz:

— E vocês duas, meninas inglesas, estão aqui num baile na Holanda para conhecer a rainha honorária de França?

Em inglês, Iris responde:

— Somos parte holandesas, senhor, e estamos aqui para conhecer o afilhado casadouro da rainha, quer queiramos ou não.

Ele joga a cabeça para trás e ri — uma risada curta e abafada, mas uma risada mesmo assim —, e a conversa num raio de dois metros silencia.

— Deve ser tão agradecida de falar um pouco de inglês comigo quanto o sou de falar com a senhorita — diz ele. — Sou capaz de dobrar minha língua em francês, espanhol, latim e inglês, mas todas estas sílabas contundentes do holandês dão à minha língua uma dor de cabeça.

— Não pretendo ser grosseira — diz Iris, ruborizando. — O senhor tem uma tosca jovem inglesa do campo à sua frente; por favor, perdoe-me. Eu não conheço os costumes desta terra.

— Está aqui há tão pouco tempo para achar os costumes holandeses peculiares?

— Sou jovem o bastante para achar a vida peculiar — responde ela.

— E sua irmã? Fala por ela?

— Ela não fala.

— Ela é muito esperta, então, pois a mulher que não abre a boca para falar não pode ser reconhecida como uma megera, uma bruxa, uma mexeriqueira ou uma resmungona.

— São estas as únicas carreiras abertas para nós? — diz Iris. — Se forem, eu deveria encerrar a conversa agora mesmo e seguir em frente. Um voto de silêncio não faz mal a ninguém.

— Até que a barra de sua saia pegue fogo e você precise chamar alguém para trazer um balde — diz ele, achando-se divertido.

— Minha barra de saia não tem se aproximado do fogo ultimamente — diz Iris com sinceridade. — Minhas irmãs cuidam da cozinha.

— Suas irmãs? Você tem mais além desta?

— Tenho outra, uma meia-irmã...

— Onde está ela? Faça-a se aproximar...

— Não pôde vir. Alguém precisava ficar e cuidar do dono da casa, que está adoentado.

— Ah — diz o príncipe. — E no que se ocupa enquanto suas irmãs trabalham tanto?

— Oh, senhor, venho tentando aprender a desenhar, com a esperança de ser aprendiz num estúdio...

O príncipe ergue uma sobrancelha. Vistos assim de perto, seus olhos são cor de avelã e cinza, com uma coroa de verde na borda exterior da íris. Com interesse ele comenta:

— Então o que dizem dos holandeses é verdade! Cada peixeiro e fazendeiro deve ter pinturas em suas paredes e até o sexo frágil deve tentar sua mão com o pincel! Você é sem dúvida talentosa...

— Ainda não talentosa, mas talvez um pouco corajosa. — Ela se sente corajosa em dizer isso.

— Gosto de estudar pinturas também — diz o príncipe. — Os mundos que elas mostram, os mundos interiores e exteriores. É o que me liga a minha ilustre madrinha. Eu não esperava conhecer uma jovem de mérito...

— O senhor provavelmente não conheceu tal jovem ainda — diz Iris, e se corrige —, isto é, eu sou uma nova inexperiente. Mas adoro olhar e ver o que é mostrado.

— O que é mostrado e o que é ocultado.

Iris não sabe como ver o que está oculto. Faz um gesto de incerteza. O príncipe começa avidamente:

— É minha crença, e não sei se a senhorita concordaria, que toda pintura de interesse encerra um reservatório escuro, uma sombra, uma poça, um recesso, e aquela porção de sombra representa...

A voz grasnante de Maria de Medici ergue-se atrás dele numa tosse. Ele suspira e se recompõe.

— Acho que estou sendo encorajado a continuar meu exame das mais belas mulheres do país. Espero que não fuja da festa cedo demais. Vai haver dança, depois que eu tenha resistido às apresentações. A senhorita é encantadora e eu gostaria de ter a oportunidade de continuar praticando meu inglês.

— O senhor deveria praticar a sua arte de mentir, pois não sou encantadora e o seu inglês é mais elegante do que o meu. Mas seja como quiser — diz Iris, mentindo para si mesma, pois a última coisa que vai querer fazer nesta vida é dançar com um príncipe numa reunião pública. — Existem mulheres muito mais bonitas do que eu esperando a sua inspeção, acredito, por isso vou me despedir agora.

— Mais bonitas, talvez — diz o príncipe —, mas muito holandesas.

— Algumas delas falam francês — diz Iris. — Deve ter aprendido isto.

— O francês me lembra de minha própria casa — diz ele. — Não quero estar nem em casa nem aqui, mas em algum outro lugar. O inglês é uma língua que tem um ar diferente nela. E eu gosto da Inglaterra.

— Conhece a Inglaterra, minha Inglaterra? — diz Iris.

Ela estava para se afastar levando consigo Ruth, que está fortemente corada, mas subitamente a idéia de que o príncipe conhece algo sobre aquele espaço além da sua memória em branco é arrebatadora, dolorosa, e exige um prosseguimento. A sombra escura que ele vê nas pinturas...

— Campos verdes, colinas que você pode escalar; as florestas, os pântanos; conheço a Inglaterra quase tão bem quanto conheço a França, eu acho...

— Colinas! — diz Iris. — Oh, poder subir uma colina de novo...!

O senhor Pruyn está cutucando as costas de Iris. Ela faz a sua mesura.

— As chapadas gredosas, conhece-as? Conto em continuar nossa conversa... — diz o príncipe.

— Minha filha, Gabriela Pruyn — começa heer Pruyn. E Iris vê que ela e Ruth, com sua feiúra foram exibidas primeiro para proporcionar o máximo contraste possível com a própria filha dos Pruyn, que veio a seguir. Heer Pruyn empurra para a frente uma jovem atarracada, maquiada para se parecer com um cisne recheado.

O músculo da face do príncipe se contrai de novo, mas ele mal formulou uma palavra de cumprimento quando há um ligeiro mas palpável silêncio na multidão e sua cabeça gira com a dos outros para ver.

— Oh — diz Iris, segura e anônima uma vez mais nos cantos cheios de gente, agarrando a mão de Ruth —, ela chegou!

Clarissa de Aragão

O silêncio momentâneo cede a uma pequena excitação de sussurros quando Clarissa Santiago de Aragão — Cinderela, sua própria Clara van den Meer — dá dois passos salão adentro.

Ela disse a Iris que espera chegar sem ser notada, mas não há nada que Clara possa fazer sem ser notada, mesmo estando tão disfarçada por um véu como está. A luz de velas de todos os lados do salão proporciona um fundo dourado incandescente enquanto ela dá uma parada. Tenta deslizar para trás das fileiras dos cidadãos, mas eles se postam sempre de lado, como se tivessem um dever de revelar esta estranha aos seus honrados convidados estrangeiros.

No final seus passos vacilam e, embora fique imóvel com a cabeça abaixada, tão longe no interior da alcova quanto consegue chegar, nem por isso é menos radiante.

Mesmo antes que Iris possa sussurrar a Ruth "Lembre, nós não vamos falar uma palavra com ela!", o burburinho começa. Clara é de longe a criatura mais bonita na sala. Heer Pruyn endireita suas costas e joga os ombros em alinhamento e, ao atravessar o aposento, sua esposa segue atrás dele com as mãos apertadas respeitosamente. Suas palavras de apresentação são quietas e se perdem no zumbido dos mexericos, sem dúvida porque ele está tentando esconder o fato de que não reconhece a mais encantadora das convidadas. Mas é um homem do mundo e, parece, de honra. Se determinou que Clara está presente sem ter sido convidada, não o revela. Toma sua pequenina mão branca na dele e a conduz através da pista até onde a rainha honorária de França e o príncipe de Marsillac estão à espera.

— Clarissa de Aragão — diz ele.

— Não conheço nenhuma Clarissa de Aragão! — diz a rainha-mãe, seu rosto caído subitamente parecendo avivado com o prazer de ser desconfiada.

Iris observa Clara se esforçar para ganhar o controle de sua voz. Finalmente, diz:

— Eu a conheço, Sua Alteza. — Faz uma mesura com um gesto deliberadamente lento. — A minha é uma família pequena e agonizante, e fui criada nos Países Baixos depois das lutas.

— Você parece loura como uma dinamarquesa por trás desse véu ou o vinho do Porto teria me deixado tonta? — indaga a rainha-mãe.

— Minha mãe era do Norte — diz Clara. — Sinto-me mais à vontade aqui na Holanda, onde posso falar a língua dela.

Iris se movimenta para poder ver Philippe de Marsillac. O príncipe parece que foi fulminado por um raio. Toda a descontração e facilidade que demonstrou em sua conversa com Iris há pouco — o diálogo mais longo que manteve desde que entrou no salão — o abandonaram agora. Não está corado, ou pálido, mas ostenta um ar dourado. Seu rosto parece refletir os arcos no régio tecido do vestido de Clara.

— Enfeitiçou o meu sobrinho — diz a rainha-mãe. — Retire seu véu, minha boa senhorita, e vamos ter um convite próprio.

— Não posso — diz Clara.

— Por favor, conte-nos — diz a rainha-mãe. Ela inclina o queixo para Clara, o que parece um sinal de que deseja que a sua espinha acompanhe o queixo, mas, como a sua espinha é fraca, valetes se adiantam logo e gentilmente seguram seus cotovelos e a impulsionam para a frente. — Estou *muito* interessada.

Iris não consegue ouvir a resposta que Clara dá, mas sabe que deve ser "Estou pagando uma penitência" ou palavras parecidas. Uma desculpa aceitável para usar um véu numa sala quente e uma mensagem de que Clarissa de Aragão é católica. Clara van den Meer, naturalmente, é calvinista de nascimento, e isso tira da sua pista os concidadãos curiosos, caso alguém suspeite de que ela é uma mulher local...

— Um rosto tão jovem e bonito, mesmo escondido como está, não pode ser a máscara da iniqüidade — diz a rainha-mãe. — É preciso ser velha e retorcida como um pernil de carneiro cozido, como eu, para merecer tal penitência. Posso ver que seus cabelos são maduros como o ouro de Creso mesmo por baixo do seu véu. É uma Diana diante de nós. Por favor, deixe cair o véu!

— Não queria discutir mais esta questão — diz Clara.

— Então, vamos a uma dança? Vamos vê-la dançar! Já que o rapaz está com a língua presa pela primeira vez esta noite! — grita a rainha-mãe e eleva sua mão rechonchuda.

Heer Pruyn faz um gesto para o primeiro violino da pequena orquestra e uma vívida giga se inicia.

— Por favor — diz o príncipe —, queira me dar a honra.

— Nada me agradaria mais — diz Clara —, mas eu não posso.

— Mais penitência? — murmura a rainha. — Que fascinante. Eu mesma sou bastante chegada ao pecado. Mantém ocupado meu confessor, negociando com o céu em meu favor.

— Um... tornozelo torcido — diz Clara. — Eu caí quando descia da minha carruagem. Ainda estou me recuperando. Eu deveria sentar-me, peço licença para me retirar agora... — Sua voz está começando a acelerar; ela não está à altura desta charada.

Iris não consegue acompanhar mais a conversa, pois um toque no seu ombro a faz virar-se. Caspar está ali, em roupas amassadas mas decentes, mal distinguíveis do garbo dos empregados.

— Como foi que entrou aqui? — diz Iris, tão alarmada quanto satisfeita.

— Eu me fiz passar pelo valete da princesa. Espere até lhe contar!

— Conte, conte...

— O odioso Nicolaes van Stolk chegou em casa no momento em que Clara subia na carruagem. Conseguiu ver a barra de sua saia dourada enquanto ela fechava a porta. Chamou-a familiarmente: "Clara!" Ele gritou: "*Clara!*" Em sua voz gutural, todo como um marido, possessivo e terno. Mandei o cocheiro seguir em frente e subi no banco traseiro para cuidar de Clara. Mas eu a podia ouvir, ofegante, murmurando baixinho uma única frase, repetidamente... — Ele se curva sobre Iris. — Ela dizia: "É o corvo! É o corvo!"

Iris não entende, inicialmente, e Caspar não pode explicar. Mas subitamente, ao ver Van Stolk na porta do salão chegando sem convite, o malcriado!, ela fica sabendo o que Clara pensa: que ele é o espírito-pássaro, aquele que a raptou e transformou num duende.

É o que Clara pensa. Pode estar enganada. Aconteceu há dez anos ou mais; como pode se lembrar de uma voz durante dez anos? E, embora prepotente e presunçoso, Van Stolk é um sólido burguês na sóbria Haarlem. Como poderia ser ele?

Acusando Van den Meer de especulação e depois colhendo os espólios ele mesmo...

Clara pode estar enganada, pensa Iris, mas deve estar apavorada, de qualquer maneira. Iris vira-se e dá uma olhada através do salão. Clara está tentando afastar-se do príncipe, faz mesura uma segunda vez, e uma terceira, puxando o véu mais para perto do rosto. O príncipe vê aquilo como um jogo e a está provocando com cortesia e respeito. Iris se aproxima o quanto pode e passa por ela sem a encarar, mas consegue sussurrar em seu ouvido:

— Cara e brava irmã, Van Stolk chegou, mas você não deve se apavorar...

Clara gira e faz o impensável: apanha a mão do príncipe e murmura algo para ele. Sem uma palavra, o príncipe de Marsillac escolta Clara até um lado do aposento. Abre as portas de um outro salão e a conduz para dentro dele. A porta se fecha firmemente atrás dos dois.

Iris procura Caspar de novo. Van Stolk estava esquadrinhando o salão de baile. Com toda aquela multidão, é capaz de não ter visto Clara e o príncipe. Mas ele avista Caspar e começa a abrir caminho através da aglomeração até ele. Iris chega lá primeiro.

— Está vindo no seu encalço — diz ela. — Ele vai infernizá-lo para descobrir se aquela era Clara! Não deve saber. É melhor você sair.

— Não posso deixá-la aqui sozinha — diz ele. — Rápido, vamos dançar, a orquestra vai começar.

— Não sei dançar — diz ela.

— Claro que sabe, é a coisa mais fácil do mundo. Tenho pernas como pinos de boliche e consigo dançar então simplesmente me siga e faça o que eu disser.

— Caspar! — grita, mas ele a rebocou até o centro da pista e eles caem em seus lugares nas fileiras paralelas, homens e mulheres diante uns dos outros. Van Stolk fica para trás, sem parceira, à espera.

Rodopiando, Iris vê que a rainha honorária foi removida para um canto distante do salão e o senhor e a senhora Pruyn se postaram de pé um de cada lado dela, segurando elegantes velas de cera de abelha em castiçais de prata que combinam. Os Pruyn parecem um par de candelabros humanos. A rainha honorária crocita:

— Um baralho, uma mesa e um parceiro! — e tudo é encontrado para ela em questão de minutos.

A introdução musical chega ao fim e os instrumentistas esperam o movimento da batuta para dar início a um novo compasso. A dança então começa e exige toda a concentração de Iris para acompanhar os movimentos da mulher ao seu lado.

Iris vê o Mestre na extremidade mais escura do salão, rodando com a pobre Ruth nas sombras debaixo da escadaria. Ruth não tem nenhuma noção de ritmo ou graça, mas seu rosto está aberto de júbilo e ela parece a dançarina mais natural no salão.

Os passos são difíceis de aprender, mas eles se repetem e, embora Iris não tenha queda para proezas atléticas, pelo menos consegue acompanhar a dança. Quando se acostuma aos passos, vê que pode observar os outros dançarinos. Com vexame percebe que eles são principalmente convidados de Haia ou de outros lugares. A maioria do apático povo de Haarlem fica nas laterais, exibindo a carranca com dignidade.

Iris também consegue observar Caspar, que está sorrindo para ela sempre que seus olhos se encontram. Não tem muita certeza do teor exato da sua campanha, mas pelo menos sabe que estão trabalhando juntos. Ela lembra a observação dele, talvez para Clara: "Confio que não vai casar com o homem errado." Que homem é aquele? Ele quis possivelmente se referir a si mesmo? Mas, a acreditar em Margarethe, ele não está interessado em casar com nenhuma mulher. Então por que estaria sequer dançando com Iris? Porque ela tem um aspecto tão comum que se parece mais com um menino do que com qualquer outra coisa?

Quão odiosos os pensamentos que podem nascer no seu coração, mesmo num salão iluminado por velas, com música e dança! Iris não consegue nem olhar para Caspar agora, não tanto por raiva ou remorso, mas por vergonha do seu próprio ciúme inflamado.

Ela pensa em vez disso em Clara, seqüestrada numa sala lateral com o príncipe visitante Philippe de Marsillac. E Iris está aturdida.

Sente a surpresa e o deleite diante da competência de Clara. Henrika, abençoada seja, havia feito muito pela filha, mesmo conservando-a em reclusão como uma flor de estufa! Mas Iris também sente um aguilhão de outra espécie, pois não havia esperado nem se encontrar com o príncipe, nem gostar dele. Ela apreciou realmente a sua companhia, ou foi falar em inglês, ou simplesmente falar de pintura, ou o súbito surto de nostalgia da terra natal que irrompeu nela quando ele mencionou os pântanos?

Os pântanos inundados, o homem morto flutuando, sem ser enterrado, sem ter prestado confissão...

Os gritos na noite, as batidas à porta, as palavras no escuro...

Fugindo na chata sobre campos pretos vítreos, Margarethe encapuzada e sem rosto sob o luar...

Ela não pode, ela não pode. Não vai se permitir estas lembranças. Pensa com súbita fúria em Clara. Que mudança! A tão alardeada timidez de Clara não a impediu de ser levada até o príncipe, nem a impediu de se dirigir à rainha honorária com esperteza e cortesia. E então Clara desaparece como uma cortesã atrás de portas pintadas de branco e realçadas em dourado.

Fui enganada, pensa Iris. Sim, tropecei numa pequena oportunidade de alcançar a felicidade e numa única noite preparei uma armadilha para mim mesma e fiquei presa nela. Quem poderia ter adivinhado que o príncipe *me* acharia divertida? Mas Clara é capaz de caridade apenas para consigo mesma, como sempre foi o caso.

A música não termina um pouco antes do previsto. Iris se desvencilha da mão de Caspar e se perde num ajuntamento de vizinhos às gargalhadas. Deixa Caspar lidar com Van Stolk como quiser. Iris nunca pensou que chegaria sequer a conversar com o príncipe, mas tinha conversado, e ele gostou dela — *gostou dela!* —, e ela está perdendo o príncipe, assim como está perdendo Caspar, para a jovem mais bonita da Holanda.

Diz para si mesma: *Oh, cuide-se, para que a própria Margarethe não surja no seu peito!* E subitamente a ausência de sua mãe este tempo todo parece mais do que peculiar; é perturbadora.

Ela vê que o Mestre ainda está cuidando de Ruth. Este lado então está coberto. Com ousadia Iris sobe as escadas até a galeria e pergunta onde poderia encontrar Margarethe, que está repousando seus olhos. A empregada diz que Margarethe havia realmente mergulhado num sono profundo, agitado por contrações e espasmos. Mas ela acabou de acordar e desceu pela escada dos empregados, no fim deste corredor, para dar uma olhada na sala de exposição, embora ninguém devesse entrar ali antes que a rainha-mãe de França abrisse as portas principais e entrasse no aposento.

Iris explica que sua mãe está adoentada e precisa de cuidados, então ela vai descer pelas escadas dos fundos e levar sua mãe em segurança a um local apropriado.

A sala de exposição é estreita, mas comprida, e as longas paredes opostas são rompidas em cada lado por três janelões cortinados com veludo. Há velas fixadas em castiçais dispostos em intervalos, mas ainda não foram acesas, por isso a maioria das pinturas, nas paredes e em cavaletes, e algumas pousadas sobre mesas baixas, são meramente retalhos de sombras desfocadas. Mas na extremidade da direita uma pintura refulge numa mancha de luz âmbar.

Lá está Margarethe, parada diante da pintura da Jovem com Tulipas, segurando uma vela diante dela, espiando através de olhos turvos.

— Está tentando colocar fogo na coisa? — pergunta Iris.

Margarethe se vira.

— Oh, é a rainha de França em pessoa — diz ela, ressentida.

— Mamãe — diz Iris. — O que está fazendo?

— Estou olhando para entender qual é a verdade desta pintura — diz Margarethe. — Será possível que meus olhos tenham ficado tão incrustados com a feiúra a que foram expostos que não sei apreciar a beleza que todo mundo me diz encontrar aqui?

— Fala com sinceridade? — diz Iris.

— Não sei o que poderia ser maravilhoso nesta pintura — diz Margarethe.

— A senhora tomou partido contra Clara, então como poderia amar o seu retrato? — diz Iris.

— Não entende o que estou dizendo — fala sua mãe. — Estou tentando lhe explicar. O que me perturba, nos poucos momentos calmos em que não estou me preocupando em alimentar a mim mesma e a minhas filhas feias, é que a vida arrancou de mim qualquer capacidade de reagir à beleza do mundo. Não tenho certeza de que cheguei a possuir algum dia esta capacidade, mesmo quando criança. Seja a Jovem com Tulipas — continua — ou este retrato de um burguês, ou aquele estudo de uma criada adormecida, ou até mesmo a luz que derrama sua fria luz neste assoalho. Não derivo nenhum prazer de qualquer destes efeitos. Olho para eles friamente e sem interesse. Serão meus olhos, me pergunto, ou será minha alma que está machucada?

— Mamãe — diz Iris.

— Não lhe ocorre às vezes a idéia de se matar? — diz Margarethe. — Se você perdeu a capacidade de reagir ao que deixa as outras pessoas tontas e apalermadas, você é mais forte, por causa disso, ou mais fraca? Eu pude durante muitos meses, até anos, erguer a minha espinha porque a vida era contra mim, e eu me recusava a ser vencida por ela. Mas qual é o sentido se até as próprias filhas que estou tentando proteger se insurgem contra mim e o próprio marido que lutei tanto para desposar se tornou um idiota que só fala sandices? O mundo gira ao meu redor e o seu barulho é cada vez maior à medida que a visão que tenho dele deteriora. E vejo pequenos demônios nos cantos da sala.

— Mamãe — diz Iris. — Não estamos em guerra contra a senhora...

— E aqui — diz Margarethe, voltando-se para a pintura —, aqui está a tola Clara, e qualquer rainha honorária que enxergar este feixe de esplendor físico irá perguntar sobre a modelo. Teremos emissários do louco príncipe Philippe à nossa porta em pouco tempo para convidá-la a comparecer e ir para a cama com o príncipe antes que ele morra de tuberculose ou seja lá o que ele tiver...

— Que bobagem é essa? — diz Iris.

— Acha que um almofadinha tão bem nascido precisa ir à caça de noivas entre as filhas de comerciantes da Holanda? — diz Margarethe. — Apesar de todo o seu amor à aparência das coisas, você é realmente tão cega que nunca *pensa*? Não há uma mulher do seu nível que se casaria com o homem, por mais bonita que seja sua testa ou por mais satisfatória que seja sua técnica no quarto de dormir! A rainha honorária está jogando um jogo com almas desesperadas como nós, sabendo que pode acenar com certa quantidade de riqueza e privilégio para conseguir uma noiva capaz de conceber um filho antes que o pobre príncipe obscuro caia de suas pernas podres e expire! Ver um marido morrer antes de você mesma não é uma coisa tão ruim, Iris, supondo que ele esteja bem situado para mantê-la sustentada para...

Jack Fischer não era um homem *pobre* exatamente, e a família tinha o seu chalé, mas ainda assim teve de fugir...

— ...é o status de um príncipe que tem o bom senso de morrer cedo que poderia ser o mais glorioso casamento que uma donzela determinada e sem recursos poderia esperar!

Margarethe sorri.

— A senhora está realmente louca — diz Iris. — Está mentindo. Ninguém seria tão insensível.

— Olhe para mim — diz Margarethe, segurando a vela diante do seu rosto — e pinte o que você vê aqui, minha querida. Como a mãe, também o mundo. Ai de mim!

— Está aqui para queimar a pintura — diz Iris — e está parada aí juntando a coragem para fazer isso. Dê-me esta vela. Fiz o que me mandou. Falei com o príncipe. Ele não é maluco. Chegamos a falar até da Inglaterra. Eu até que gostei dele. É a senhora que está maluca, inventando histórias de esquemas tão fantasiosos. Afaste-se dessa pintura. Dê-me a vela, eu disse.

— Ele é um rapaz bastante bonito, concordo — diz Margarethe. Com um suspiro ela entrega a vela para a filha. — Seria difícil fazer melhor, minha querida. Você poderia ter um filho dele e cuidar do seu bebê, de sua irmã deficiente, de sua mãe, de seu padrasto aturdido, até mesmo de sua meia-irmã reclusa. Podia fazer tudo isso. Eu lhe dei a luz. Use-a para ver da melhor maneira possível.

Afastando-se da pintura, Margarethe diz:

— Fiquei aqui e olhei para ela tanto tempo quanto pude agüentar. Nada posso saber a respeito dela. Serão meus olhos ou será minha alma que está machucada, eu lhe pergunto de novo. Eu mataria a menina se isso nos fizesse algum bem. Eu me mataria pelas mesmas razões. Estou cansada demais desta vida difícil. E os miseráveis dos gnomos que se retorcem debaixo de meus pés a cada passo!

Meia-noite

E então o relógio bate, marcando a hora em que a rainha honorária de França irá examinar o trabalho dos melhores artistas de Haarlem e talvez selecionar o homem que a retratará no seu leito de morte.

Iris apagou a vela e deixou-a sobre uma mesa lateral perto das portas da sala de exposições. Então seguiu a mãe até o salão de baile.

Numa sala lateral com as portas ligeiramente entreabertas, a rainha honorária refugiou-se com os Pruyns. Ela tagarela de um modo desconexo e belisca um prato de amêndoas.

Nicolaes van Stolk se foi e Caspar parece ter desaparecido também.

Da sala em que o príncipe se recolheu com Clara, as portas permanecem fechadas, exceto uma vez, quando um lacaio se aproxima com uma bandeja trazendo duas taças de cristal e um decantador com algo dourado. Iris não consegue ver sobre os ombros das pessoas que espiam pela porta, mas se passam apenas alguns momentos antes que ouça o comentário de que o príncipe retirou uma das sapatilhas brancas da donzela. Ele foi visto de joelhos diante dela, acariciando o belo tornozelo que sofrera a tal luxação. As notícias de tal indecência empolgam os cidadãos de Haarlem, já que a donzela culpada de tal licenciosidade não é uma donzela local e portanto não pode impugnar a celebrada moralidade de Haarlem.

Iris sai à procura do Mestre e de Ruth. Estão sentados do lado de fora no ar quente, observando as estrelas.

— Encontrei mamãe, pode acreditar nisso? — diz Iris. — Estava olhando a Jovem com Tulipas à luz de uma vela.

— Espero que coloque fogo nela — diz o Mestre. — Embora aqui existam ninhos de cegonhas no telhado para proteger contra raios, incêndio criminoso e o acidente avulso de cozinha, portanto imagino que o fogo não pegaria.

A boca de Ruth cai de alarme e cuspe rola por seu rotundo lábio inferior. Iris ataca:

— Pare de dizer isso, o senhor me aborrece! Não quer ver sua pintura destruída!

— Talvez queira. Ah, quem sabe o que queremos? Somos todos mistérios, até para nós mesmos. Vai acabar aprendendo isso, minha menina. Vai aprender, vai mesmo.

E Iris sente que aprendeu, que o mistério está em si mesma. O diabrete do episódio é ela mesma. Afinal, foi ela quem instou Clara a sair da sua prisão e vir ao baile, para atrair o príncipe e salvar a família, ainda que admitisse isso a Clara ou não. Foi ela quem serviu como o agente bem-intencionado da esperança. E agora é ela quem está sendo punida, por conhecimento de si mesma e pela perda do príncipe.

— O que você *quer*, minha querida? Notei sua conversa amistosa com nosso convidado de honra. Você estava marcada para ser a garota mais amaldiçoada de Haarlem até que a estranha de Aragão entrou na sala. Agora ela parece ter capturado o prêmio. Espero que não esteja desapontada demais, Iris.

— Desapontada? — Iris esperava que o sentimento não aparecesse.

— *Está* desapontada?

— Ele foi modestamente divertido — diz ela, encolhendo os ombros.

— Veja como todo mundo ainda está olhando para você.

— Certamente que não! — Ela está horrorizada.

— Por que certamente que não? — replica ele. — Olhe só o que eles vêem. A jovem menos suscetível de interessar alguém, sendo apenas parcialmente holandesa, e tendo apenas recentemente chegado a esta cidadezinha fechada e tacanha. No entanto, você ergueu bem o queixo, respondeu a ele numa língua que poucos de seus vizinhos podem entender. Você é misteriosa e atraente. Além disso, faz o que poucas outras jovens fizeram: é uma aprendiz ocasional do pintor que poderá ser o último retratista de Maria de Medici, rainha honorária de França. É ainda tão jovem que não consegue ver algum mérito em si mesma?

— Eu com o meu nariz como uma cenoura de primavera, eu com os meus braços como palitos e meu peito pequeno e indistinto...

— Você, você, você — diz ele — não é *apenas* o que aparenta. Não é pintora suficiente para perceber isso ainda? Até Caspar parece caído por você.

— Oh, Caspar — diz ela sem dar muita atenção. — Quem é capaz de saber a respeito dele!

— O que há a saber a respeito dele? — diz o Mestre, severamente.

Iris sente-se fora de si, ela se sente irada, sente que é a filha de sua mãe.

— Dizem que ele não se interessa por meninas, por exemplo — diz ela, as palavras correndo juntas.

— Quem publica tal bobagem sobre o meu Caspar? — diz o Mestre. — Isso faria de mim um patife ainda mais interessante do que a verdade permite.

— Quem liga para quem falou? É do conhecimento comum — diz Iris.

— Não comum para mim, e o rapaz morou na minha casa todos esses anos — diz o Mestre —, e o sangue do jovem sendo o que é, duvido que eu teria passado por cima de tal questão. Agora me responda. Quem conta tais histórias?

— Margarethe, por exemplo — murmura Iris.

— Margarethe, e apenas Margarethe, tenho a certeza — diz o Mestre, e, refletindo, Iris tem de admitir que é verdade.

— Então você vem se apaixonando por Caspar? — pergunta o Mestre. — Eu devia ter visto. E nossa eterna conspiradora Margarethe não considera que tal união atenda aos seus melhores interesses, uma vez que Caspar é apenas um rapaz pobre, um aprendiz de pintor, encardido como esterco. Acha que ela a quer ver ligada a alguém com perspectivas tão desoladoras? Não é uma razão mais do que suficiente para ela espalhar escândalo e rumores sobre um rapaz inocente demais para se defender?

— O senhor é um pintor — diz Iris, estranhamente furiosa com ele. — Não sabe ver como as coisas são, só sabe ver o que elas aparentam.

— E não é verdade que está zangada com ele por admirar a beleza da donzela de cabelos louros de Aragão? — diz o Mestre. Empina o queixo para ela e sua barba amarelo-avermelhada também se empina. — Pense bem sobre as coisas, Iris. Se realmente acredita que ele esteja interessado por rapazes, por que deveria aborrecê-la que ele, como todo mundo mais no salão, tenha seguido com os olhos a misteriosa beldade? Foi por isso que se desvencilhou dele no final da dança? Correu atrás de você e não conseguiu achá-la de novo. Foi embora desalentado e, eu poderia acrescentar, com uma quantia nada pequena de desapontamento em você. Receia que a tenha perdido para o príncipe.

— Ele não me perdeu, pois nunca me teve — diz Iris. — Além do mais, o príncipe parece enfeitiçado por Clarissa, como o senhor diz.

— Ah, Clarissa, é este o seu nome? — diz o Mestre. Olha para Iris. — Clarissa, a meia-irmã loura de Iris van den Meer?

Ruth, sentada perto, coloca as mãos sobre a boca, admitindo toda a história.

— Sua boba, Ruth — grita Iris. — Agora, nem uma palavra, Mestre Schoonmaker, ou tudo sairá errado para o senhor!

Ruth fica desolada com a bronca que levou, levanta-se e vai embora. Uma vez na vida, Iris não a acompanha para cuidar dela. Deixe que se arranje sozinha.

— A quem eu contaria e por quê? — diz ele. — Vai transpirar mais cedo ou mais tarde. Como os cidadãos vão mexericar, quando vierem a saber que foi sua própria meia-irmã quem atraiu o príncipe Philippe de Marsillac justamente quando ele havia começado a se interessar por você.

— Eu já lhe disse que o odeio? — diz ela. — Apesar de todo o esplendor com que realiza as coisas com tinta e na tela, é um homem frio. Só quer ver e capturar, não dispensa nenhuma atenção a tornar as coisas melhores para ninguém. Margarethe está certa. O senhor persegue a beleza errada. Descobri que eu tinha alguma chance de interessar àquele príncipe por mim mesma e o senhor ri e zomba de mim por isso.

— Você tem alguma chance de interessar Caspar o aprendiz e não presta nenhuma atenção a isso — diz o Mestre. — Não vou ser acusado por você, Iris. Você é jovem demais para que suas críticas me atinjam. Deixe a história acontecer do jeito que vai acontecer.

— Não sei o que vai acontecer. As histórias não nos contam como as coisas se desenrolam realmente — diz Iris. — Pinturas e histórias são diferentes. Pinturas são estáveis, imutáveis, histórias convulsionam-se e mudam de rumo em suas revelações.

— Nunca sabemos o que vai acontecer. Talvez o príncipe fique mesmo perdidamente apaixonado por Clara, sua própria Cinderela!, e talvez a rainha honorária nesta mesma noite veja a pintura da Jovem com Tulipas e me escolha para fazer o trabalho mais significativo da minha carreira. Se eu for capaz de pintar algo melhor do que a Jovem com Tulipas, farei um trabalho digno de todas as eras. Estável, imutável e perfeito. Eu poderia morrer como um homem feliz.

— A pintura de Clara é uma pedra no seu caminho — diz Iris. — Não vai ser capaz de pintar melhor do que ela.

— Agora está sendo ainda mais cruel do que de costume — diz o Mestre, complacente.

— Do que de costume? — diz ela.

— Você é a filha de sua mãe, eu digo — ele prossegue —, embora tente em vão e de um modo notável e honrado escapar a esta sorte.

— Não há como escapar a isso — diz Iris.

— Não há como escapar ao tormento de ter pintado a Jovem com Tulipas e tê-la me perseguindo pelo resto da minha vida — diz o Mestre. — Mesmo assim, devemos tentar.

Iris se põe de pé e se vira.

— Não sou cruel — diz ela.

— E eu — responde ele — não sou cego.

Os relógios do salão batem o terceiro quarto da undécima hora. As mesas de comidas foram atacadas. Os destroços parecem o saque de Roma. Maria de Medici parece ter quase pegado no sono e os convivas, intrigados, estão inseguros. É mais educado sair silenciosamente ou devem ficar até que ela acorde e possa se despedir deles? Os comerciantes que trabalham duro não estão acostumados a horas tão tardias e mais de uma esposa de pálpebra caída dá um puxão no casaco do marido implorando que a leve para casa e para a cama. Mas esta noite nunca acontecerá de novo e a maioria das famílias trouxe filhas ou sobrinhas solteiras a reboque. Ninguém quer sair sem assistir ao espetáculo até o fim.

Além do mais, o príncipe e a misteriosa donzela de Aragão ainda não emergiram do salão particular. Existem rumores de que uma escadaria secreta deve conduzir a um quarto de dormir no andar de cima. Do que os franceses são capazes! O escândalo é mais delicioso do que a comida.

Portanto, é uma espécie de alívio quando a rainha honorária emerge do seu cochilo e ordena que a ajudem a ficar de pé. A orquestra embarca numa sarabanda, mas a rainha honorária faz uma carranca e o primeiro violinista corta a música com um golpe de mão. Maria de Medici se apruma segurando nas costas de uma cadeira, ergue suas papadas rotundas e fala num holandês pincelado afetadamente por um sotaque francês.

— Meu afilhado e eu estamos em dívida — diz ela —, pois a hospitalidade de Haarlem, representada pela família Pruyn, é digna de nota. Os afazeres de Estado e os afazeres do santuário e os afazeres do coração, acredito, estão todos entrelaçados. Vocês me deram muito para pensar em minha senilidade. Mas agora sou uma velha mulher e deveria me recolher aos meus aposentos, para rezar e dormir, passando primeiro diante das pinturas reunidas no longo salão aqui ao lado. Não me aborreçam com despedidas. Deixem-me dizer-lhes *au revoir* a todos vocês e agradecer-lhes por terem vindo. Tão cedo não esquecerei esta noite.

Os convidados acenam levemente com as cabeças e as mulheres mais jovens que se encontram mais perto da rainha honorária têm a presença de espírito de fazer uma mesura. Ela não lhes dá atenção, mas se vira e caminha pesadamente ao longo do salão. Ela entrou nele com Philippe de Marsillac, mas o está deixando nos braços de heer e da senhora Pruyn. A implicação não escapa a ninguém e o sentimento é exaltado. Certamente o príncipe deveria reaparecer e escoltar sua famosa madrinha na visita à galeria? Seria toda a movimentação desta noitada a troco de nada, para que uma donzela velada chegasse e arrebatasse o cavalheiro casadouro debaixo do nariz de todas as demais?

Mas, antes que a surpresa possa evoluir para murmúrios de reprovação, as portas da galeria são abertas. A rainha honorária fica imóvel, subitamente parecendo mais desperta, e é sua voz que diz a palavra na cabeça de todos:

— Fumaça.

Imediatamente a sala mergulha no caos. Muitos dos homens se lançam à frente e passam pela rainha-mãe, para transpor a porta e avaliar o problema; as mulheres recuam, algumas delas correndo para a noite, deixando para trás suas capas e seus xales. Iris olha ao seu redor e, através da multidão, vê Ruth emboscada maciçamente atrás de uma pilastra, roendo as unhas. Iris corre até a irmã e diz:

— Venha, Ruth, não perca tempo. Mexa estes pés preguiçosos.

Ruth geme o som que, nos meses recentes, significou *mamãe*. Ela repete com urgência: *mamãe!*

— Ela deve estar lá fora, com certeza. Deve ter ido para casa — diz Iris, inventando coisas —, não devemos nos preocupar com ela. Rápido! Se há fogo e pegar nas madeiras do teto de assoalho, isto poderia se tornar um inferno em minutos. Os óleos das tintas vão se inflamar...

Mamãe, diz Ruth, e então o som que significa *Clara!*

Iris dá um tapa em sua mão e diz com rudeza:

— Calma, agora, vamos! Vamos agora!

Mas Ruth dispara através do salão para as portas fechadas da saleta privada. O empregado que cuidava da porta saiu para ajudar uma brigada de baldes que se está organizando. Ruth não espera que respondam, coloca seu amplo ombro contra a porta e empurra. Quando Iris chegou ao lado de Ruth, a irmã mais velha forçou a fechadura, fez em lascas o alizar e arrombou a porta.

— Não! — diz Iris.

O príncipe está de pé, parecendo um tanto amarfanhado e com os olhos embaciados, mas toma um pé da situação imediatamente. Olha de Ruth para Iris e de novo, além delas, para o amplo salão, vê os convidados em pânico amontoados, caçando membros da família, reclamando suas capas, pedindo ajuda. O príncipe atravessa o aposento como um dardo e coloca-se ao lado de sua tia. A rainha-mãe desabou numa cadeira e está sendo abanada pela senhora Pruyn, que grita um tanto desesperadamente: "Madame! Madame Maria!"

— Exatamente o que eu preciso. A rainha honorária vai expirar esta noite antes que eu possa fazer seu retrato de morte — diz o Mestre, subitamente ao lado de Iris. — Vamos, saiam daqui enquanto podem, meninas.

Clara aparece na porta, ajeitando seu véu em pregas cuidadosas sobre o rosto e olhando de um lado para o outro.

— Vamos, vamos, saiam daqui todas vocês — diz o Mestre. — Como podem salvar as pinturas quando há todas essas pessoas com que se preocupar primeiro?

Ele as empurra em direção à porta, mas Clara parece relutante em se deixar na vaga dos convidados. Ela vira-se e desaparece de volta à saleta. Ruth geme de preocupação e a acompanha, e Iris, praguejando, faz o mesmo. Elas chegam a tempo de ver as barras do vestido dourado de Clara desaparecerem por sobre um peitoril de janela.

— Ela saiu pelo jardim — diz Iris. — Vamos segui-la?

Parece não haver muito mais a fazer. O Mestre virou-se e se juntou aos outros homens se acotovelando no longo corredor. Antífonas de alarme e instrução. O cheiro do fogo é rico, rançoso, e já o rugido das chamas é mais alto do que a música que soava.

No final do jardim um portão de ferro leva para o pátio da frente e a entrada das carruagens. Lá Iris e Ruth juntam-se a outros convidados da festa, a uma distância segura da mansão dos Pruyn. Galgos esguios saltam, tropeçam e atacam os calcanhares uns dos outros, e os cavalos atrelados às carruagens estão ariscos e precisam ser retirados do pátio imediatamente. Margarethe van den Meer está caminhando à margem da multidão, tropeçando sobre si mesma, tateando as sombras, gritando por Ruth e Iris. O brilho alaranjado crescente das chamas, já começando a devorar a telhado de uma das alas, ilumina os homens carregando pinturas através das amplas janelas.

Subitamente Caspar está do lado delas.

— A obra do Mestre? — pergunta. — A Jovem com Tulipas?

— Onde foi parar? — diz Iris, agarrando-o pela manga.

— Suspeito que a pintura se foi — murmura Margarethe, olhando para as sombras. — Suspeito que se foi.

Ruth irrompe em lágrimas, como se tivessem acabado de dizer que a própria Clara havia desaparecido de uma vez por todas.

— Uma noite medonha — diz Caspar. Seu rosto está tenso, seus olhos indecifráveis. Corre para saber do pior e para ajudar onde possa.

Sem falar, Margarethe e suas filhas começam a caminhar ao longo da passagem, procurando a sua carruagem para levá-las de volta a Haarlem. Iris e Ruth ficam de cada lado da mãe e juntam seus braços com os dela para que não tropece. Pela primeira vez em muito tempo, Iris sente o diabrete de novo, mais perto do que nunca. Mas agora ela sabe que não precisa espiar nos arbustos. Talvez — além de um amontoado de galhos e folhas agitadas — ela pudesse ver a Rainha das Ciganas de Queixo Barbudo. Ou poderia ser apenas um arbusto sacudindo numa risada ao ver como as vidas humanas são tão facilmente arruinadas.

Qualquer diabrete a ser encontrado está aninhado bem no fundo do seu coração.

E é um lugar frio, o mundo, especialmente quando aquecido por um incêndio criminoso.

Uma noite medonha

Iris não pode se impedir de imaginar o som do fogo enquanto tenta dormir. A propriedade dos Pruyn está a quilômetros de distância de Haarlem. Mas Iris é envolvida pelos sons sibilantes e pelos estalidos que vêm das brasas na lareira da cozinha; em sua cabeça tais ruídos se transformam na ruína das obras de arte e das casas. Ao lado dela, Ruth geme, infortúnios em sonhos e talvez dores do gás provocados por toda aquela comida rica.

E Clara não voltou, embora Margarethe, por sorte, não pense em olhar para a garota no seu ninho de cobertas ao lado da lareira da cozinha.

Aonde ela pode ter ido, uma jovem criança num vestido adequado para qualquer corte da Europa? Todos aqueles quilômetros fora da cidade? E fora de casa, sozinha, ela que mal sabe aonde vai o fim da rua? Várias vezes Iris se ergue sobre os cotovelos, saindo de sonhos, porque acredita ter ouvido uma fechadura abrir, um assoalho ranger. Mas sempre não é nada, e ela mergulha em suas confusas ansiedades, de novo e de novo.

Finalmente ela cai numa espécie de sonho acordado, um sonho estranho que se desdobra ainda quando ela pode sentir a moldura da fria cozinha ao seu redor. A água longa e achatada, a noite enluarada, Ruth com tremores, Iris impulsionando a chata com o varapau e Margarethe com um xale escuro sobre a cabeça... E o eco das acusações que os aldeães faziam quando batiam à porta. Bruxa, gritavam, Bruxa.

Bruxa!

Iris tem um novo sobressalto e se dá conta de que foi despertada por um som real, não apenas um pânico de sonho. Ouve um passo no vestíbulo, o farfalhar de um tecido.

— Clara — ela sibila, e enfia um atiçador na lareira para reavivar o fogo para que a menina possa encontrar o caminho.

A luz que aumenta de intensidade revela Clara entrando em casa em seu vestido, arruinado além de qualquer conserto, e Margarethe aproximando-se do corredor oposto, de camisola e xale, esfregando seus olhos doentes e espiando num estupor de sonâmbula.

Iris pensa por um momento que é meramente outra onda de um sonho. Se ela a tratar suavemente, pode se transformar em algo mais suave do que ameaça.

— Venha para a cama, irmã — murmura para Clara, cujo rosto, agora vê, está escoriado de tanto chorar.

— Sou um fantasma em minha própria casa — resmunga Margarethe. — Quem é esta que paira aqui? Algum inquilino que comprou a propriedade quando nós a vendemos para pagar nossas dívidas e nos dirigimos ao asilo dos pobres para morrer? Isso se passa anos à frente? Quem é você, em sua indumentária dourada, gotejando água da chuva no assoalho limpo?

— Mamãe — diz Iris, agora sentando-se aprumada na cama. Poderia a situação ser salva? — É um sonho. A senhora só está tendo um sonho. Volte para a cama.

— Podia ser Clara? — diz Margarethe, mas sua voz é abafada e vacilante, como se pensasse que poderia realmente ser um sonho. —

Clara transformada num anjo? Ou é Henrika? Que voltou para me perseguir por meus pecados?

— Henrika, então — diz Iris, adiantando-se, como se Margarethe fosse uma besta selvagem a ser apanhada... a raposa na armadilha...

— Henrika de volta do túmulo para me assolar com histórias das minhas maldades, é isso? — diz Margarethe. Seus olhos estão se apertando contra o pouco de luz que existe. — Ou seria a filha triste e bonita que ela deixou para trás e que está empenhada em arruinar as nossas vidas?

— Deixem-me em paz — diz Clara —, deixem-me sair destas roupas terríveis, deixem-me voltar para as cinzas às quais pertenço...

— Mas as roupas são como um garbo de anjo — diz Margarethe, e só então Iris se dá conta de que Margarethe, de todos os convidados do baile dos Medici, não viu a chegada ou a partida de Clarissa Santiago de Aragão. Margarethe resmunga: — Então Henrika volta à cena do seu crime, para acusar uma pobre dona de casa de tê-la envenenado, mas por que deveria se queixar? Olhem só o vale de lágrimas do qual eu a liberei! Eu a soltei da sua armadilha, eu assumi o seu fardo, uma pequena colherada na medida certa da tintura certa na ocasião certa e sua escritura junto a este embate mortal é paga e seus grilhões retirados! Se ela veio me acusar, deixem-na que concorde em trocar de lugar comigo! Pois se sua morada agora é o inferno, ela se colocou ali por suas próprias ações, e se as minhas serão as mesmas, deixem-me chegar lá na primeira oportunidade e reclamar um local confortável entre as cinzas e as brasas da grande lareira de Lúcifer! Já existem muitos de seus esbirros me atormentando nos meus calcanhares e em meus olhos...

— Mamãe — diz Iris —, a senhora está delirando no seu sono, não deve dizer tais coisas...

— Chegou o dia do fogo e do enxofre? Chegou o dia em que chovem brasas ardentes. Eu vi o rosto da Jovem com Tulipas coroado de chamas! — grita Margarethe não apenas com triunfo, mas com terror. — Henrika, eu a levei ao seu túmulo, mas não destinei sua filha às chamas. Outra mão que não a minha incendiou *aquela* beleza.

— Eu não sou Henrika — diz Clara, desvencilhando-se de sua mantilha. Ela cai, uma pilha franjada de rendas molhadas. Ela luta com os botões do seu vestido e rosna com Iris: — Vai me ajudar ou preciso dormir de pé esta noite?

— Esta não pode ser Clara, ela desapareceu nas chamas — diz Margarethe.

— Ela escapou por uma noite — diz Clara. — Deixou seu lugar junto ao fogão e veja onde é que ela foi parar! Meus pais estavam certos ao me manterem fechada em casa, pois é para isso que fui feita!

Iris está do seu lado então, ajudando com os botões, beijando o pescoço molhado de Clara, acalmando-a, antes que mais seja dito que não possa ser retirado.

— Clara não teria desobedecido a meus desejos e escapado para o baile? — diz Margarethe. — Isso não pode ser possível.

— Clara foi olhar para o mundo uma vez mais e uma vez mais ela paga o preço — diz Clara friamente.

— Parece ser a garota mesma, emergindo com pernas úmidas de um vestido de esplendor impossível — diz Margarethe. Está cantarolando para si mesma como divagando num sonho opiáceo. Logo Ruth acordará e ficará aterrorizada com o som do murmúrio antimusical de Margarethe. — Onde poderia ter conseguido tal vestido, eu me pergunto?

— Rezei para o espírito de minha mãe morta — diz Clara —, e ela saiu da tília na forma de um tentilhão verde e derrubou o pacote.

— Para se vingar de mim — diz Margarethe, olhos fechados. — Um tentilhão verde. Um pássaro com o rosto de uma mulher. Na prática da distribuição de arenques, eu deveria ter sido mais generosa com os gatos.

Clara sai do vestido, que desaba numa massa ensopada. Com um grito súbito ela faz uma trouxa com ele e o joga na lareira, mas em vez de queimar, ele apaga o que restava do fogo. O aposento cai na escuridão.

— E como podia uma Cinderela ir até um baile desses? — pergunta Margarethe com sílabas temperadas.

— O espírito de minha morta mãe me mandou apanhar uma abóbora da horta e, com a mágica que vem do além-túmulo, ela o transformou numa carruagem — diz Clara.

— É um espírito capaz aquele que pode treinar uma abóbora de outono de um jardim ainda não plantado com sementes da primavera — diz Margarethe. — E suponho que transformou em cocheiros os ratos que roem o resto de nossos bulbos de tulipas.

Clara não responde. Fica de pé com um sapatinho branco e um amontoado de roupas de baixo em desordem.

— Você perdeu um sapato — diz Margarethe —, e vejo uma mancha vermelha em seu calção. Não é uma marca de tinta a óleo, acredito.

Clara chuta o sapato que restou.

— Existem algumas paredes que, uma vez quebradas, nunca mais podem ser reconstruídas — diz Margarethe. — Um sapatinho de cristal, uma vez quebrado, não pode ser consertado. Uma mão, uma vez envenenada, não pode ser ressuscitada. O cálice da virgindade, uma vez esvaziado, não pode ser novamente cheio. Ah, prender um tentilhão numa armadilha numa tília e arrancar suas asas, ainda que o seu rosto humano continue a gritar!

Iris vê que está mordendo as juntas dos dedos. Não pode estar ouvindo isso. Os gritos que acusavam sua mãe de bruxa se encontram tão perto da verdade. Nas sombras Iris estende uma mão para trás na parede a fim de se apoiar.

— Eu não sou nada — diz Clara, como falando consigo mesma. — Deixem-me em paz.

Tira o resto das suas roupas e fica de pé tremendo no escuro, nua como uma criança, mas não mais uma criança.

— Não quero ser tocada, nem segura, nem censurada, nem lembrada. Só quero que as cinzas me escondam. Não quero nada de príncipes e do público, não quero nada de domesticidade e cozinha. Deixem-me em paz. Deixem-me perecer com alguma dignidade.

— Ela já pereceu — diz Margarethe afastando-se da cozinha. — Eu mesma a coloquei na sepultura. Por que os mortos não aprendem a segurar suas línguas?

O segundo sapatinho

As irmãs dormem juntas, quando conseguem dormir finalmente, e os sonhos que anteriormente assolaram Iris seguem por meandros e então param. Todos os seus pesadelos se tornaram realidade. Nenhuma palavra é dita sobre o príncipe ou sobre o odor sussurrante de álcool que Iris pôde sentir no hálito de Clara. Nem uma palavra sobre o que aconteceu na saleta ou sobre as horas desde que Clara fugiu da casa dos Pruyn pela janela lateral.

A única observação que Clara faz é que a velha senhora de bengalas a conduziu em segurança até sua casa.

Quando a luz da manhã começa finalmente a surgir através das frestas da veneziana, projetando listras finas no chão, Iris, remexendo-se na cama, decide que para cada alma humana deve seguramente existir uma infância possível que valha a pena ser vivida, mas assim que ela se foi, não há meio de recuperá-la ou de corrigi-la. Mesmo através do ato de pintar, ela pensa. Mesmo transformando-a num conto de fadas para desnortear uma velha mãe estonteada pelo sono, não há como corrigir as mais tristes das verdades que nos cumprimentam todo dia quando acordamos.

Aqui está Iris e o dia sobre ela de novo. Ruth se agita e geme, faminta pelo contato animal da pele quente que Iris há muito tempo superou. No andar de cima, Cornelius van den Meer está gritando para que esvaziem o urinol. Clara já está diante da lareira. Apanhou o vestido e o pendurou num cabide de gancho, mas existe meia dúzia de manchas chamuscadas na saia, para não falar de fuligem e lama.

— Só nos restam umas últimas batatas tenras — diz Clara numa voz sem emoção. — Mas o último punhado de farinha para um pão matutino foi deixado intocado pelos camundongos, pois eles já abandonaram a casa em busca de melhores perspectivas.

— É uma manhã maravilhosa — diz Iris. — Admita isso.

— Oh, ninguém vai tirar a maravilha de uma manhã — diz Clara. — A beleza do dia é a única coisa que não fenece com o tempo. Dia após dia, esta beleza revive a si mesma.

Antes que Margarethe desça, para começar qualquer campanha destinada à sua sobrevivência que ela possa inventar a seguir, Clara esconde o vestido dourado num guarda-roupa e chuta o sapatinho branco para debaixo de uma arca. As pérolas e os brincos que Caspar penhorou para o empréstimo de tal vestido agora são irrecuperáveis. Sem uma palavra entre elas, Clara e Iris comportam-se como se a noite anterior nunca tivesse acontecido, nem a incrível visita de Clara ao baile, nem a entrevista de uma Margarethe entorpecida pelo sono com as duas.

Todas tomam um pequeno café-da-manhã juntas. Margarethe parece novamente a mesma de sempre, embora cheia de observações cáusticas. As quatro mulheres bebem água quente misturada com um modesto bocado de mel, e Margarethe diz finalmente:

— Só temos um pequeno tempo até que nossos credores venham sobre nós à cata de pagamento. Se você aceitar Van Stolk em casamento, Clara, deve estar preparada. Ou se tivermos de ir para o asilo dos pobres, devemos ir como pessoas decentes. Clara, quero que se lave e vista uma saia decente. Não, não discuta comigo. Chegou a hora de pagarmos o que devemos. Iris, faça com que Ruth se limpe bem e guarde seus pertences pessoais embrulhados num cachecol. Eu vou ficar no banco na frente de casa, pois não quero que digam que enfrentei a adversidade com menos coragem do que enfrentei o sucesso.

Iris não consegue olhar para Clara. Há Gerard van Antum, o negociante de roupas, que precisa ser pago, e, pior ainda, o terrível Nicolaes van Stolk, a quem a casa será entregue. Margarethe deixou implícito que cada um foi escolhido como possível pretendente a Clara. E Iris deverá ser oferecida ao perdedor, seja quem for? Não importa a disposição de Clara. Ela estaria em condições de se casar agora? Se deixou de ser virgem, isso fará alguma diferença? Margarethe pretende atormentar Clara com perguntas sobre a noite passada?

Mal acenaram com a cabeça para a sombria aceitação de suas tarefas quando se ouvem batidas à porta. Margarethe endireita a espinha e ajusta a touca na cabeça.

— Iris — diz ela. — A porta, por favor.

— Ainda não tive tempo de colocar roupas de manhã adequadas...

— Cubra-se com uma capa e, rapidamente, faça entrar o visitante.

Iris faz o que é mandado, fechando o rosto para não trair nenhum interesse pela chegada triunfal de Van Stolk. Quando destranca a porta, pisca para a luz do sol. Só depois de um momento percebe que é Caspar de pé na entrada. É difícil reconhecê-lo de início, não por causa do sol, mas porque ele não está sorrindo para ela. Seu rosto tem a dureza de um carvalho. Iris sente um calafrio percorrer seus ombros e pousar dedos espectrais na sua nuca.

— Bom dia — diz Caspar e posta-se de lado. Atrás dele esta Philippe de Marsillac, numa capa de um vermelho cortante, as bochechas coradas de uma caminhada vigorosa. — Vamos entrando — diz Caspar, quase rudemente, e ele atravessa a porta. Iris fica reduzida a segurar a porta e, apertada contra a parede, consegue apenas fazer uma pequena e ineficaz mesura.

— Não estávamos esperando visitantes esta manhã — diz Iris, em correntes cruzadas de sentimento ao ver Caspar e o príncipe juntos.

— Encantado de estar aqui — diz o príncipe. — Encantado de aceitar a sua hospitalidade.

Não há nada a oferecer em matéria de hospitalidade, nada de nada. Até a última batata tostada foi amassada e comida.

— Vou chamar minha mãe — diz Iris. — Por favor, queira esperar no salão... — e ela escapa para a cozinha. Sua mãe nunca chegou a deitar os olhos no pretendente potencial na noite anterior. Iris é capaz de derivar algum pequeno prazer em dizer para ela:

— É apenas o príncipe.

Margarethe se põe de pé imediatamente, rodopiando.

— Clara! Corra ao vizinho e peça uma cesta de pão e queijo! Traga também um garrafão de cerveja e o que mais ele puder emprestar! Ele veio, ele veio, e nem tudo está perdido! Corra!

Uma vez na vida Clara não se insurge contra a madrasta. Tropeça pelas lajes do piso da cozinha e zarpa através da porta sem olhar para trás.

— Meninas — diz Margarethe —, venham agora, venham rapidamente comigo até o salão.

— Mal estamos vestidas para receber a realeza — tartamudeia Iris.

— Cada segundo conta. Façam o que eu digo.

Margarethe é como um navio cujas velas recebem o vento de novo depois de um mês de calmaria. Corre para a frente da casa com os ombros para trás e o queixo empinado. Ruth enfia as mãos atrás das costas e choraminga levemente. Iris não tem tempo de ser gentil. Simplesmente agarra o cotovelo de Ruth e a puxa consigo.

— Não existe surpresa como uma surpresa completa — está dizendo Margarethe, numa conversa fútil. — Estamos honradas além da nossa capacidade de nos expressar. Com que propósito o senhor nos visita tão cedo numa manhã de primavera?

Oferece uma cadeira ao príncipe, mas ele não a aceita. Em vez disso, caminha pela sala num estado de excitação, enquanto Margarethe se apóia contra um aparador e repousa as mãos atrás de si para que parem de tremer.

Iris observa os dois homens da sua vida: o príncipe que se dignou a falar com ela como uma pessoa e o aprendiz de pintor que dançou com ela apesar dos olhares de reprovação dos seus concidadãos. Ela se vê perdida em meio a desejos conflitantes, mas a presença de cada homem tende a calcular uma contra a outra. No fim, parece apenas cansativo que estejam os dois aqui ao mesmo tempo, não emocionante. E Caspar está com um rosto tão fechado hoje, um olhar extremamente brutal e cauteloso.

— Existem segredos nesta casa — diz o príncipe. — Estas paredes encerram as respostas ocultas a muitas perguntas. Isso foi o que meu jovem amigo aqui me prometeu. Mas não tenho nenhum talento para investigação, por isso devo perguntar-lhe sem mais delongas: tem algum conhecimento da proprietária deste sapatinho?

Ele acena com a cabeça para Caspar, que tira de um saco de couro a sapatilha que Clara deixou para trás na sua fuga.

— Meus olhos já não são o que eram antigamente — diz Margarethe. — Deixe-me pegá-lo para que possa entender.

Ela apanha o sapato, olha atentamente para ele e diz:

— Mas, claro, é meu. Como o encontrou?

O príncipe não lhe responde.

— Alguém em sua casa costuma calçá-lo de vez em quando? — pergunta ele.

— É possível — diz Margarethe —, se ela o fizesse para agradar a um príncipe. Deseja que a minha Iris o calce para o senhor? Iris, coloque seu pé no sapatinho e mostre ao príncipe o tornozelo delicado que você tem.

— Não há necessidade — diz Iris.

— Faça o que eu digo — fala Margarethe.

Iris apanha o sapato com um gesto muito abrupto e coloca seu pé nele, mas embora ele caiba da ponta dos dedos até o calcanhar, é estreito demais. Não dá forma ao sapato nem cabe nele de modo aconchegante. — Está vendo? Não cabe direito, mamãe — diz Iris. — Tal exercício! Não fui feita para sapatilhas delicadas como esta.

— Então Ruth vai experimentar, se é uma dona do sapato que procura — diz Margarethe.

Ruth tem grande dificuldade para obedecer, mas finalmente se agacha no chão e aceita o sapato. O príncipe está observando com olhos atentos e uma expressão inescrutável. Os pés de Ruth são imensos, e todo o exercício é sem sentido e insultuoso. Mas Ruth tenta enfiar o sapato no seu pé, fazendo caretas com o esforço, não porque o sapato não entra, mas porque seus dedos estão feridos.

— Ah — diz o príncipe. — Olhem para as mãos da donzela.

Ruth coloca as mãos atrás das costas e o sapato que não lhe coube cai ao chão.

— Deixe-me ver — diz o príncipe. — O que eu preciso ver, deixe-me ver.

Ruth não obedece.

— Que tipo de malcriação é esta? — grita Margarethe. — Ruth, mostre ao bom senhor seus belos dedos ou vou dar-lhe uma coça daquelas!

Chorando subitamente, Ruth estende as mãos à sua frente. Dois dedos da mão direita estão inchados com bolhas brancas.

— Onde arranjou essa queimadura? — pergunta o príncipe.

— Ela não pode responder ao senhor — diz Margarethe. — Ela é tímida.

— Ela é principalmente muda — diz Iris. — Sua língua é torcida no fundo da garganta onde se liga com a sua mente.

— Um acidente de cozinha? — pergunta o príncipe.

— Precisamente — diz Margarethe. — As bolhas cicatrizarão rapidamente.

— Ou uma vela acesa deixou cair sua mecha mal aparada sobre você quando estava queimando a pintura de Mestre Schoonmaker? — diz Caspar.

Margarethe fica de queixo caído e Iris sente seu coração desabar dentro de um abismo. Tudo agora está perdido, ainda mais, parece, do que na noite anterior. Cada criatura com sangue em suas veias é um traidor, é um dos erros de Deus. Margarethe deu veneno à sua empregadora? Ruth, *Ruth*, colocou fogo na obra-prima de Schoonmaker? Caspar lançou suspeita e o peso da lei sobre suas amigas aterrorizadas? E a própria Iris também colaborou, encorajando Clara a comparecer ao baile sem permissão.

Não sobra ninguém para se apresentar e agir em contraste à traição, para dar a ajuda que se faz tão necessária. Ninguém.

Ruth deixa cair o rosto nas mãos e chora com ruidosos bufos animalescos entremeados de catarro.

— Eu lhe disse que a sua iniquidade é profunda — fala Caspar. — Estão embriagadas com estranhas histórias de malícia, todas elas. Por seu ciúme arruinaram a maior obra do meu Mestre e provavelmente sua carreira também. Para não falar do seu coração partido.

— Vocês serão chamadas a prestar contas, pagarão por isso e sofrerão — diz o príncipe. — Alertei o *schout* de Haarlem sobre a suspeita que cerca esta casa e vou testemunhar aos governadores da prisão em relação ao pranto confessional desta jovem. O prejuízo causado! Não só à sua própria família, à honra dos Pruyn e aos nervos da rainha honorária de França, mas também à pintura em si, que, segundo todos os relatos, era uma obra-prima. Eu só queria saber — continua ele — como se pode ter ciúmes de uma pintura. Quem poderia ter plantado raiva tão severa em seu peito?

Ninguém fala.

Atrás deles, ouvem-se passos no chão da cozinha e então Clara entra no salão com uma cesta de pão.

— O que a senhora pediu a senhora recebeu — diz Clara, colocando a cesta sobre a mesa. — Pão, um pote pequeno de manteiga, algumas conservas e um pouco de queijo.

— Outra donzela da casa — diz o Príncipe, e então, olhando para Iris, lembrando —, sua meia-irmã, aquela que cuida da cozinha.

Iris assente com a cabeça.

— Vamos fazê-la experimentar o sapatinho — diz Margarethe agitada, talvez para desviar a atenção do príncipe das fungadas de Ruth.

— Não há necessidade: o sapato era apenas uma artimanha para que me abrissem a porta — diz o príncipe. — Uma artimanha, eu vejo, que nem precisei encenar.

Mas Clara adiantou-se e apanhou a sapatilha do chão onde havia caído. Ela a coloca e fica de pé com o queixo erguido.

Iris adivinha que Caspar, em sua raiva diante da destruição da pintura do Mestre, e possivelmente da sua carreira, não se deu ao trabalho de contar ao príncipe que Clarissa de Aragão é realmente Clara van den Meer. Iris vê o príncipe olhar para Clara com surpresa. Mais de uma história se junta aí.

Do lado de fora, um banco de nuvens passa lateralmente e mais luz da primavera penetra na sala. A luz cai sobre Clara, como sempre, como se tivesse viajado milhares de quilômetros do sol apenas com a finalidade de iluminar sua beleza. Ela está despenteada, com os olhos avermelhados, quase desmazelada em seu roupão, e mais esplêndida de ver do que qualquer pintura. O príncipe diz dubiamente *"Clarissa!"*, e dá um passo à frente.

Clara recua meio passo, mas só meio passo. Suas mãos se levantam para bloquear o dedo acusatório do príncipe que aponta para a forma encolhida de Ruth. O gesto de Clara é um gesto de caridade, a única beleza que tem conseqüência. É o bulbo em forma de cebola finalmente abrindo o seu botão perfeito.

— Proteja minha família do mal — diz ela —, e deixe tudo o mais correr à vontade.

EPÍLOGO

Histórias escritas em óleos

E assim as crianças brincam com a vergonha da nossa família como um jogo de rua. E Clara, nossa Cinderela, ou Menina das Cinzas, morreu, e todos estes velhos dilemas despertam em minha mente como se tivessem acontecido ontem. O que ninguém diz aos jovens é para cuidarem bem das suas infâncias. As memórias daqueles dias são as pinturas que mais ficam em nossa mente, às quais, com nostalgia ou pavor, devemos sempre voltar.

Caspar ouviu a história e a contou para mim, e do modo como a conta eu desempenho um papel pequeno e tolo, e é assim que deveria ser. Mas eu não era tão insensível como ele me retrata. Eu era silenciosa, mas não sem graça. Era lenta, mas não vazia. Na noite do baile não fiquei roncando ao lado da lareira, e sim chorando silenciosamente da dor em minhas mãos queimadas. Foi assim que entreouvi a conversa entre Margarethe, Clara e Iris, na qual Margarethe se traiu.

Clara veio ao meu socorro, justamente quando minha traição estava para derrubar nossa família. Eu não imaginava que ela fosse fazer aquilo. Não acredito que teria posto o seu retrato em chamas se soubesse o rumo que os acontecimentos tomariam. Cinderela, Menina das Cinzas! Nunca vi a tela arruinada depois que lhe pus fogo; virei-me e fugi; eu nunca vi a menina mais bonita do mundo se tornar carvão, cinzas. Uma menina das cinzas de verdade.

Talvez, com a destruição daquela imagem perfeita dela, Clara tenha sido liberada de um dos muitos sortilégios que a tolhiam. Lá estava ela, diante de todos nós, grávida do filho do príncipe, talvez apaixonada por ele ou não — quem podia dizer o que aquilo significava, quando éramos tão jovens e tolas? —, certamente ansiosa por escapar de uma casa em que soubera, na noite anterior, que a morte de sua mãe fora um assassinato. As noções que Clara tinha do mundo, nunca fáceis de avaliar, ficaram ainda mais veladas a partir daquele dia. Mas ela foi levada à proteção dos Pruyn ao final do dia, prometendo, com lágrimas frias, cuidar de mim e de Iris a distância. Como escolheríamos cuidar de nossa própria mãe, a pobre e má Margarethe, era problema nosso, e ela nunca mais perguntou por ela, em carta ou pessoalmente.

Se me perguntarem por que coloquei fogo na pintura, não estou segura de que possa responder com honestidade. Acho que eu sabia que o Mestre estava aterrorizado com sua obra-prima. E eu tinha minha parcela de orgulho e ciúme. Meus ouvidos funcionavam! Podia ouvir Margarethe me chamando de boi! E lá estava Clara, preservada para a eternidade como um anjo. No fim, eu provavelmente desprezava a gloriosa tela, mas, dêem-me crédito, eu também podia ver que Clara a detestava. Detestava e também temia que fosse um emblema com o qual o horrendo Van Stolk poderia possuí-la. O estranho é que podemos nos lembrar do que fizemos, mas nem sempre de por que o fizemos.

Caspar sempre esteve apaixonado por Iris, desde o primeiro dia em que nos conheceu. Vingou-se de nossa família somente depois que soube pelo Mestre o que Margarethe vinha dizendo sobre ele. O perdão de Clara para mim fez muito para aplacar a raiva de Caspar em defesa do Mestre. E Caspar agiu certo ao ser paciente consigo mesmo. Com o tempo ele se tornou um bom marido para Iris, enquanto ela pintava ao seu lado, e às vezes sob o seu nome.

Agora Caspar cuida devidamente de sua cunhada feia. Continua a me levar à capela quando eu peço, à campina quando eu preciso, ao estúdio quando quer minha companhia para que possa se impedir de mergulhar na melancolia, sentindo a falta de Iris.

Ela está na minha mente, alvoradas cinzentas e crepúsculos enevoados; ela é às vezes Iris, a criança fantasiosa, e outras vezes Iris, a filha-de-sua-mãe combativa, arrogante, raivosa, que podia se mostrar em sua vida adulta. E a mais forte também, eu acrescentaria, em função da vida mais rica que queria viver.

Iris era sobrecarregada por suas fantasias. Durante anos ela insistiu que podia se lembrar da noite em que deixamos a Inglaterra. Os aldeães tinham vindo em bandos de saqueadores ao nosso chalé, na extremidade da cidade, onde vivíamos melhor do que ordenhando vacas. Haviam batido na porta e acusado Margarethe de bruxaria selvagem. Disseram que ela havia invocado a lua cheia, que havia chamado as marés altas, que havia rompido os diques com sua malignidade. Era uma bruxa, e não estava isso claro? Vejam só a filha feia que pôs no mundo, grande como uma placa de granito, sem graça e muda. Iris demorou a perceber que, quando Margarethe mencionava que nossa família era assolada por um diabrete, ela se referia a *mim* — a sua maldição, o seu fardo. Iris tinha uma natureza bondosa demais para assimilar isso. Ela inventou um diabrete de fora, um primo distante, quando já tinha uma irmã.

Ela gostava de olhar, mas não para o lado mais duro das coisas. Raramente prestou atenção no meu papel na história de nossa família. Eu havia prejudicado os olhos de Margarethe com pimenta vermelha, eu havia queimado a pintura, eu havia me recolhido para dentro de mim mesma mal-humorada, me fingindo de idiota como a besta que me julgavam. Não, eu não era má, mas eu tinha ciúme de tudo: da incrível aparência de Clara, do talento de Iris, das atenções de Caspar para com ambas. Iris nunca viu que, de certo modo, eu pertencia à galeria dos erros de Deus.

Iris alegava lembrar-se de como fugimos daqueles campos inundados de nossa infância, voltando para a Holanda, onde a família de Margarethe poderia nos acolher. Mas como Iris podia se lembrar disso? Era noite, e nós estávamos adormecidas, e os sonhos atormentam as crianças.

— Quer descobrir com toda a certeza? — Iris disse para mim certa vez. — Aborde nossa velha mãe antes que ela morra. Faça a ela uma pergunta. Pergunte a ela como sabia que Jack Fisher estava morto. Ela só ouviu os aldeães se gabando disso. Nunca esperou para procurar o seu corpo. Não se deu ao trabalho de enterrá-lo se preciso fosse, ou de trazê-lo de volta à saúde se pudesse. Ela deixou a Inglaterra sem um único momento de hesitação. Pelo que sabemos, ele não flutuou lá, um corpo inchado nos pântanos inundados. Pelo que sabemos, ainda está vivo e ela se nomeou viúva por medo e desespero. Não lhe pergunte se era uma bruxa, ou se é uma bruxa agora, ou se tem lembrança de que envenenou Henrika para que pudesse se casar com Van den Meer. Pergunte apenas como ela sabe com certeza que Jack Fisher estava morto na noite em que fugimos para salvar nossas vidas.

Nunca perguntei isso a Margarethe e nunca vou perguntar. A coisa velha tem mil anos de idade e se recusa a morrer, embora seus próprios diabretes ainda se contorçam a seus pés e mastiguem seus calos. Sei que Margarethe confessou ter matado Henrika, mas naquela noite famosa Margarethe estava parcialmente adormecida, num estado de agitação em meio a um sonho. Margarethe seria realmente capaz de tal crime? Não tenho dúvida. Chegou realmente a cometê-lo? Não sei, e não quero saber. Provavelmente ela o fez, mas de que nos adiantaria saber com certeza? Nem Iris nem eu mencionamos sua confissão noturna a Papai Cornelius, e o casamento de negócios entre ele e Margarethe conheceu tempos quietos a partir de então.

Não vou perguntar a Margarethe sobre aqueles tempos antigos. Nem vai Iris fazer perguntas sujas como essas. Iris morreu há muito tempo. Morreu relativamente jovem, mas não sem algum destaque. Com o dinheiro fornecido por Clara, Iris pagou o aprendizado no estúdio de Pieter van Laer. Teria gostado de ser aprendiz com Judith Leyster, a brava pintora de Haarlem, mas Judith se casou com Molenaer e se mudaram para Amsterdã. O talento de Iris talvez não estivesse na pintura, como ela sempre pensou. Mas ela adorava olhar — isso nunca mudou — e falava muito, e contava histórias. Não posso pensar numa única pintura dela que eu admire. Admiro apenas o fato de que pintou todas elas.

Margarethe nem admirava, nem desprezava o trabalho de Iris, sendo cega.

O Mestre não se recuperou do seu choque. No final, com a perda da sua Jovem com Tulipas, sua reputação ficou de fato diminuída. Ainda é mais conhecido como o Mestre do Retábulo de Dordrecht do que como Schoonmaker, pintor de gênero. Quando morreu, Caspar assumiu o aluguel da sua casa e do seu estúdio. Creio que as pinturas na Galeria dos Erros de Deus foram todas jogadas numa fogueira. De face para baixo, para que ninguém pudesse presenciar a visão daquelas miseráveis criaturas torturadas pelas chamas, como suas vidas deviam ter muitas vezes parecido. Que possam descansar em algum canto anônimo do jardim do Paraíso!

A rainha honorária de França, para alívio da senhora Pruyn, recuperou-se do seu ataque de nervos e seguiu em frente para viver mais alguns bons anos.

Para nossa surpresa, Papai Cornelius também se recuperou, na mesma proporção da recuperação da sua renda. Vale dizer, Clara manteve sua palavra e encontrou meios de canalizar dinheiro da França para restaurar pelo menos um pouco do dinheiro que seu pai devia. Também os astutos holandeses aprenderam a regular a indústria das tulipas e a proteger os poucos ativos que haviam restado para aqueles cujas finanças corriam perigo. Com o tempo, o mercado melhorou e Papai Cornelius de novo prosperou, mas não desenfreadamente, estando sujeito às restrições do governo ao comércio da tulipa.

O príncipe de Marsillac sucumbiu a uma sífilis ou tuberculose, conforme Margarethe havia previsto — o exemplo solitário de um mexerico passado adiante por ela, em vez de inventá-lo para os seus próprios fins. Deixou Clara com dois filhos e uma renda sólida de propriedades na França. Clara sobreviveu a sua beleza magnífica, como as mulheres devem, e em outro de seus acessos súbitos de angústia partiu para Nova Amsterdã, do outro lado do cinzento Atlântico. Quem sabe que abelhões, corvos ou elefantas estavam à espreita para atormentá-la! Foi de Nova Amsterdã que veio a carta, de um pregador da colônia, para informar aos seus parentes que ela havia morrido e fora enterrada no cemitério da igreja, com vista para uma baía substancial que abrigava navios da Holanda e de toda a Europa. Morreu de uma doença do coração.

E Van Stolk? A memória aqui se ofusca. Nunca chegou a possuir a casa dos Van den Meer, naturalmente. Imagino que envelheceu e foi morar com parentes. E nunca ficou claro para mim se foi o raptor da jovem Clara, ou se isso era apenas uma fantasia dela, uma cristalização de seus terrores em relação ao mundo perigoso. Independentemente do resultado, seria aquele seqüestro um ato premeditado, afinal, arranjado por causa da riqueza da sua família? Ou foi a inspiração de um momento, porque a criança era conhecida e adorada, e havia se perdido da sua família? E porque, com dinheiro ou não, ela devia ser esplêndida de se ver, como as crianças podem ser. À idade de três ou quatro anos, um tesouro de sorrisos, uma coroa dançante de luz. Toda aquela atenção mercurial para o mundo! As crianças, como os artistas, gostam de olhar.

Corvos e abutres no último andar, tentilhões no topo da tília. Deus e Satã rosnando um para o outro como cães. Diabretes e fadas madrinhas tentando desfazer o mundo um do outro. Você podia nascer como a senhora Handelaers de queixo de jumento ou a deslumbrante Clara van den Meer, a Jovem com Tulipas. Como tentamos imobilizar o mundo entre extremos opostos! E num mundo destes, como Margarethe costumava perguntar, qual é a utilidade da beleza? Passei minha vida cercada por pintores e ainda não sei a resposta. Mas suspeito, em alguns dias, que a beleza ajuda a proteger o espírito da humanidade, envolve-a em ataduras e a socorre, para que possamos sobreviver. A beleza não é um fim em si mesma, mas torna nossas vidas menos infelizes para que possamos ser mais generosos... Bem, então, vamos ter a beleza, pintada em nossas porcelanas, pendurada em nossas paredes, soando através de nossas histórias. Somos uma triste tribo de bestas. Precisamos de toda a ajuda que possam nos dar.

Antes de partir para o novo mundo — um outro novo mundo! —, Clara voltou a Haarlem, para ver seu pai pela última vez. Margarethe não quis descer do seu quarto, alegando que a presença de Clara poderia restaurar sua visão, e na sua velhice preferia a cegueira. Papai Cornelius, no entanto, sentiu grande prazer com a posição elevada de Clara. Deleitou-se com seus netos e cobriu-os de beijos.

As crianças adoraram correr pelos galpões onde as novas tulipas estavam sendo cultivadas. Lembro-me de vê-las uma manhã. Brincavam de esconder. Estavam alheias a quaisquer diabretes das sombras, ou aranhas de queixos barbudos nos caibros do telhado. As crianças corriam pelos longos corredores formados pelas mesas toscas que suportavam grandes canteiros artificiais de flores. As novas plantas eram abundantes, fileiras de caules se eriçando através do solo. Mal se podiam ver as cabeças louras das crianças num borrão enquanto corriam.

Teria sido uma bela pintura, fosse alguém escolher algo tão prosaico para fazer um esboço. Outra história, uma história escrita em óleos em vez de uma história pintada em porcelana. Mas, para ser mais efetivo, os rostos das crianças precisariam ser pintados num borrão, do jeito que todos os rostos de criança são na verdade. Pois ficam borrados enquanto elas correm; borram enquanto elas crescem e mudam tão rapidamente; e borram para nos impedir de amá-las profundamente demais, para sua proteção, e também para a nossa.

Este livro foi impresso nas oficinas da
DISTRIBUIDORA RECORD DE SERVIÇOS DE IMPRENSA S.A.
Rua Argentina, 171 – Rio de Janeiro – RJ
para a
EDITORA JOSÉ OLYMPIO LTDA.
em outubro de 2006
*
74º aniversário desta Casa de livros, fundada em 29.11.1931